UN SOLO DISPARO

LOS NUEVES SALVAJES

LIBRO 3

A.R. KNIGHT

CAPÍTULO 1
INSPIRACIÓN LETAL

La carga detonó la esclusa de aire con una explosión de humo y llamas azules. Tras la explosión, una ráfaga de disparos láser atravesó la neblina, varios de ellos procedentes del propio rifle de Alissa. Nada les respondió. Ni gritos, ni fuego de respuesta.

—Id, pero seguid comunicando —dijo Castor a los cuatro combatientes apostados alrededor de la abertura chamuscada—. Dirigíos a la bodega. Nosotros atacaremos el puente.

Alissa observó cómo los combatientes, sus combatientes, desaparecían a través de la esclusa. Junto a Castor, un par de otros luchadores, vestidos con los harapos típicos de todos los soldados de la Voz Roja, esperaban armados y listos. Con un gesto de su cabeza, entraron. Alissa y Castor les siguieron. Una sala iluminada les aguardaba al otro lado de la esclusa, con estanterías contra las paredes cubiertas de trajes espaciales, conductos de oxígeno y materiales para reparaciones. Todo lo necesario si las cosas se torcían.

Los dos combatientes giraron a la derecha. Galaxy Forge fabricaba estos cargueros con los mismos planos, y este grupo llevaba años asaltándolos. Se sabían de memoria las rutas más rápidas hacia el puente y la carga. Alissa no pudo evitar tomar una profunda bocanada de aire, lo suficientemente audible como para que Castor la mirara de reojo mientras seguían a los combatientes.

—Lo siento —dijo Alissa—. A veces olvido cuánto tiempo llevamos haciendo esto.

—Ha pasado mucho tiempo. Nunca pensé que viviríamos más de un mes —respondió Castor.

—Eh, yo nos daba un año.

Llegar al nivel del puente requería un viaje en ascensor. Los cuatro se colocaron dentro, pero cuando el combatiente pulsó el botón para subir, el ascensor no se movió. Inmediatamente, el segundo combatiente se quitó la mochila y sacó una herramienta láser. Alissa y los demás se apretaron contra la pared mientras el luchador cortaba el techo. El láser incandescente perforó un círculo, y la placa liberada cayó al suelo con estrépito cuando el combatiente terminó de cortar. Castor se arrodilló, juntando las manos, y Alissa se apoyó en ellas. Él la impulsó hacia arriba y Alissa se introdujo por la abertura, encaramándose al techo del ascensor.

Procedimiento defensivo estándar. Enviar un mensaje de socorro y luego dificultar al máximo el acceso al puente desactivando los ascensores. Alissa examinó el hueco. Siempre había una escalera en alguna parte. ¡Allí! Colgada a lo largo de la pared trasera y subiendo hasta arriba del todo. Hizo señas a los otros para que salieran, siendo Castor el último en saltar, agarrándose al borde del agujero y subiéndose por sí mismo. Los combatientes fueron los primeros en subir por la escalera, escalando hasta las puertas selladas del nivel del puente, sacando la herramienta láser y quemando su camino hacia un pasillo.

—Líder, equipo de bodega —llegó la voz por el comunicador de Alissa—. No encontramos resistencia. Ningún rastro de la tripulación.

—Aquí tampoco —respondió Alissa—. Mantened los canales abiertos e informadnos de lo que encontréis.

El comunicador chasqueó en señal de confirmación. Alissa subió la escalera a continuación, colándose por el caliente agujero practicado en las puertas del nivel del puente. Frente a ellos se extendía un pasillo dividido a ambos lados con cabinas para la tripulación. Al fondo, el comedor y las gruesas puertas del puente. Ahora los combatientes avanzaban sigilosamente, con los rifles preparados. Alissa y Castor les seguían, ella empuñando sus armas cortas automáticas favoritas. Mantén apretado el gatillo y dispararán más láseres de los que un escudo personal podría soportar. Cierto, se quedaban sin energía rápidamente, pero nadie vivía tanto tiempo.

La cafetería estaba inmaculada. Ni platos sucios, ni restos de basura, ni siquiera sillas fuera de sitio. Como si la cocina ni siquiera se hubiera utilizado.

—Algo no encaja aquí —dijo Alissa—. La nave está demasiado lejos de Júpiter para estar tan limpia.

—Armas listas —dijo Castor. El protocolo habitual de asalto consistía en capturar rehenes. Dinero de rescate, información sobre otros objetivos y la buena voluntad de no matar a un montón de civiles lo hacía más rentable. Pero no merecía la pena arriesgar sus propias vidas.

Las puertas del puente estaban cerradas, grandes y gruesas. La última barrera ante un asalto. Si tenían que cortarlas con la herramienta láser, llevaría tiempo. Así que Castor se puso manos a la obra. El pequeño panel junto a las puertas del puente permitía acceso con llave, conexiones que podían ser manipuladas. Usando una micro herramienta con opción de soplete, Castor derritió trozos de las esquinas, aflojando la placa frontal. Cambió el botón de la herramienta y utilizó la pequeña palanca que se extendía para arrancarla. Luego se inclinó y Alissa ya no pudo distinguir qué estaba haciendo, pero, como un mago realizando sus trucos, las puertas del puente se abrieron un momento después.

Pero se detuvieron, abiertas apenas un tercio de metro.

—Es un poco estrecho —dijo Alissa, mirando a través del

hueco. Podía ver terminales, consolas donde el piloto guiaría la nave y el capitán controlaría varios sistemas. Solo que no había nadie allí, ningún láser esperando para volarle la cara.

—No obtengo ninguna respuesta —dijo Castor—. Es como si alguien hubiera cortado la energía de este panel a la puerta.

Los otros tres miraron a Alissa. Ella miró la abertura, y entonces se quitó la mochila. Se quitó la chaqueta. Antes de que ninguno pudiera detenerla, Alissa se deslizó a través de las puertas. Y entonces recibió un golpe en el hombro, empujada por algo fuerte. Alissa rebotó contra el suelo y se giró en una voltereta, usando el impulso para seguir alejándose de lo que la había golpeado. Cuando sintió la pared del fondo, miró hacia atrás hacia la puerta y se quedó inmóvil. El rostro desnudo y estático de un androide la observaba desde el otro lado de la sala. Sus huesos grises brillaban bajo la iluminación sin vida de la nave.

—No eres la tripulación de esta nave —dijo el robot—. Identifícate.

Detrás del androide, Alissa vio algo más. Una mancha rojo oscuro cubría la pared del fondo y, bajo ella, un cuerpo arrugado. Se levantó y sacó sus armas cortas. No había que ser un genio para resolver este misterio.

—No importa quién soy —dijo Alissa—. Lo que importa es lo que vas a hacer a continuación.

Al otro lado de la puerta, Alissa podía oír a Castor y a los combatientes intentando encontrar una forma de entrar en la sala. Con el tiempo, quizá lo conseguirían, pero la forma más fácil de abrir esas puertas estaba en esas consolas justo delante de ella. Solo tenía que llegar allí antes de que esa cosa la matara.

—Mis directivas indicaban limpiar la nave —dijo el androide—. Lo hice. Lo verifiqué. Informaré del error y rectificaré la situación.

El androide se abalanzó sobre ella rápidamente, sus piernas lo impulsaron a través del puente hacia ella en un par de zancadas. Justo el tiempo suficiente para que Alissa mantuviera apretados los gatillos. Ambas armas cortas explotaron en un espectáculo de luces anaranjadas, disparando ráfagas de proyectiles hacia el androide. Cada disparo arrancaba trozos chamuscados de la armadura del robot, exponiendo circuitos y músculos metálicos palpitantes. Pero no se detuvo. Su puño se dirigió hacia la cabeza de Alissa. Ella se agachó y corrió por debajo del puñetazo, moviéndose de nuevo hacia el centro de la sala. El robot giró y Alissa sintió cómo su pelo se agitaba cuando el segundo golpe del androide estuvo a punto de arrancarle la cabeza.

Corrió hacia las consolas, buscando alguna forma de abrir más las puertas. Pero estaban todas bloqueadas, solicitando la identificación del capitán o del piloto. Lo que significaba que estaba atrapada, lo que significaba que estaba muerta. Alissa se giró para enfrentarse al robot mientras este se acercaba. Levantó las armas cortas, pero el androide se movió más rápido, golpeó el arma de la mano izquierda de Alissa mientras agarraba su derecha y la levantaba.

Esos ojos negros la miraron directamente mientras el androide echaba hacia atrás su brazo derecho para asestar un golpe mortal. Alissa aspiró profundamente y luego escupió a la cara del androide. Y explotó. Alissa cayó al suelo mientras los láseres atravesaban al androide a través de la rendija de las puertas del puente. El robot se tambaleó, retrocediendo fuera del fuego, cayendo mientras los motores que mantenían sus piernas en su lugar se derretían. Alissa agarró su arma corta caída y se acercó al androide. La cabeza del robot giró para mirarla mientras Alissa le apuntaba. Entonces disparó.

Los láseres devoraron las entrañas del robot. Quemaron los circuitos. Un par de segundos de ataque sostenido, y el androide no era más que un montón de piezas arruinadas.

—Gracias por salvarme —dijo Alissa un momento después. Había abierto las puertas del puente usando la identificación que aún llevaba el cuerpo ensangrentado, y los combatientes y Castor se unieron a ella junto a las consolas—. Tenemos suerte de que no estuviera equipado para una pelea real o estaríamos muertos. Mi pregunta es, ¿por qué mató a la tripulación?

A los androides no se les permitía, estaban explícitamente programados para no dañar a inocentes. Solo a objetivos asignados a través de un sistema de juicio. Dudaba que la tripulación de este carguero tuviera antecedentes penales. Dudaba que incluso así merecieran que enviaran un androide tras ellos.

—El androide formaba parte de un envío. Entregaron más de una docena en Ganímedes, pero este fue solicitado de vuelta. Intencionadamente —dijo Castor, revisando los registros de la nave—. La orden vino de nuestro hombre favorito, Bosser.

—Castor, si Bosser está consiguiendo que estos androides maten bajo su mando, ¿por qué no podríamos nosotros? —dijo Alissa.

—Necesitaríamos acceder a su instalación de producción, en la Tierra —dijo Castor—. Nunca nos permitirán aterrizar.

—Lo harán si tenemos a Bosser —dijo Alissa. Castor asintió—. Saquemos el botín de esta nave y pongamos rumbo a Miner Prime.

CAPÍTULO 2

EL SIGUIENTE MOVIMIENTO

Un pequeño contratiempo. Perder los diamantes de hielo había sido un golpe para sus beneficios, pero solo significaba que los socios de Bosser tendrían que aumentar sus contribuciones. Alcanzar su objetivo proporcionaría tales ganancias que convertirían lo de los diamantes en una simple anécdota y nada más.

Bosser explicó todo esto a la pantalla en su oscuro apartamento a bordo de la estación espacial Miner Prime. Situada en el cinturón de asteroides entre Marte y Júpiter, la estación funcionaba como intermediaria para las comunicaciones entre el espacio civilizado y los puestos más aventureros en los confines más lejanos del sistema solar. Esos puestos avanzados, y las misiones a su alrededor, últimamente le estaban dando a Bosser más dolores de cabeza de lo habitual.

El monitor de dos metros de ancho frente a Bosser mostraba los rostros de sus diversos socios comerciales. Todos ellos etiquetados con seudónimos astrológicos. Signos del zodíaco, sin un orden particular, flotando bajo sus cabezas en letras mayúsculas con peso dorado, como si llevaran joyas. Los rostros en sí permanecían estáticos y seguirían así durante minutos mientras el mensaje se filtraba a través de docenas de satélites hasta sus respectivas oficinas. De los nueve miembros en esa pantalla, Bosser tenía una buena idea de quiénes eran todos. A pesar de que todo el grupo se había unido a través de una serie de mensajes anónimos que sugerían lugares y horarios, a pesar de la promesa de no intentar averiguar las identidades de los demás, Bosser había estado investigando.

Como habían hecho todos los demás.

Bosser dio un sorbo al vaso de agua que tenía a su lado, el fresco líquido sabía indistinguible de los manantiales naturales filtrados de la Tierra. Siempre que no pensara en el hecho de que era reciclada de los miles de ciudadanos de la estación, Bosser disfrutaba de la sensación. Agua y vino. Cualquier otra cosa era una pérdida de tiempo.

—Este es el segundo caso en que este grupo ha interrumpido sus planes —dijo Géminis, arriba en el centro, director de una gran empresa de minería de asteroides.

Para evitar que el consejo hablara unos encima de otros, se había establecido un orden en la primera reunión. Bosser, con Miner Prime como centro de comunicación central para el grupo, dictaría quién debería responder a continuación. Si no se especificaba a nadie, el orden rotaba, avanzando por el grupo una persona a la vez. Sin embargo, últimamente, Bosser sentía que todas estas sesiones eran juegos de interrogatorio. Buscando formas de culparle de los infortunios.

—Los Wild Nines cumplieron su propósito —respondió Bosser—. Que la Voz Roja todavía tuviera naves capaces de montar un asalto era información que no teníamos. Que Eden no tenía. Como la Voz Roja necesitaba esos diamantes mucho más que nosotros y evitamos esa adquisición, sigo considerando la misión un éxito.

Otro periodo de pausas. Bosser se acercó al tocadiscos instalado contra la pared del apartamento. Fácilmente el objeto más valioso que poseía, el tocadiscos y su colección de varias docenas de discos habían sido un regalo. El reconocimiento por haber salvado una vida. Ahora, Bosser puso en marcha el tocadiscos y colocó la aguja. El largo y lento vaivén de un saxofón se derramó del aparato y se mezcló con el constante murmullo de tecnicismos que componían el ruido de fondo de Miner Prime. Los temblores de los sistemas que se encendían y apagaban, de los ascensores que subían y bajaban personas, los anuncios por megafonía solicitando que tal o cual persona estuviera en otro lugar.

—Hablando de los restos de la Voz Roja, ¿sabe dónde están? —preguntó la siguiente cabeza en la fila, Leo—. Si son la única amenaza restante, no entiendo por qué no los hemos eliminado.

—Es mucho más difícil encontrar y aplastar una mosca en una casa que disparar a un hombre en el mismo espacio —dijo Bosser. Después de ser calcinados de la faz de Marte, los rebeldes se habían dispersado. Habían desaparecido tan bien que Bosser se había olvidado de ellos. Hasta ahora.

Bosser se sentó en un sofá carmesí, uno grande dispuesto en semicírculo frente al monitor. En el centro había una mesa de cristal, sostenida por patas de falsa perla. Ambos eran regalos, como el tocadiscos. El sofá, con su tela cultivada específicamente para la comodidad en un laboratorio de la Tierra, llegó después de que Bosser hubiera descubierto y destruido la reputación de un rival del alto ejecutivo de Eden. La mesa, por borrar el historial de malas decisiones de un heredero. Ese mismo heredero probablemente sería uno de esos rostros en la pantalla en unos pocos años. Siempre es mejor tener gente en deuda contigo que al revés.

—Las excusas no son necesarias. Simplemente ocúpese de ellos —dijo Cáncer, que luego se inclinó un poco más cerca de su cámara—. ¿Cómo van los preparativos para el Proyecto Guardián?

Lo más destacado de la conversación. Bosser pasó las siguientes horas alimentándoles con detalles alentadores, respondiendo preguntas entre pausas. El proyecto avanzaba según lo previsto, se estaba desplegando. Después de eso, los titiriteros realmente sostendrían los hilos. Cuando la reunión alcanzó su sexta hora, los miembros comenzaron a desconectarse. Hasta que solo uno, Virgo, permaneció en la pantalla.

—Enviaste a mi hija a ese lío en Neptuno —dijo la cabeza.

—Su hija fue por su propia voluntad —respondió Bosser, poniéndose de pie. El tiempo de transmisión a Virgo era de solo minutos. Una conversación relativamente ágil, para variar—. La conocí cuando los Wild Nines estuvieron aquí en la estación. Hackeó un androide.

—Una mujer increíble —dijo Virgo—. Pero si alguna vez la vuelve a enviar a una situación como esa, Bosser, no lo olvidaré.

—Parece que no confía en su hija para tomar sus propias decisiones.

—La razón por la que usted es tan útil, Bosser, es que no le importa a quién tenga que sacrificar para lograr sus fines —dijo Virgo—. El resto de nosotros preferimos mantener a salvo a los que amamos, incluso si eso significa restringir su independencia. Como hombre astuto e interesado, estoy seguro de que puede encontrar una manera de mantenerla al margen de todo esto.

—Como usted diga —Bosser asintió lentamente para la cámara—. Haré todo lo que pueda para mantener a su hija con vida.

—Asegúrese de hacerlo —dijo Virgo, y luego cortó la comunicación.

Bosser apagó el monitor, exhausto. Sin embargo, aún no había tiempo para dormir. El tablero estaba dispuesto, las piezas estaban en movimiento, y era el turno de Bosser para jugar.

CAPÍTULO 3
ROBOT VIEJO, CUERPO NUEVO

La unidad se deslizó en la ranura con un satisfactorio clic. Viola dio unos golpecitos en la parte superior, que sobresalía de la esfera del tamaño de un balón de voleibol, y observó cómo la ranura desaparecía dentro de la bola. Todo el aparato descansaba en una base de carga que alimentaba energía desde los paneles solares del *Jumper* a la esfera. Llevaba ahí varias horas y, con el *Jumper* acercándose cada vez más al sol en su viaje hacia Miner Prime, las baterías deberían estar listas.

—Buenos días, Puk —dijo Viola. Era última hora de la tarde, pero la frase en sí era la clave.

En un entorno silencioso, como su dormitorio en Ganímedes, Viola habría podido escuchar algunos de los sistemas de Puk poniéndose en marcha. El zumbido de los ventiladores, el silbido de los propulsores mientras el robot flotaba en el aire. Sin embargo, el *Jumper* interpretaba su propia sinfonía que ahogaba los sonidos más pequeños. Especialmente en el camarote de Viola, cerca de los motores. Ahora, con la nave iniciando su período de desaceleración al aproximarse a Miner Prime, Viola oía el constante ronroneo de los motores al comprimir y descargar gas ionizado. Fuera de la puerta cerrada, los pasos resonaban metálicamente mientras algún otro miembro de la tripulación deambulaba por allí. De vez en cuando, las comunicaciones pasaban por los intercomunicadores de la nave, amortiguadas a través de la puerta pero aún presentes, como una conversación al otro lado de una habitación.

Puk se elevó. Tambaleante. Flotando frente al rostro de Viola y girando sobre sí mismo.

—¿Funciona tu cámara? —preguntó Viola.

—¿Me preguntas si puedo ver tu hermoso rostro? —respondió Puk, con sus sintetizadores vocales produciendo un tono plano—. Porque nunca has tenido mejor aspecto.

—Mentiroso —Viola sonrió. Probablemente tenía un aspecto terrible. Grasiento y cansado. Llevaban ya semanas volando, regresando de Neptuno con una parada para suministros en Titán, una de las lunas de Saturno. El *Jumper* no era precisamente un balneario, con su ducha de agua reciclada que más que lavar rociaba, un constante reuso de ropa tan cubierta de suciedad por el mantenimiento continuo de los numerosos sistemas de la nave, y la falta de las pequeñas cosas que había tenido durante su crianza en Ganímedes. Lo que Viola no daría por un poco de jabón perfumado, una oportunidad de comer algo de fruta real en lugar de la deshidratada.

—Nunca había muerto antes —dijo Puk—. Excepto por quedarme sin batería, pero, quiero decir, no destruido.

—¿Sabes lo que pasó?

—Ni idea. Pero mis sistemas de fecha y hora muestran que he estado fuera durante más de un mes.

Eso era exacto. Había restaurado a Puk desde la última copia de seguridad que tenía, antes de que se encontraran con el carguero *Amerigo*. Antes de que hubieran sido arrastrados a la tormenta de terror de Neptuno.

—Casi te tengo envidia —dijo Viola—. No me importaría olvidar el último mes yo misma.

—Suena desagradable. No me lo cuentes.

—Vale —dijo Viola, mirando de reojo el bulto en el costado de Puk. Una nueva característica. Una en la que había pensado mucho antes de añadirla—. ¿Estás detectando el nuevo hardware?

—Es lo siguiente en mi lista de comprobaciones de inicio —zumbó Puk—. Viola, esto es mucho más potente que mi último láser.

—Deberías tener suficiente para un par de disparos —dijo Viola—. Lo bastante potentes como para matar a alguien, en cualquier caso.

La habitación quedó en silencio por un momento. Viola sintió la boca seca.

Las puertas del ascensor del *Karat* abriéndose, Davin disparando al secuestrador justo enfrente. Sin ver al tipo de atrás, con su arma desenfundada. Apuntando a Davin. El propio disparo de Viola, perfecto, impactando de lleno. La cara del hombre después, sorprendido ante su propia muerte. Todavía se despertaba algunas noches con esa cara.

—Eso es... diferente —dijo Puk—. No me programaste de esa manera.

—Ahora sí lo he hecho. Búscalo —dijo Viola. Parte del motivo por el que había tardado en recuperar a Puk. Había tenido que hacer cambios en la personalidad. Eliminar algunos de los lados más suaves. Algunas de las limitaciones. Puk podría no saberlo ahora, pero si la situación lo exigía, el robot no dudaría en quitar una vida.

—Viola, ¿qué pasó? ¿Qué me perdí?

—¿No me habías dicho que no querías saberlo?

—Eso fue antes de saber cuánto me habías cambiado. Necesito algo de contexto —dijo Puk.

Viola tomó aire y luego relató la inmersión para salvar los diamantes de hielo, el *Karat* secuestrado en la atmósfera de Neptuno. Los asaltantes de la Voz Roja. El impacto suicida de su fragata contra el *Karat* y su huida.

—Siento habérmelo perdido —dijo Puk—. Aunque, supongo que no me perdí todo.

—Según cuenta Opal, le salvaste la vida —dijo Viola—. Solo que fue por los pelos. Si hubieras tenido esta arma, habría sido más fácil. Más seguro.

—¿Entonces supongo que esto es algo bueno?

Viola no tenía nada que decir a eso. ¿Bueno? Puk era ahora más fuerte, más peligroso. Mientras el robot estuviera con ellos, sí, era algo bueno. Pero no podía quitarse la idea de que convertir a su sarcástico amigo en un arma letal estaba mal.

Viola se dejó caer desde el pequeño escritorio sobre la rígida cama que ocupaba el resto del camarote. No había espacio para sillas. La taquilla a los pies de la cama contenía el resto de sus cosas, pocas de ellas adecuadas para lo que estaba haciendo ahora. Allí, entre la ropa y las herramientas dispersas que había traído consigo cuando salieron de Ganímedes por última vez, había un rifle diseñado para activar una rápida secuencia de láseres, cada uno capaz de atravesar a una persona. Cada día se había obligado a ir a los dos simuladores del *Jumper*, aparatos desvencijados que Merc mantenía más para prácticas de vuelo que para otra cosa, y disparar a objetivos.

La próxima vez que tuviera que disparar a alguien, la buena puntería no sería por accidente.

Ese pensamiento no la hacía feliz.

CAPÍTULO 4
PROCEDIMIENTOS DE ATRAQUE

Phyla abrió los ojos y, durante un segundo, no supo dónde estaba. La habitación era más grande que la suya; no era suya la escopeta junto a la puerta, y la taquilla más grande no estaba cubierta de fotos como... la suya. Todo pertenecía a Davin, que aún dormía a su lado, las finas sábanas de la cama subiendo y bajando con su respiración. Phyla se giró de costado y trazó su contorno a través de la manta. Tras lo de Neptuno, el camino hasta donde estaba ahora había sucedido rápidamente.

Desde aquella primera noche, cuando el *Jumper* se había quedado dormido, y eran solo ellos dos, sentados allí en la cabina, hablando como lo habían hecho mil veces antes, todo se sentía diferente. Las misiones se estaban volviendo más peligrosas, el equipo resultaba herido. *Ellos* resultaban heridos. Lo que había sido un mundo más simple de vigilancia en puestos estables, escoltando cargueros que nadie quería atacar porque los dueños corporativos eran demasiado poderosos, se había convertido en una serie constante de momentos al borde de la muerte.

Despojados de la charla trivial, porque quién sabía cuándo podrías perder la oportunidad de decir lo que necesitabas decir, los dos, amigos desde la infancia, acabaron aquí. Pero no era solo físico. Phyla agradecía el vínculo más estrecho, esos momentos de sí, no, quizás con Davin donde no se sentían como tripulante y capitán, sino como compañeros. Amigos. Amantes.

El reloj atenuado en el lado de la cama de Davin se iluminó cuando captó la mirada de Phyla. Aún era temprano. No había un día y una noche reales, pero la iluminación del *Jumper* hacía lo posible por simular la Tierra, mantener ese ritmo. Luces azules por la noche, blancas durante el día y un cambio gradual entre ambas.

—Phyla, esta es tu llamada de despertar —susurró una voz desde su comunicador, situado en la pequeña estantería de su lado de la cama—. Estaremos en rango manual en una hora.

Cuando Phyla tendría que asumir las tareas de pilotaje para llevar el *Jumper* a Miner Prime. Había habido muchas discusiones sobre forzar aterrizajes con piloto automático, pero después de que algunos sucesos aleatorios no fueran detectados correctamente por la programación del piloto automático —un asteroide errante, o una nave a la deriva que podría haberse evitado—, Miner Prime exigía que todas las naves pequeñas atracarán con un piloto a los mandos.

—Estoy despierta —respondió Phyla.

—¿Quiere que despierte al capitán? —dijo Fournine, antes el androide y ahora el cerebro central del *Jumper*, gracias a Trina.

—Demasiado tarde —la voz de Davin surgió como un gruñido áspero—. ¿Qué ocurre?

—Casi estamos en casa —dijo Phyla.

—¿Estás contenta de volver?

Phyla recibió la pregunta con una bocanada del aliento pesado de Davin. No es que el suyo fuera a estar mejor. Los constantes encuentros cercanos en una nave como el *Jumper* prácticamente te obligaban a acostumbrarte a todo tipo de olores.

—En el sentido de que podremos conseguir mejor comida, sí —dijo Phyla—. Pero no es que dejáramos este sitio en los mejores términos.

—Bosser dijo que nos había dado luz verde, que Eden suavizó las cosas.

—¿Confías en él?

—Ni un poquito —dijo Davin—. Pero confío en el dinero. Bosser sabe que Viola está con nosotros, lo que significa que Eden probablemente también lo sabe. No se arriesgarán a hacerle daño solo por venganza.

—A veces puedes ser un poco frío, ¿sabes? —dijo Phyla, deslizándose fuera de la cama y poniéndose la ropa.

—Es un hecho, Phyla —dijo Davin, apoyándose en los codos—. Tener a Viola en esta nave nos permitirá deshacernos de esos diamantes de hielo, y luego salir de aquí con el dinero en mano.

—¿E ir adónde?

—Hay un lugar al que no he ido en mucho tiempo —Davin empezó a sonreír, ligeramente—. Creo que tú nunca has estado allí.

Las luces del camarote se intensificaron, volviéndose amarillas. Otro amanecer en el *Jumper*. Phyla miró el reloj de nuevo. Se acercaba la hora.

—¿Quieres ir a la Tierra?

Davin asintió. Tenía razón. Phyla nunca había estado allí. Solo en órbita, y aun así, solo una vez. La mayoría de los transportes de carga y escoltas que hacía el *Jumper* eran hacia el exterior, donde las rutas no estaban lo suficientemente establecidas como para justificar grandes naves. Donde otras naves eran lo bastante escasas como para que los secuestradores pudieran llevarte sin oposición si no pagabas por guardias.

—¿Qué vamos a hacer allí? —dijo Phyla, dirigiéndose hacia la puerta.

—Con el dinero que conseguiremos de los diamantes de hielo, podemos ir, vender el *Jumper*, e intentar algo nuevo —dijo Davin, aún en la cama—. Algo donde, quizás, no nos disparen todo el tiempo.

—¿Crees que podrías soportarlo? ¿Una vida normal?

—No hay forma de saberlo hasta que lo intente —se rió Davin—. Además, contigo, dudo que sea tan normal.

—¿Qué se supone que significa eso?

No era la respuesta que Davin esperaba, y Phyla podía ver que estaba buscando una forma de salir de esta.

—Phyla, nos está contactando la estación espacial —la voz de Fournine interrumpió, esta vez a través del intercomunicador más fuerte—. Te necesito en la cabina, a menos que quieras que empiece a hablar con ellos yo. Lo que podría ser divertido, ahora que lo pienso.

—No, Fournine, ya voy —dijo Phyla, negando con la cabeza a Davin y saliendo del camarote.

Una vida normal. Phyla ni siquiera estaba segura de lo que eso significaba realmente. Las últimas semanas, con el *Jumper* a toda velocidad por el espacio de regreso a Miner Prime, había habido poco que hacer más que mantener la nave, hacer ejercicio y relajarse. Agradable, pero se estaba volviendo monótono, y Phyla sintió una pequeña emoción mientras subía a la cabina del *Jumper*. Si una vida normal significaba que no te dispararan, estaba bien. Pero si el precio era el aburrimiento, ¿qué elegiría?

—¿*Whiskey Jumper*? Aquí control de vuelo de Miner Prime. Os estamos enviando las coordenadas para vuestro hangar ahora.

—Gracias, control. Feliz de estar aquí —respondió Phyla.

Fuera de las ventanas de la cabina, la araña cilíndrica de Miner Prime se alzaba imponente. Su núcleo sosteniendo a la

mayoría de la población, con los bordes exteriores volviéndose progresivamente más exclusivos, más exóticos.

—*Jumper*, parece que tenéis algunos amigos poderosos —
dijo Control—. Intentemos que esta visita sea un poco menos
destructiva, ¿de acuerdo?

—Nos encantaría, Control.

Una línea amarilla salió disparada a lo largo de la cabina
del *Jumper*, apuntando hacia la estación espacial. Phyla agarró
la palanca de vuelo, apagó el piloto automático y comenzó el
primer giro de aproximación. La última vez que Phyla había
regresado a casa, había volado en pedazos partes de Miner
Prime en una huida desesperada.

Por favor, por favor, que esta vez sea mejor.

CAPÍTULO 5
PLANES DESESPERADOS

Cuarenta combatientes se encontraban en la zona principal del *Whisperwind*, apiñados en los sofás, de pie entre las mesas, todos mirándola fijamente. La nave estaba en aproximación final a Minor Prime, donde la mayoría de estos combatientes podrían morir.

—Sois los últimos de nosotros —dijo Alissa al grupo—. La Voz Roja es un movimiento, una creencia de que las personas deben tener su propia libertad y no ser gobernadas por corporaciones. Hemos luchado durante años y ahora os pido solo un poco más.

Los combatientes la miraban en silencio. No era su primer discurso. Palabras coloridas pidiendo el fin del mal, apelaciones a la pasión y al amor por el hogar propio, pero Alissa esperaba que este fuera el último. La última vez que tendría que predicar por una causa condenada.

—Hoy tomamos las armas por aquellos que no saben que están encarcelados. Que no pueden ver su jaula —dijo Alissa—. En una misión reciente, encontramos un carguero invadido por un solo androide. Su tripulación muerta. El androide mismo, en lugar de impartir justicia, seguía órdenes.

Ahora las miradas se avivaron. Había captado su atención.

—Nuestro objetivo es volver estos nuevos androides contra los opresores, hacer que la espada de su falsa justicia se balancee hacia el lado correcto.

Un combatiente levantó la mano. Alissa le hizo un gesto afirmativo.

—Disculpe, pero los androides, ¿no se fabrican en la Tierra? —dijo el combatiente—. ¿Por qué no vamos allí?

—Porque nunca aterrizaríamos con vida —dijo Castor, tomando la palabra junto a Alissa—. Minor Prime tiene un objetivo que puede llevarnos a la Tierra. Estamos aquí para capturarlo.

—Tendremos cuatro escuadrones. Uno, liderado por mí, intentará encontrar al propio Bosser —dijo Alissa—. Los otros tres serán distracciones, despejando el camino para el resto de nosotros. Una vez que se complete el objetivo, nos reagruparemos aquí. Preparaos, el espectáculo comienza en cuanto aterricemos.

Castor le estaba lanzando una mirada vacilante, la misma mirada calculada que Bakr solía ofrecer cuando ella decía algo con lo que él no estaba de acuerdo.

—No importa si muero aquí —dijo Alissa—. Cogemos a Bosser, lo lleváis a la Tierra, y pagamos lo que debemos a todos los que murieron por esto.

—Marl nunca tuvo tu fatalismo.

—Marl luchaba desde la retaguardia. Ves suficientes horrores de cerca, y te cansas.

Alissa dejó a la multitud y regresó a su camarote para prepararse. Su propia habitación era enorme, con espacio suficiente para una cama doble, un escritorio y consola separados, un sofá y un monitor. El *Whisperwind* había sido un crucero de lujo, y había partes que aún hablaban de ese propósito. A lo largo de una pared, tallado en el lateral, había un conjunto de nombres. Muchos tenían líneas que atravesaban las letras, tajos furiosos hechos con una microherramienta que Alissa guardaba junto a la cama. La cogió ahora y desplegó la hoja.

Quedaban tres nombres. El suyo. Castor. Bakr. Alissa deslizó el dedo por su comunicador y reprodujo las últimas palabras de Bakr.

Alissa. Lo siento.

La estática engulló el final del mensaje. No sabía cómo había muerto su amigo. Solo había oído que la fragata, la última nave de guerra que tenía la Voz Roja, era ahora un montón de restos dispersos flotando alrededor de Neptuno. Alissa esperaba que hubiera sido rápido, cualquiera que fuese su destino. Era lo mínimo que merecía.

Alissa tomó la microherramienta y pasó la hoja a través del nombre de Bakr, la línea plateada cortando las finas letras.

Su muerte no sería en vano.

CAPÍTULO 6
POR FALTA DE UN CAÑÓN

¿Está listo?

Trina ni se molestó en mirar a Mox, que estaba de pie en la puerta del taller. El cañón estaría listo cuando ella estuviese segura de que no explotaría en cuanto Mox lo activara. El *Jumper* no era precisamente una fábrica de armas, y el cañón era complicado.

—Las cosas no funcionan así —dijo Trina, inclinada sobre la parte trasera del cañón donde los tubos alimentaban gas presurizado a una cámara y una batería lo sobrecargaba, escupiendo el elemento calentado por los cañones frontales—. Si quieres tener algo disponible cuando lo pidas, no dejas que alguien lo haga saltar por los aires.

—Fue un accidente —masculló Mox.

—No, no lo fue —dijo Trina. La última pieza que no funcionaba era, como era de esperar, la batería. Ya había desvalijado algunas de las otras armas del *Jumper* y las había entrelazado para crear una versión improvisada, pero no se estaba cargando correctamente—. Podrías haber esquivado la explosión.

—Podría haberlo hecho, quizás —respondió Mox.

Trina suspiró cuando la batería no mostró señales de vida,

otra vez. Se apartó del banco y se volvió hacia Mox. El taller era un desorden, con trozos y piezas de máquinas despedazadas esparcidos por el suelo desde la entrada hasta el banco de trabajo que ocupaba toda la pared lateral. Mox no se había movido de la entrada, una decisión inteligente, ya que navegar entre las piezas de metralla y los hilos de cable requería concentración y práctica.

—Lo siento —dijo Trina—. No debería estar quejándome. Obviamente, tu vida vale más que el cañón.

Trina quería continuar esa frase, quería decir que eso no significaba que el cañón no valiera *nada*. Que todo este equipo merecía un poco de esfuerzo para cuidarlo, para mantenerlo. Para no destruirlo en una pelea de ida y vuelta con unos asaltantes locos.

—Es lo que eres —respondió Mox—. Es necesario que alguien se preocupe.

—Solo desearía que el resto de vosotros también lo hicierais —respondió Trina—. Lo tendré listo antes de que aterricemos. O tendrás que conseguir una batería nueva en la estación.

—¿Cuánto costará?

—Estoy segura de que Davin te comprará una después de que se vendan esos diamantes de hielo —dijo Trina, y sus ojos se desviaron hacia la caja justo dentro de la puerta. El cajón parecía un contenedor más, de más de un metro de ancho y la mitad de alto. Habían puesto los diamantes allí por si Miner Prime quería hacer una inspección. Echarían un vistazo aquí, verían un montón de herramientas y lo dejarían en paz.

Trina ya tenía su lista de la compra para después. Una letanía de cosas que el *Jumper* necesitaba para seguir volando bien. Los cargadores habituales, cableado, paneles solares de repuesto, pero Trina pensó que si el *Jumper* iba a seguir metiéndose en líos, deberían tener unos escudos más potentes. Láseres con más potencia. Si esos diamantes se vendían por lo que Davin pensaba, los Wild Nines conseguirían un gran carguero nuevo de propina.

—Trina —dijo Mox—. ¿Cómo llegaste a ser así?

Ella se subió las gafas protectoras grasientas. Miró a Mox, al exoesqueleto que recorría sus brazos y piernas.

—¿Así cómo? —dijo Trina.

—Yo soy medio máquina, pero no las amo como tú —dijo Mox. Técnicamente no era una pregunta, pero Trina podía seguir el hilo.

—¿Has visto todo por lo que hemos pasado últimamente? ¿Toda esa aleatoriedad? ¿Sabes cuál es el elemento común?

Mox negó con la cabeza.

—La gente —continuó Trina—. Son solo personas locas haciendo cosas locas, por dinero o por algo más. Las máquinas, ellas hacen lo que se les dice. Cada acción tiene un propósito, al menos para ellas.

—¿Te asusta el libre albedrío?

Trina había estado en el *Jumper* durante años con Mox y nunca el hombre le había salido con preguntas como esta. Algo era diferente. Trina olisqueó el aire, tal vez el exoesqueleto estaba fallando. Enviando la electricidad equivocada al cerebro de Mox, alterando su señal. Si Trina se esforzaba lo suficiente, podía oler los voltios. Al menos, eso creía. Ahora, sin embargo, solo estaba la habitual grasa y metal, un toque de cable quemado por el trabajo que había estado haciendo en el cañón.

—Cuando es lógico, no. Cuando no lo es, por eso me alegro de teneros a ti y a los demás cerca. Ahora, si quieres que este cañón esté listo, deberías dejarme sola para arreglarlo —dijo Trina.

—Por supuesto —respondió Mox, asintiendo y luego alejándose.

Trina observó la entrada vacía por un momento. La otra cosa sobre las máquinas es que no podían esconder sus secretos. Si pasabas suficiente tiempo con ellas, si desmontabas suficientes, podías conocer hasta el más mínimo detalle sobre ellas. Trina nunca sabría todo sobre Mox, cómo funcionaba, por qué eligió la vida que vivía y por qué pensaba que ahora, en su aproximación a Miner Prime, era el momento de conocerla.

Y Mox nunca sabría la razón por la que Trina mantenía sus manos grasientas, los motores a punto y las baterías cargadas. Porque algunas historias eran tan comunes que no significaban nada para los que no formaban parte de ellas, aunque lo significaran todo para los que se veían afectados personalmente. Porque nadie quería oír hablar de otro fallo en una nave, de otra colisión con un asteroide, de otro hijo de las estrellas criándose solo. Eso no iba a pasar aquí.

Trina se volvió hacia el cañón y echó otro vistazo a la batería. El problema era obvio. Cómo lo pasó por alto, Trina no lo sabía. Había cambiado el orden, la batería necesitaba extraer primero suficiente energía y luego enviarla, pero no había establecido la cantidad. Tardó un segundo y esta vez, cuando el cañón estuvo cargado, la batería zumbó mientras su carga fluía, preparando el arma.

Cuando Mox necesitara usarlo, su cañón estaría listo.

CAPÍTULO 7
LOS QUE ECHAMOS DE MENOS

Treinta y siete mensajes desde la última vez que Erick había hablado con ellos. Todos siguiendo la misma plantilla. Un saludo de su hija, seguido de una cascada de saludos de sus amigos, marido e hijos. No, sus nietos. No podía olvidar eso. A partir de ahí, los mensajes hablaban del día a día. Cómo estaba el tiempo en la isla, qué estaban aprendiendo los niños en el colegio, qué iban a cenar esa noche. Era una saga de lo mundano.

A Erick le encantaba.

Indicó al comunicador que marcara la frecuencia. Tenían otra hora antes de aterrizar en Miner Prime, y con el acoplamiento, su vida volvería a estar ocupada. El retraso de transmisión era solo de minutos entre la Tierra y Marte, un lapso de tiempo que incluso un niño pequeño podía soportar. Desde su pequeño camarote, Erick podía acceder al canal de comunicaciones principal del *Jumper*, el de largo alcance que Phyla no estaba usando para hablar con la estación. Si alguno de los otros lo estuviera usando, como Viola llamando a Ganímedes, les oiría hablar y tendría que esperar hasta que terminaran. Sin embargo, cuando su comunicador se conectó, solo escuchó silencio.

—Hola, Julia —habló Erick al comunicador—. Soy tu padre, que por fin responde a tus dulces mensajes. Nos acercamos a Miner Prime, de vuelta en el espacio comunicativo. Estaré disponible durante la próxima hora más o menos para hablar si puedes responder. Sé que ha pasado mucho tiempo, y por eso lo siento. Pero ahora estoy escuchando.

El mensaje se envió, arrastrándose por el espacio hacia su familia en ese exuberante punto azul. Erick reprodujo sus propias palabras, sacudiendo la cabeza mientras lo hacía. Sonaban tan frías, tan rutinarias. Una broma en su familia, incluso entre los Wild Nines, era lo formal que era el doctor. Quizás toda una vida requiriendo precisión al dar diagnósticos le había robado la capacidad de conectar con esa vena más profunda y emocional. Solo en momentos como este, sin embargo, el hábito realmente se sentía como un obstáculo.

La pequeña pantalla del comunicador cobró vida diez minutos después, apoyada en la encimera del camarote. Una mujer de piel muy bronceada apareció con un fondo de palmeras, sosteniendo a un bebé que reía. Erick prácticamente voló a través del pequeño espacio, lanzándose sobre la cama para ver.

—¡Padre! ¡Justo como tú, llamando en un día ajetreado para nosotros! ¡Como puedes ver, tu nieta más reciente llegó hace un mes y ya está haciendo todo lo posible para hacer nuestras vidas miserables!

La amplia sonrisa de Julia, sus dientes blancos resplandecientes contrastando con el tono profundamente bronceado de su piel, sugería que la miseria estaba más cerca de la alegría.

—Ahora, a diferencia de los otros, no te diré su nombre —continuó Julia—. Porque se me han acabado las formas de convencerte de que vuelvas aquí de visita, así que espero que esta funcione. Tenemos una cama lista para ti. Las aguas están cálidas, las olas son maravillosas. Y después de todo ese tiempo en esa caja de nave espacial, seguro que podrías aprovechar algo de sol.

El resto del mensaje pasó rápidamente, con Julia diciendo que la pequeña tenía hambre, al igual que todos los demás. Se pondría en contacto con Erick más tarde, y esperaba que él respondiera con la fecha de su próxima visita. Quizás incluso considerara una estancia permanente.

Una estancia permanente. Erick miró el pequeño camarote, la cama apenas lo suficientemente larga para acogerlo. A diferencia de la mayoría de los miembros de la tripulación, Erick realmente imprimía fotos de Julia y los nietos. Decoraban la mayoría de las superficies del camarote. Trina le había hecho, un año, un pequeño proyector que podía proyectar las imágenes en el techo, y casi todas las noches, Erick se dormía con el espectáculo intermitente de las vidas de su familia.

—Quince minutos hasta que atracamos, gente. Poned vuestras cosas en orden —la voz de Phyla sonó por el intercomunicador.

Erick volvió al comunicador. El canal todavía estaba abierto, una última oportunidad de responder a Julia.

—¿Ocultar el nombre? Eso es un duro golpe, Julia —Erick se aseguró de que el comunicador transmitiera su cara feliz para desarmar el comentario—. Pero uno efectivo. Estoy pensando, como tú, que quizás sea hora de que regrese a casa y me quede allí.

Otro mensaje que transmitía el punto pero no el espíritu. Erick cortó el canal, deslizó el comunicador de vuelta a su muñeca. Habría mucho tiempo para disculparse con Julia por sus terribles mensajes más tarde. En persona.

CAPÍTULO 8
UN TIPO DIFERENTE DE CITA

El árbol era lo suficientemente grande para ocultar a Merc mientras se apretaba contra él, con los copos de nieve golpeándole la cara empujados por el viento helado. A su izquierda y derecha, más bosque hasta que la niebla invernal impedía ver más allá. No es que lo que hubiera *más allá* importara. Su objetivo estaba cerca.

El rifle, un automático completamente negro diseñado para rociar proyectiles a alta velocidad, aunque con poca precisión, se sentía ligero en sus manos. Especialmente comparado con el peso del pesado traje para la nieve. Estaba moteado de marrón y negro, lo que Merc consideraba un camuflaje efectivo. Pero ya llevaba demasiado tiempo detrás del árbol. El tiempo suficiente para que el objetivo supiera dónde estaba.

Merc se movió bruscamente hacia la derecha, asomándose por el borde sin ver nada más que bosque helado. Entonces se lanzó hacia la izquierda, rodando por el suelo duro hacia otro par de gruesos troncos. Dos fuertes estallidos rompieron el aire silencioso y Merc sintió cómo el suelo explotaba cuando las balas impactaron cerca. Siguió rodando hasta que sintió que la leve sombra de los árboles caía sobre su rostro. Los disparos habían fallado.

Al ponerse de pie, Merc miró los agujeros en el suelo donde las balas habían impactado detrás de él. La dispersión de la tierra indicaba que los disparos habían venido desde el lado opuesto a los árboles. Disparar y moverse. Esa era la regla. Lo que significaba que probablemente el objetivo ya no estaba allí, pero si Merc se movía rápido, quizás podría pillarlo durante el cambio de posición.

El piloto rodeó el árbol y mantuvo apretado el gatillo en la dirección general de los disparos. No alcanzó nada más que aire mientras corría hacia el siguiente árbol. Aunque su propio fuego podría haber hecho que el objetivo se agachara, así que seguía siendo útil. Además, tenía munición de sobra. El viento se alzó aullando, arremolinando la nieve hasta que incluso el espacio a un metro frente a él era más gris que cualquier otra cosa.

—¿Fue idea tuya? —gritó Merc por encima del viento—. Porque este clima realmente no hace que esto sea divertido.

No hubo respuesta. Se lo estaba tomando en serio, entonces. Merc alcanzó su cinturón de herramientas con la mano izquierda, agarró una pequeña esfera adherida allí y tiró con fuerza. Lanzó la granada por encima de su hombro, a través del hueco entre los árboles. Con la tormenta aún soplando con fuerza, Merc salió corriendo hacia la izquierda, corriendo a lo largo del bosque, girando en un lento círculo. Segundos después, la granada explotó, una estruendosa ráfaga de ruido y fuego que penetró la ventisca como una floración naranja en el borde de la visión de Merc.

Un chasquido, justo delante. El estallido de un disparo de rifle. Merc no oyó silbar la bala al pasar. Posiblemente ni siquiera disparaban en su dirección. Merc se agachó, caminando rápido y en silencio, con el rifle sujeto con ambas manos. Un gran árbol apareció entre la nieve arremolinada, su enorme tamaño actuando como un freno para la tormenta. En las ramas, una forma oscura se extendía como un bulto sobre un par de gruesas extremidades. Inteligente, tomar la ventaja de la altura. A menos que tu objetivo estuviera justo debajo de ti.

Merc apuntó el rifle hacia arriba, apretó el gatillo y envió una larga serie de disparos al bulto, que se sacudió con cada impacto. Merc esperó un grito, que el rifle cayera, pero nada. Entonces sintió la presión en la parte posterior de su cabeza, el frío metal de un arma corta.

—Suéltalo y date la vuelta —dijo la voz de la mujer con dureza.

Merc hizo exactamente eso, dejando caer el rifle al suelo. Se dio la vuelta para encontrar a la mujer vistiendo poco más que ropa interior. Merc podía verla temblar de frío, pero el arma estaba firme y sus ojos no parpadeaban.

—Dilo —dijo la mujer.

—Has ganado —dijo Merc, sacudiendo la cabeza.

—Por supuesto que sí —respondió la mujer, acercándose y dándole un beso.

El bosque se desvaneció hasta quedar en negro, al igual que el frío y la sensación del viento en su cuello. Luego aparecieron líneas blancas en el espacio oscuro, abriéndose para revelar el interior de la bahía de acoplamiento del *Jumper*. La Viper estaba allí frente a él, su metal pulido vuelto a la normalidad después de las marcas de viruela que había sufrido en los combates sobre Neptuno. La mente de Merc hizo las mismas piruetas mentales que siempre hacía después de salir del simulador, volviendo de la inmersión total a la realidad. Incluso la gravedad era diferente, más ligera en el *Jumper* que en la Tierra propiamente dicha.

—¿Eso hace, treinta a diez? —dijo Opal, saliendo de su cápsula.

—Si solo cuentas las simulaciones terrestres —replicó Merc—. Súbete a una nave y veamos qué pasa.

Opal se rio y negó con la cabeza. Nunca decía que sí a eso,

siempre describía el pilotaje como el trabajo de Merc. Así que se batían en duelo en tundras heladas, estaciones espaciales, la arena roja de Marte. Como forma de pasar el tiempo, era bastante genial.

—Estamos a punto de atracar —la voz de Phyla sonó por el intercomunicador—. Vosotros dos preparaos si queréis salir.

—Por supuesto que sí —dijo Merc, siguiendo a Opal fuera de la bahía. ¿Una oportunidad de estar en algún lugar que no fuera el *Jumper*? De ninguna manera se iba a perder eso.

CAPÍTULO 9
VIDAS QUE PERDER

Miner Prime llenaba la vista desde la cabina, reemplazando el negro espacio con su colección de grises, blancos y colores aleatorios que identificaban escotillas o secciones con marca corporativa. Era agradable contemplar algo distinto al infinito. Saber que si el *Jumper* sufría algún tipo de desastre terrible, podría haber un rescate en lugar de un montón de escombros encontrados por accidente años después.

—Gracias por despejar el camino —dijo Davin, enviando el mensaje a la línea que Bosser les había indicado usar—. Temía no volver a aterrizar jamás en este pedazo de basura espacial giratorio.

Davin hizo una pausa. La última comunicación real de Bosser, cerca de Neptuno, había sido una amenaza. De hecho, ahora que Davin lo pensaba, la mayoría de los mensajes del hombre parecían ser amenazas. *Contactadme en cuanto hayáis llegado a la estación, o podrían surgir consecuencias desafortunadas* - así había terminado el último. ¿Como qué, un asesinato? ¿La destrucción inmediata del *Jumper* y su tripulación?

No merecía la pena arriesgarse.

—Hemos llegado —continuó Davin—. Así que si tienes esa misión en mente, no dudes en informarnos.

La transmisión terminó. Davin esperó, mientras Phyla guiaba el *Jumper* a su lado. Sin respuesta.

—¿Nos está dando plantón después de haber volado hasta aquí? —dijo Phyla.

—Probablemente esté en la ducha, pero si se ha olvidado de nosotros, me parecería perfecto.

Diez minutos después, el *Jumper* aseguró sus puntales sobre el suelo azul oscuro de la bahía. Del color de un océano profundo, y también del tono de la compañía que poseía esta sección de la estación. Davin les pagaría una tarifa por mantener el *Jumper* allí, un eslabón más en una cadena interminable de monetización. Eso había sido una ventaja de vivir en Vagrant's Hollow: si no tenías dinero, nadie se molestaba en hacerte publicidad. Ahora que tenía una nave, todos pensaban que era un blanco fácil.

La rampa del *Jumper* descendió. La fría luz blanca de Miner Prime se deslizó dentro del carguero. Los ruidos de la bahía se filtraron, anuncios que resonaban solicitando un transportador de carga en algún otro lugar, el constante movimiento de los ascensores que llevaban gente de aquí para allá, y el murmullo bajo de conversaciones justo fuera del alcance del oído. Ninguno de esos ruidos provenía de la persona que estaba al pie de la rampa.

Su pelo estaba erizado, apuntando en todas direcciones como si cada mechón fuera un cometa disparado hacia una sección diferente del espacio. Debajo, permanecía con las manos a los costados, observando a Davin y los demás sin un atisbo de expectativa. Como si estuviera preparada para esperar allí todo el día, y el siguiente, sin que le molestara lo más mínimo. Vestía el uniforme de las fuerzas especiales de Miner Prime, una gruesa colección azul marino de bolsillos y lazos donde guardar o colgar todas las armas y herramientas que pudieran necesitar. Todos los suyos parecían vacíos.

Davin bajó por la rampa, reuniendo la confianza casual que venía con saber que Opal estaba en su posición habitual en lo alto de la rampa, con el francotirador listo y apuntando directamente a la cabeza de la persona. La mujer había estado esperando en la bahía cuando el *Jumper* entró, y no había razón para arriesgarse.

—¿Bosser no quiso venir a saludar? Me siento ofendido —dijo Davin cuando llegó abajo. Ninguno de los otros bajó detrás de él. Generalmente era mejor *no* hacer que toda tu tripulación cayera en una trampa. Especialmente cuando podían estar manejando las torretas, listos para disparar si algo salía mal.

—¿Davin Masters? —dijo la mujer, con una voz que golpeó los oídos de Davin como un martillo sin filo. Había hilos ausentes en sus palabras, las insinuaciones de otras agendas, de curiosidad, de historias pasadas que informaban la emoción presente. Las imperfecciones que hacían humano al habla humana.

—Eres una androide, ¿verdad? —dijo Davin.

—ThreeTwelve —reconoció la mujer—. ¿Y usted es el capitán de esta nave?

—Alguien tiene que serlo —dijo Davin. Otra androide. No hace mucho, en Europa, Bosser había enviado primero a uno, luego a dos robots más tras Davin y su tripulación. La mayoría de los androides en estos días, bajo varias restricciones aprobadas por los gobiernos de la Tierra, se producían explícitamente para hacer las cosas que la gente no debería, como hacer cumplir las reglas. Sin embargo, el coste de fabricarlos ponía a los androides fuera del alcance de la vigilancia ordinaria, por lo que sus tiempos de reacción ridículamente rápidos, su reconocimiento facial perfecto y su letalidad general convertían a los androides en costosas máquinas de matar al servicio del sistema de justicia arbitrario de la Ley Libre.

—Bosser desearía verle a usted, y a Phyla, en su apartamento —dijo ThreeTwelve.

—¿Ni siquiera nos vas a invitar a cenar primero? —respondió Davin.

Tan cerca de la androide, Davin notó que ThreeTwelve no parpadeaba. No intentaba respirar. Los disfraces simbólicos que la mayoría de los androides adoptaban para encontrar a sus objetivos no estaban siendo utilizados. ThreeTwelve parecía más una imagen 3D congelada en el tiempo que una persona. La pregunta era... ¿por qué?

—Su propensión a las bromas inútiles queda registrada —dijo ThreeTwelve—. Sin embargo, tenemos poco tiempo. Por favor, venga ahora.

¿Bromas inútiles? ¿Quién se creía que era esta androide? Davin suspiró, miró su comunicador. —Phyla, ¿has oído eso?

—Ya estoy de camino —respondió Phyla a través del comunicador—. No es como si tuviéramos elección, ¿verdad?

—Parece que esa es nuestra nueva realidad —dijo Davin, mirando de nuevo a la androide—. ¿Supongo que no puedes darme ninguna pista sobre lo que va a decir?

—Que las cosas están peor de lo que creería —dijo ThreeTwelve, con su voz manteniendo esa inquietante falta de inflexión—. Y que tendrá la oportunidad de salvar muchas vidas.

—¿Muchas vidas? —dijo Davin mientras Phyla bajaba trotando por la rampa—. ¿Segura que no quieres decir "ganar un montón de pasta"?

—Lo primero suele llevar a lo segundo —dijo ThreeTwelve.

—Excepto de donde acabamos de venir —dijo Phyla—. Donde fue precisamente lo contrario.

—¿Lo fue? —replicó ThreeTwelve, haciendo una pausa antes de darse la vuelta y caminar hacia los ascensores. Davin se obligó a no mirar a Phyla. ¿Sabría Bosser que habían conservado algunos de los diamantes de hielo? ¿Que planeaban vender las gemas azules en Miner Prime?

—¿Por qué le importaría a Bosser? —susurró Phyla. Davin consideró la pregunta mientras seguía a ThreeTwelve. Bosser no era Eden, la compañía que había perdido su nave en la misión. No iba a obtener beneficio alguno de los diamantes de hielo. Aun así, la idea de que Bosser supiera lo que pasaba con su tripulación era molesta.

—¡Eh, androide! —dijo Davin mientras ThreeTwelve pulsaba el botón de llamada del ascensor—. ¿Qué hay de mi tripulación? ¿Pueden abandonar la nave o les dispararán más como tú si lo intentan?

ThreeTwelve se giró a medias, su ojo izquierdo mirando a Davin con un brillo verde iridiscente.

—Si sus vidas son suyas para guardar, déjelos en la nave —dijo la androide mientras las puertas del ascensor se abrían frente a ella—. Si sus vidas son de ellos para perder, déjelos ir.

Los androides, decidió Davin mientras entraba en el ascensor junto al robot, con Phyla cerca, eran verdaderamente lo peor.

CAPÍTULO 10
CAMBIO DE TÁCTICA

No iban a llegar hasta él. Alissa podía verlo desde donde estaba, con otros tres combatientes en el borde del ascensor en el nivel de seguridad. Demasiadas cámaras, demasiados guardias. La amplia sección frente a ella tenía al menos tres pacificadores con traje completo. Su armadura bloquearía casi todo lo que disparase. Miner Prime estaba en alerta, y la Voz Roja no disponía de suficiente potencia para atravesarla. Sería una muerte sin sentido. Sus manos se movieron bajo su chaqueta, hacia las empuñaduras de sus armas. Tan cerca.

—Alissa —la voz de Castor sonó por el comunicador—. La colocación está lista y estamos preparados para empezar. Pero tengo una pregunta.

—Pregunta —respondió Alissa.

—Jairo ha detectado otra nave al entrar. Una que conocemos, el *Whiskey Jumper* —dijo Castor—. En esa nave, la última vez que la vi, estaba la heredera de Galaxy Forge. Estamos confirmándolo ahora, pero podría llevarnos a la Tierra.

Una pequeña posibilidad era mejor que una muerte segura. Tenían que intentarlo.

—Si la vemos, activad el ataque.

—¿Y si no aparece? —preguntó Castor.

—Entonces incendiaremos Miner Prime. Un último grito por Marte —dijo Alissa—. Te veré en la nave.

Alissa se giró y pulsó un botón a la izquierda. El ascensor se cerró y los hizo descender rápidamente hasta los niveles de acoplamiento. No podía negar que sintió un estallido de alivio mientras aquellos pacificadores con armadura desaparecían de la vista. Quizás no moriría hoy después de todo.

CAPÍTULO 11
ALTO PRECIO

Las crecientes pilas de casas construidas sobre otras casas, chatarra amontonada sobre chatarra para crear torres escaladas por endebles escaleras de metal negro, contemplaban las bulliciosas avenidas de almas perdidas que se abrían paso por La Hondonada de los Vagabundos. En el espacio sobre las calles, los drones iban y venían en temerarias carreras de reparto, enviando este o aquel producto vital de un extremo al otro del nivel. Solo desde los ascensores, Viola podía ver más tipos de personas de las que jamás había visto en toda su vida en Ganímedes.

Frente a ella, a pocos metros, un niño discutía con su madre, una mujer que parecía ser casi mitad metal. Todos sus brazos y piernas habían sido reemplazados por alternativas mecánicas, a menudo sin cubrir con plastipiel barata, por lo que algunos cables colgaban a través de ella. El niño parecía normal hasta que las puertas del ascensor terminaron de abrirse y sonaron. Cuando el rostro del chico se volvió para mirar, toda su parte izquierda estaba cubierta por una placa facial pintada de verde oscuro, solo el ojo se mostraba natural. Detrás de ellos, la cambiante multitud revelaba grupos de policía de Miner Prime, comerciantes moviendo carros de mercancías y, en un momento dado, un escuadrón de personas vestidas completamente con lo que parecía cabello humano tejido.

—¿Aquí es donde creció Davin? —preguntó Viola.

—Sí —respondió Mox desde atrás mientras salían del ascensor.

—La Hondonada de los Vagabundos no siempre fue tan ecléctica —dijo Puk, zumbando para apartarse de un dron que pasaba—. Ha adquirido la reputación de ser un lugar donde todo vale, donde, siempre que no seas violento, a nadie le importa quién eres.

—¿De verdad crees que podemos vender los diamantes de hielo aquí? —preguntó Viola. Detrás de ella, Mox sujetaba la caja empaquetada con las gemas. Viola había pensado que parecería absurdo caminar por ahí llevando una caja tan grande, pero unos segundos allí acabaron con esa preocupación. Ni un alma les había mirado por más de un momento. Incluso el exoesqueleto de Mox, con sus crestas de acero abultando a través de la camisa del hombre, despertaba poco interés.

—Aquí están los comerciantes que no hablan —dijo Mox—. Seguidme.

—Creo que lo que Mox quiere decir —dijo Puk, serpenteando tras el hombre corpulento— es que Miner Prime regula intencionadamente muy poco de lo que ocurre en La Hondonada de los Vagabundos, sabiendo que la atracción que proporciona a varios tipos de personas sirve para impulsar la economía y el estatus de la estación en su conjunto.

—Lo pillo —dijo Viola, con los ojos moviéndose por todas partes. Había tanto que ver. Opal y Merc venían detrás de ellos, intencionadamente. La idea era que Opal pudiera detectar a alguien siguiendo a Mox y los diamantes sin que se dieran cuenta de que Opal los estaba observando. La idea surgió de alguna operación militar encubierta que Opal había dirigido años atrás. Sin embargo, nadie los molestó, hasta que Viola, Mox y Puk se detuvieron frente a una gran tienda llena de piezas de naves espaciales que parecían tan antiguas que pertenecían a museos, no al mercado.

—Fourier —dijo Mox, señalando con la cabeza hacia el interior de la tienda. Viola siguió al hombre de metal dentro, tragándose sus propias preguntas sobre cómo una tienda tan patética podía permitirse lo que intentaban vender.

Y entonces la parte trasera de la tienda, lo que parecían paredes superpuestas de tela, se abrió para revelar a un hombre amarillento y flacucho que llevaba una gran mochila mecánica. Mientras se acercaba a Mox, la mochila parecía desplegarse, un par de brazos robóticos con garras, baratos, saliendo de la parte superior. Los brazos estaban en paralelo con pequeños tornillos en la parte inferior, rodeando su cintura.

—¡Mox! —chilló el hombre—. ¡Esperaba a Davin! Es un raro placer conocer el producto final de Selene Stone.

Mox no se molestó en hablar, solo gruñó un reconocimiento y buscó un lugar donde dejar la caja, finalmente barriendo algunas de las piezas oxidadas al suelo. Fourier no protestó, acercándose a la caja y continuando un flujo de adjetivos halagadores que estaban haciendo sonrojar a Viola en nombre de Mox.

—¿Quién es Selene Stone? —susurró Viola a Puk mientras Mox y Fourier entablaban una discusión.

—Estoy buscando, pero no encuentro nada —respondió Puk—. No puedo conectarme a la red aquí. Fourier puede estar bloqueando el acceso. Volveré enseguida.

El pequeño robot zumbó fuera de la tienda. Viola miró calle abajo, por donde habían venido, y notó que Opal y Merc investigaban la oferta de comida de un vendedor. Parecían sándwiches, humeantes montones de pan, carne y verduras. Todo cultivado en laboratorio. El precio de transportar carne real al espacio era tan ridículo que la mayoría de la gente con dinero que la quería simplemente iba a la Tierra. El padre de Viola, propietario de una de las mayores empresas del sistema solar, ni siquiera se molestaba con ello, alegando que la carne real era un vicio y que ya tenía muchos de esos.

Un clic detrás de Viola señaló que Mox estaba abriendo la caja, y la correspondiente inhalación de Fourier dijo que quizás las estimaciones de Davin sobre el valor de los diamantes de hielo no estaban tan equivocadas.

—Esa es la única oferta —estaba diciendo Mox cuando Viola se acercó.

—¿La única oferta? —respondió Fourier—. Eso apenas es divertido.

—No estoy aquí para divertirme.

Fourier miró a Mox como si el hombre acabara de matar a un niño. La mochila, sin embargo, actuaba con mente propia. Los dos brazos metálicos se lanzaron dentro de la caja, agarraron un par de los diamantes de hielo y los colocaron en los tornillos inferiores de la mochila. Pequeñas luces que bordeaban el exterior de los tornillos se volvieron azules, luego rojas, luego verdes. Los ojos de Fourier se inclinaron hacia arriba, como si algo le estuviera hablando, y Viola notó que el hombre tenía pequeños dispositivos en las orejas.

—Una composición mineral asombrosa —murmuró Fourier, luego miró a Mox y se rio—. Ni siquiera me importa mostrar mi interés. La base de datos de Miner Prime no tiene nada parecido a esto. ¿Dices que estos son los únicos que existen? ¿Aquí?

—Hay más en Neptuno —dijo Mox.

—¿Pero aquí, ahora, esto es todo?

Cuando Mox asintió, eso lo selló. Viola observó cómo Fourier accedía a la venta y creaba la transferencia pendiente a la cuenta general del Wild Nine. Mox frunció el ceño a su propio comunicador después de un minuto.

—Parece que la red está caída —dijo Fourier, mirando por

encima del brazo de Mox—. La transacción se realizará cuando vuelva.

—Si no lo hace...

—Lo sé, volverás —dijo Fourier—. Ahora largaos de aquí. Dejadme jugar con mis nuevos juguetes.

Viola salió del lugar ligeramente aturdida. Ya no tenían la caja, ni los diamantes de hielo, pero si Mox había recibido de Fourier el precio que pedía Davin, entonces la parte de Viola significaba que no necesitaría la ayuda de su padre durante mucho tiempo.

—Viola —zumbó Puk mientras el robot regresaba para encontrarse con ellos en la calle—. No hay recepción en ninguna parte. Los enlaces parecen caídos.

—¿Caídos? —dijo Mox, mirando hacia arriba. Viola siguió la mirada. Los cielos anteriormente abarrotados de La Hondonada de los Vagabundos estaban casi vacíos, todos los drones automatizados habían desaparecido. Las únicas naves que aún se movían estaban siendo pilotadas activamente, pequeños trineos de carga controlados. La gente en las calles también lo había notado, señalaban hacia arriba, las voces se volvían más agitadas. Viola vio a más acelerar el paso o escabullirse entre las pilas, ocultándose de la vista.

—Está pasando algo extraño —dijo Viola. Miró calle abajo, hacia donde deberían haber estado Opal y Merc, pero no pudo verlos detrás de las cambiantes multitudes. Entonces algo tiró con fuerza de su brazo izquierdo.

—¡Eh! —dijo Viola, retrayendo el brazo y girándose. Alguien corría alejándose de ella, hacia la multitud, con un traje holgado de color beige. Cuando se frotó el antebrazo con la mano derecha, Viola sintió piel.

—¡Te han quitado el comunicador! —anunció Puk, y salió disparado tras el ladrón. Viola salió corriendo tras el robot, manteniendo la bola flotante a la vista mientras bailaba a través de la multitud. Detrás de ella, Viola podía oír a Mox haciendo lo mismo, aunque la multitud parecía estar esquivándolo a él en su lugar.

La calle era una mezcla desigual de metal de estación espacial y años de suciedad. Era como correr sobre tierra áspera donde cada una de las pisadas de Viola parecía caer en un ángulo diferente. Rebotó contra una persona, luego contra una pila de provisiones de comida, y casi se decapitó con un carro flotante que pasaba y se lanzó debajo de él. Levantándose con dificultad, Viola captó otra mirada del ladrón, que la miró por encima del hombro.

El rostro de la persona estaba enmascarado, un tipo que Viola había visto a menudo en Ganímedes. Negro y amenazador, aunque de forma no intencionada. La máscara funcionaba como un filtro, eliminando toxinas del aire y dejando pasar solo oxígeno. Esencial cuando se realizan proyectos de construcción en el espacio, especialmente en lunas rocosas y polvorientas. Pero, ¿por qué llevarla aquí, en una estación espacial completamente filtrada?

Puk se balanceaba arriba, y Viola negó con la cabeza al robot cuando la multitud le dio un momento para mirar hacia arriba. Puk podría haber disparado al ladrón, pero el robot podía fallar, y el ladrón no estaba exactamente esforzándose mucho por escapar. El ladrón seguía mirando atrás a Viola como si se asegurara de que ella no se quedaba demasiado atrás. Y sin su comunicador, Viola no podía comunicarse con Puk, así que la anticuada sacudida de cabeza era la única manera.

Tras otro minuto de carreras esquivando a la multitud, Viola de repente se libró de la gente. Se habían alejado lo suficiente del centro de La Hondonada de los Vagabundos. Las tiendas escaseaban por aquí, había más casas. Las pilas seguían allí, pero menos cubiertas de adornos aleatorios, algunas incluso con flores floreciendo. Genéticamente modificadas para crecer bajo la luz solar artificial de Miner Prime, claro, pero proporcionando un ambiente más suave, no obstante. Viola lo asimiló mientras perseguía al ladrón, ahora moviéndose a trote. O lo estaba.

Mox salió volando de entre unas pilas a la derecha del ladrón, su exoesqueleto aumentando su velocidad. El ladrón ni siquiera tuvo tiempo de reaccionar antes de que el hombre de metal lo sostuviera por el cuello. Viola le alcanzó justo cuando Mox arrancaba el comunicador de Viola de la mano del ladrón.

—¿Por qué? —preguntó Mox al ladrón. Viola tenía que estar de acuerdo. Los comunicadores eran baratos, y el ladrón parecía tener uno. Los datos podían ser valiosos, supuso, si la persona era alguien más importante que Viola.

El ladrón giró la cabeza para mirarla, sus ojos rojos por la falta de sueño, pelo arrugado y moteado de marrón que se volvía gris a pesar del aparente atletismo juvenil del hombre.

—Mira —dijo el ladrón, el respirador convirtiendo sus palabras en algo más ronco. Sus ojos se desviaron de los de Viola, miraron por encima de su hombro, de vuelta por donde habían venido.

El retumbar llegó primero. Luego el destello, reflejado en las paredes interiores de Miner Prime. Después el sonido y, con él, la ráfaga de calor. Viola se volvió para ver una serie de nubes de humo elevándose desde el centro de La Hondonada de los Vagabundos. Tres, cuatro, y ahora más estallaban. Bombas esparcidas por todo el nivel. Sobre ellos, el techo parecía desgarrarse, abriendo un agujero en el cielo falso mientras otra bomba atravesaba los túneles de mantenimiento de Miner Prime entre los niveles. Bloques de fibra de carbono, con fondos brillantes de lentes de proyección y partes superiores con nidos enmarañados de cables, cayeron.

Miner Prime estaba siendo destruida, con ellos dentro.

CAPÍTULO 12

LUCHA CALLEJERA

Opal se zambulló bajo la mesa del puesto de forma automática con la primera ráfaga. Cuando Mox les comunicó que el trato estaba cerrado, Opal y Merc habían regresado hacia los ascensores. Casi habían llegado, con los ascensores ya a la vista, cuando todo se desmoronó. Desde debajo de la mesa, un robusto ala de nave de combate reconvertida sobre caballetes de plástico, Opal sacó una pistola y la sujetó con ambas manos. Las explosiones continuaban, pero sin ningún tipo de cadencia. No procedían de ninguna dirección concreta. Aleatorias. Caóticas.

—¡Tenemos que llegar a la *Jumper*! —gritó Opal por su comunicador, ya sintonizado en la frecuencia de Merc. No estaba segura de adónde había ido el piloto, pero no lograba distinguirle entre la calle abarrotada. Al menos, no desde debajo de la mesa. Opal respiró hondo, rodó hacia fuera y se unió a la multitud que se dirigía hacia los ascensores.

Solo que, de repente, la multitud empujaba en dirección contraria. Opal apartó manos a manotazos, pasó por encima de gente que caía mientras la masa de humanidad en pánico cambiaba de dirección. Estaban corriendo de vuelta hacia las explosiones, lo que no tenía sentido. A menos que hubiera algo peor delante de ella. Seguía sin ver a Merc, y su comunicador permanecía en silencio.

—¡Merc! ¡Di algo! —intentó Opal de nuevo.

La plaza de los ascensores apareció mientras Opal se abría paso bajo los brazos oscilantes de un hombre mayor que huía, aparentemente intentando nadar lejos de lo que ocurría más adelante. Y cuando Opal vio lo que era, lo comprendió. Un gran escuadrón de policía de Miner Prime estaba siendo aniquilado, rayos láser entrando y saliendo de ellos desde aparentemente todos los lados. Tiradores ocultos en las pilas disparando lanzas de energía contra los policías, que intentaban esconderse tras escudos y, en algunos casos, tras los cuerpos caídos de sus propios aliados. Opal se deslizó hacia un lateral de la calle, apretándose contra una pila. Sin ayuda, la policía no duraría mucho.

Pero estas eran las mismas tropas que habían arrestado a Opal la última vez que estuvo aquí. Las que habían intentado llevarse la *Jumper*, las que habían intentado matar a Davin y a Viola. Otra explosión desgarró el techo sobre el Hueco del Vagabundo, exponiendo las oscuras cuevas entre niveles. La policía no estaría volando su propia estación espacial. O si lo estuvieran haciendo, no estarían muriendo aquí abajo donde estaba ocurriendo. Lo que significaba que, esta vez, no eran el enemigo.

Opal giró a la izquierda, entrando en la tienda. Como la mayoría de los comercios en el Hueco del Vagabundo, se abría por la parte trasera a uno de los estrechos callejones que cortaban entre las pilas. Opal atravesó la cortina trasera, luego se detuvo y miró en ambas direcciones. Nada hacia la plaza de los ascensores excepto una clara visión del tiroteo que continuaba. A la derecha, el callejón seguía y luego se bifurcaba. Opal, manteniendo su pistola en alto y lista frente a ella, siguió la bifurcación a la izquierda. Y tosió. Luego tosió de nuevo. Algo en el aire le estaba raspando la garganta. Quizás polvo, de las explosiones.

El callejón se curvaba alrededor de una pila trapezoidal, con el ángulo afilado de un gran trozo de chatarra sobresaliendo en el camino. La mayoría de los edificios aquí eran naves espaciales recicladas. Cargueros y cazas considerados demasiado caros para reparar, cualquier cosa valiosa extraída, las partes inútiles traídas aquí y reconvertidas. Otra bomba, más lejos esta vez, hizo rodar su eco por las calles, cubriendo momentáneamente los gritos fracturados de los combatientes. Opal se apretó contra la esquina y echó un vistazo.

Al fondo del callejón, quizás a diez metros, un par de personas estaban montando un trípode. Uno de ellos, tumbado boca arriba, tenía el pesado cañón que pertenecía al soporte. Si lo montaban, las fuerzas de Miner Prime pasarían de estar perdiendo a ser diezmadas en segundos. Ambos parecían llevar también rifles más pequeños. Superada en número y en armamento. Con suerte, la sorpresa sería suficiente. Opal levantó la pistola mientras ellos bajaban el cañón y comenzaban a fijarlo al trípode. Dedo en el gatillo.

Entonces la puerta trasera del trapezoide se abrió de golpe, bloqueando el callejón por completo con su volumen oxidado. Alguien gritaba al otro lado. No podía distinguir las palabras. Si el recién llegado la había visto, si había visto a Opal y estaba avisándoles, entonces en el momento en que esa puerta se cerrara, la acribillarían. Tenía que recuperar el factor sorpresa.

Opal corrió hacia la puerta, empuñando la pistola con la mano derecha. A un metro de distancia, Opal plantó su pie izquierdo y pateó con el derecho, un golpe seco, años de entrenamiento militar tensando sus cuádriceps en el momento perfecto para martillear la puerta hacia adelante. La plancha no era gruesa, pero tenía suficiente peso cuando giró hacia dentro para aplastar al recién llegado contra el lateral del edificio. Pero la patada descolocó el arma de Opal, dando a sus enemigos medio segundo para reaccionar.

Lo aprovecharon.

Uno de los combatientes giró el cañón sobre su trípode mientras el otro levantaba su rifle. Opal apretó el gatillo de su pistola, pero la puntería no estaba ahí. Las cosas se movían demasiado rápido. El disparo falló por la izquierda, por encima del hombro del hombre del cañón. El segundo, corrigiendo en exceso, alcanzó al rebelde del rifle de asalto en el brazo, pero el hombre no soltó su arma. Pareció ignorar el dolor. Por primera vez, Opal vio sus rostros. Ambos cubiertos con respiradores. La explosión en el techo, la colocación aparentemente aleatoria de las bombas. Había algo ahí. Aunque no importaba porque Opal estaba a punto de morir.

El hombre del cañón presionó el gatillo de su arma, justo cuando su compañero del rifle de asalto tensaba sus músculos. Entonces algo golpeó a Opal en la cara, con fuerza. La derribó al suelo. Le dolía la nariz. La puerta frente a ella, abierta de nuevo. Solo que ya no era realmente una puerta. El fuego láser del cañón había atravesado el centro, sobrecalentando y derritiendo cada parte de la plancha que tocaba.

Muévete.

Opal rodó a su derecha, saliendo de detrás de la cobertura de la puerta, con la pistola apuntando hacia los rebeldes. Solo para verlos mirando un pequeño dispositivo circular mientras caía cerca de sus pies. Cuando estalló un segundo después, enviando descargas eléctricas por todo su cuerpo, junto con el cañón, Opal parpadeó. Esa era el arma de Merc, pero ¿dónde estaba él?

—Cariño, tenemos que hablar sobre nuestra relación —dijo Merc, levantándose del suelo y parándose sobre ella—. ¿Qué te he hecho tan malo para que quieras golpearme con una puerta?

El piloto extendió su mano y Opal la tomó, poniéndose de pie. Los gritos seguían viniendo desde los ascensores, los alaridos surgían desde detrás de ellos en las pilas, y las alarmas de la estación sonaban como telón de fondo de todo ello. Aun así, aquí en el callejón, se sentía tranquilo. Separado del caos. Opal podía sentir la suciedad por toda su espalda, no tierra verdadera sino el polvo de miles aferrándose a su ropa para dar un paseo. En Neptuno, en Europa, los espacios eran limpios, los ambientes inmaculados. Hacía tiempo que no sentía la mugre de una pelea.

—Lo siento —dijo Opal—. Oí muchos gritos, no me di cuenta de que eras tú. Pensé que tenía que ir a por el ataque sorpresa.

—Nunca supe que podías destrozar una puerta así.

—Hay muchas cosas que no sabes, cariño —respondió Opal, y luego miró a los combatientes inconscientes—. Vámonos. No quiero que esta estación espacial explote mientras estoy en ella.

CAPÍTULO 13
DEMOLEDORES

Cuando se abrieron las puertas del ascensor, una docena de armas apuntaban a la cara de Phyla. Al frente estaba Bosser, un hombre que Phyla reconoció de las transmisiones de vídeo. Él, como los demás miembros de la fuerza, llevaba una gruesa armadura corporal, diseñada para absorber y dispersar el calor de un láser hasta hacerlo inofensivo.

—¿Qué...? —comenzó Davin.

—Mal momento, como siempre —dijo Bosser, avanzando hacia el ascensor y haciendo señas a la fuerza para que le siguiera—. Miner Prime está siendo atacada desde dentro.

Bosser programó el ascensor para ir al nivel dos, la zona comercial principal de la estación. Phyla intentó mantenerse cerca de Davin mientras más y más guardias blindados se metían en el ascensor, que era lo bastante grande para albergar a cuarenta o cincuenta personas. En una estación de miles de habitantes, eso aún significaba colas en los ascensores, a veces muy largas. También significaba que podías transportar mucha potencia de fuego si lo necesitabas.

Las fuerzas de Miner Prime tenían una variedad de armas. Algunos portaban fusiles de asalto de aspecto estándar, complementos de granadas y bastones escudo. Estos últimos sobresalían como postes de sus espaldas; capaces de plantarse en casi cualquier superficie, los bastones escudo desplegarían una barrera de energía de dos metros de ancho y alto durante unos minutos. Phyla no los había visto en acción excepto en películas o grabaciones de batallas contra la Voz Roja. Que Miner Prime tuviera tantos disponibles parecía... extraño.

—Cuando lleguemos al nivel, vosotros dos quedaos atrás —dijo Bosser—. No estáis tan bien equipados.

—No sabía que iba a haber una fiesta —respondió Davin.

—Esto no es una fiesta. Va a ser una masacre —dijo Bosser, sin sonar en absoluto entusiasmado—. Intentaron atacar los generadores principales de la estación. Subestimaron nuestras defensas. Mis defensas.

—Entonces, ¿por qué están en el nivel dos? —dijo Phyla—. Eso no debería estar cerca de los generadores.

Los ascensores eran grandes, con bordes curvos de cristal. Casi como una cebolla, con puntas en la parte superior e inferior, y el amplio suelo colocado en el medio. Los ascensores tendían a circular por el centro de la estación, lo que significaba que te ofrecían vistas instantáneas de los niveles mientras el ascensor pasaba velozmente. Los niveles más ricos estaban cerca del centro de seguridad que acababan de dejar, y Phyla observó cómo pasaban rápidamente pilas de apartamentos, oficinas y vecindarios. La densidad de población hacía que las casas, en forma de viviendas unifamiliares, no existieran aquí. Más bien había conjuntos de edificios que abarcaban todo el rango de altura de los niveles, pareciendo monolitos.

—Parece un esfuerzo de distracción —dijo Bosser, observando cómo cambiaba el indicador de nivel del ascensor—. Están causando algunos daños, pero no importará. Su misión principal ha fracasado.

Algunos de estos edificios, en lo que Phyla adivinó era un intento desesperado de creatividad, estaban cubiertos de murales. Uno que estaba cerca del ascensor cuando éste pasó por su nivel, tenía el Sol alrededor de su primera planta y bandas para cada planeta a intervalos a medida que subía. La mayoría de los edificios eran de tonos metálicos insulsos, separados unos de otros por relucientes senderos peatonales. Caminos que Phyla notó estaban desprovistos de gente.

—¿Cómo evacuaríais a todo el mundo si tuvieran éxito? —preguntó Phyla.

—Los que pudieran llegar a las naves huirían. Para los demás, hay lanzaderas de escape en cada uno de los niveles —dijo Bosser—. ¿Suficientes para todos? No. Pero venir al espacio significa asumir riesgos. Esto no es diferente.

—¿Lo saben ellos? La gente, quiero decir.

—Phyla —Bosser la miró—. Ese es tu nombre, ¿verdad? ¿La copiloto?

Phyla asintió.

—Actúas como si esta gente fuera mi responsabilidad. No lo es. La estación es mi única preocupación —Bosser volvió a girarse hacia las puertas del ascensor—. Puede sonar terrible, pero considera que al salvar la estación, salvaré la mayoría de sus vidas.

—Eres todo un santo —dijo Davin.

Aparte de su conversación y del continuo tintineo y traqueteo del ascensor mientras atravesaba la estación, los guardias estaban callados. Algunos se movían mientras comprobaban los niveles de energía de sus armas, o ajustaban una correa o cinturón. Pero en su mayoría, parecían sólidos, casi robóticos. Phyla estuvo tentada de agitar su mano frente al guardia que tenía al lado, solo para ver si reaccionaba.

—Están recibiendo un flujo continuo de información —dijo Bosser—. Les llega a través del auricular del casco. Por eso no nos prestan atención. Porque sus amigos están muriendo.

—¿Muriendo? —preguntó Davin.

—No siempre vamos equipados así —dijo Bosser—. Eso lo sabes.

Phyla volvió a mirar. El guardia a su lado ya no parecía tan sólido. Sus ojos estaban entrecerrados, la boca en una mueca. Las manos apretaban con fuerza la empuñadura de su rifle. Los que no tenían fusiles de asalto, quizás un tercio, tenían armaduras más gruesas y porras. Demoledores. La palabra surgió de una conversación durante la cena con Opal, en una de tantas noches en el *Jumper*. Opal no parecía tenerles mucho aprecio, pero Phyla no recordaba por qué.

—Preparados —anunció Bosser. El ascensor casi había llegado.

El ascensor descendió hacia el distrito comercial, un nivel amplio cerca del centro de la estación. Su proximidad a las bahías de atraque significaba que los productos se enviaban aquí para su venta, en lugar de subirlos a los niveles más pequeños y adinerados. Las amplias calles albergaban todo tipo de tiendas y puestos. Cada vez que Phyla había estado aquí, el volumen y la variedad de cosas ofrecidas la había dejado pasmada. Excepto esta vez. Ahora, el distrito comercial estaba lleno de humo, incendios y destellos láser. De un vistazo, Phyla distinguió los restos dispersos de la desprevenida seguridad de Miner Prime, acurrucados tras bancos volcados, agachados tras las esquinas. Los atacantes parecían haberse concentrado en el centro de la amplia calle, grupos de ellos se extendían arriba y abajo eliminando gente.

Las puertas del ascensor se abrieron para mostrar un grupo de combatientes listos para ellos, de cara al ascensor con un par de torretas trípode. Antes de que Phyla pudiera siquiera retroceder, varios de los guardias de Bosser se adelantaron y plantaron los bastones escudo en la entrada del ascensor. Las torretas comenzaron a disparar, sus láseres haciéndose añicos contra la energía del escudo. Uno de los guardias agarró a Phyla y la apartó de las puertas. Y entonces

Phyla entendió por qué Opal los llamaba Demoledores, y por qué la francotiradora se estremecía cuando decía el nombre.

Cuatro de los fornidos demoledores se lanzaron a través de las paredes de energía formadas por los bastones escudo. Phyla notó que sus pies brillaban, propulsados por algún tipo de impulso. Los demoledores se metieron directamente en la corriente de fuego láser de las torretas, sus armaduras rápidamente brillando en naranja, intentando dispersar el calor. Uno de los cuatro tropezó cuando los combatientes encendieron sus armas más pequeñas, la armadura pasando de naranja a blanco, para luego explotar. Los otros tres se estrellaron contra las torretas, sus porras balanceándose sin control.

Con cada golpe, la armadura del demoledor parecía enfriarse, y las porras brillaban en un blanco intenso. El primer impacto en la torreta hizo que el arma se destrozara y se fundiera al mismo tiempo, enviando trozos de metal fundido hacia los combatientes que ya huían despavoridos. Otro demoledor alcanzó a un par con golpes rozando, mandando a los dos girando al suelo, pero también prendiéndoles fuego. En cuestión de segundos, el puesto estaba deshecho.

—Despejadlos —dijo Bosser—. Cuanto más rápido terminemos aquí, antes llegaremos al siguiente nivel.

El resto de los guardias, Bosser entre ellos, comenzaron a salir en tropel del ascensor. Phyla se quedó atrás, observando cómo la avalancha de Miner Prime arrasaba a los enemigos, aplastándolos bajo una lluvia de implacable fuego láser. No era una pelea, era una venganza.

CAPÍTULO 14
CAMINOS ELEGIDOS

Ven conmigo.

Eso fue lo que Viola oyó decir al hombre de la máscara. Estaba mirando al otro lado de Vagrant's Hollow, hacia el humo y las llamas que se elevaban desde las desvencijadas torres. Los daños estructurales en una estación espacial siempre eran peligrosos, pero Miner Prime tendría sistemas de respaldo. Tendría capas de redundancias para prevenir un colapso total. Pero, ¿y si esto estaba ocurriendo en todos los niveles?

—Deberían detenerte —dijo Mox, y Viola se dio la vuelta. Mox tenía agarrado del brazo al hombre enmascarado, con un agarre que el hombre no iba a poder romper. Ni siquiera lo intentaba.

—Muy pronto, os daréis cuenta de que los purificadores en este nivel están fallando —dijo el hombre, con la voz aún distorsionada por el respirador—. Sentiréis picor en la garganta, luego ardor en los pulmones. Vuestros ojos se oscurecerán en menos de una hora. Venid conmigo.

—Los ascensores están por allí —dijo Viola.

—Por ahí no. Demasiada gente —respondió el hombre enmascarado—. Detrás de mí, puedo mostraros otra ruta.

Mox levantó su brazo izquierdo y comenzó a hablar por su comunicador. Intentando avisar a Opal y a Merc. Luego se detuvo.

—Sigue sin haber señal —dijo Mox.

—Lo primero que cayó —dijo el hombre—. Ahora, ¿podemos irnos?

Viola miró a Mox y asintió. El hombre enmascarado se alejó de Mox un segundo después, frotándose el brazo. Luego le tendió el comunicador de Viola, casi como si hubiera olvidado que lo había robado. Viola lo cogió y se lo volvió a colocar en la muñeca. Como el de Mox, no recibía ninguna señal. Sin un transpondedor, algo que rebotara la señal, para enviar, recibir y dirigir el mensaje, los comunicadores solo podían comunicarse directamente. Lo que significaba que Viola tendría que saber dónde enviar el mensaje, en lugar de transmitirlo a una frecuencia. Factible en espacios pequeños, no tanto en una zona de desastre en llamas tan grande como un pueblo pequeño.

Entonces el hombre enmascarado volvió a echar a correr. Pasó junto a una ferretería cerrada que Viola reconoció de las historias de Davin, la misma que Lina solía regentar. Viola quería detenerse, mirar alrededor del lugar, pero Puk la empujó hacia delante.

—Explorar no importa si te mata —zumbó Puk—. Por cierto, el hombre tiene razón. Me he elevado y he echado un vistazo a los ascensores principales. Hay una especie de tiroteo loco ocurriendo allí.

—¿Entre quiénes? —dijo Viola mientras seguían corriendo. Ahora estaban en las afueras del nivel, donde las viviendas se fundían con las paredes sólidas. Estaciones de energía acordonadas, gestión de saneamiento, las tuercas y tornillos de Miner Prime mantenidos tan lejos de la población como fuera posible. El hombre enmascarado los ignoró todos y siguió dirigiéndose hacia lo que parecía una sección lisa de la pared.

—Entre seguridad y quienquiera que colocó esas bombas, creo —dijo Puk—. Sin conexión, no puedo obtener mucho más.

—¿Puedes analizar la calidad del aire? ¿Está diciendo la verdad?

—Detecto rastros de elementos nocivos, pero es tan probable que sean residuos de las bombas como un fallo en los sistemas de la estación —dijo Puk, acercándose más—. Tampoco estamos escuchando una evacuación completa. Significa que la estación considera que no hay riesgo para toda la estructura.

—¿Así que su plan falló? —No es que hubiera tenido mucho sentido volar Miner Prime con todos ellos dentro.

—Más bien, no va tan bien como esperaban.

El hombre enmascarado se detuvo frente a una sección de la pared, sobre la cual había un letrero con borde amarillo que decía, en mayúsculas, SOLO USO OFICIAL. Debajo del letrero había un pequeño teclado y un lector de tarjetas, brillando en rojo. El hombre enmascarado se acercó al teclado, presionó una serie de números, y la pared se deslizó a un lado.

—Ascensor de respaldo. Usado para mantenimiento —dijo el hombre enmascarado, entrando.

—Espera —dijo Viola—. Si vamos a seguirte a ese ascensor, dinos quién eres.

El hombre hizo una pausa por un momento, luego se quitó el respirador. Miró a Viola con rostro sereno, su pelo castaño despuntando en diferentes direcciones sin la máscara que lo sujetara.

—Jairo —dijo el hombre—. Y tú eres Viola, y tú eres Mox. Aunque no estoy familiarizado con tu bot.

—Así que... —comenzó Viola.

—Por favor, en el ascensor. Podemos hablar más allí —dijo Jairo, interrumpiéndola.

A diferencia de los ascensores principales, con sus jaulas

de cristal y su belleza, el ascensor en el que estaban era utilitario. Sin arte en las paredes, sin cristal, solo metal gris liso y puertas en ambos extremos. Cada una tenía un teclado y, arriba, un panel de texto negro y rojo que indicaba en qué nivel se encontraban. Los tres, y Puk, apenas cabían en el ascensor.

—Respuestas —dijo Mox cuando el ascensor comenzó a moverse.

—No puedo contaros todo, aún no —dijo Jairo—. Pero puedo decir que todo esto está ocurriendo por una razón. No queremos haceros daño.

—¿Quiénes son "nosotros"? —preguntó Viola.

Jairo luchó con la pregunta. Viola podía ver cómo sus labios comenzaban a formar diferentes palabras antes de desistir.

—Es mejor si ella os lo cuenta —dijo finalmente Jairo—. Sé que aún no sabéis quién es "ella", pero os prometo que os caerá bien.

—Evasivas —dijo Mox.

Entonces el ascensor sonó. Habían llegado al destino. Solo tres niveles de distancia. Viola leyó el panel: nivel de atraque uno. El mismo nivel donde estaba el *Jumper*, aunque eso no significaba necesariamente nada. Cada nivel de atraque tenía capacidad para cien naves, encajadas en el círculo tan estrechamente como fuera posible. La puerta del ascensor se abrió a un pasillo blanco, no a los caminos principales llenos de publicidad que Viola había tomado las dos veces que había venido a Miner Prime.

—Seguidme. Un poco más, por favor —dijo Jairo, saliendo del ascensor. La mano del hombre hurgo en un bolsillo de sus pantalones y sacó una pequeña herramienta que, con el movimiento de un deslizador, se transformó en un arma lateral.

—¿A quién planeas disparar? —preguntó Viola—. ¿A alguien?

—Mi trabajo es llevaros a la nave. —Jairo los guio fuera del ascensor y a lo largo del pasillo.

—¿Qué nave? ¿Por qué? —dijo Mox.

Jairo se volvió hacia ellos, con aspecto afligido ante la pregunta. Como si hubiera temido responderla, pero sabía que tarde o temprano tendría que hacerlo. El hombre tomó aire, luego miró a Mox.

—Nuestra nave, el *Whisperwind*. Porque necesitamos vuestra ayuda para evitar que todos los hilos caigan en sus manos —dijo Jairo.

—Eso solo me genera más preguntas —dijo Viola.

—Entonces hazlas más tarde. ¡No tenemos tiempo! —Jairo corrió por el pasillo.

Habría sido fácil no seguirle, volver al ascensor o esperar a que llegara la seguridad de Miner Prime. Mox, con los brazos cruzados y mirando con el ceño fruncido la espalda de Jairo, probablemente quería hacer exactamente eso. Lo cierto es que a Viola le picaba la curiosidad. ¿Qué hilos y en manos de quién?

—Voy a ir —anunció Viola, y salió tras Jairo. Oyó los pasos de Mox tras ella un segundo después.

CAPÍTULO 15
ÚLTIMO ALIENTO

Un par de combatientes disparaban a las fuerzas de seguridad a través de la ventana superior, como un par de tontos. La planta baja estaba vacía, ni siquiera habían echado la llave. Errores de principiante. O quizás de desesperados. Merc dejó a Opal vigilando la planta baja, una digna colección de basura que debía haber servido como hogar de alguien. Quizás aún lo fuera, si los combatientes no les habían disparado también.

Las escaleras que subían al segundo piso estaban hechas de placas metálicas sueltas, cada una con una textura diferente, una vida anterior diferente. Merc las subió lentamente, una a una. Los láseres no hacían ruido al dispararse, así que Merc se guiaba por la incesante charla que salía de los comunicadores de los combatientes. En el ejército, la idea siempre había sido decir lo justo y mantener el canal libre para comunicaciones críticas. Estos tipos, a juzgar por las constantes actualizaciones de posición, avisos de buenos disparos o movimientos, estaban en plena fiebre de sobrecomunicación. Pero claro, la mayoría de los miembros de la Voz Roja con experiencia militar habían muerto en la guerra. Él y Opal se enfrentaban a las sobras.

Al final de las escaleras se abría un amplio espacio. Todo el segundo piso era una sola habitación. Sin paredes, excepto las exteriores. Camas, término generoso para aquellos colchones grasientos, esparcidas por el suelo. Junto a las ventanas delanteras, cuadrados con bordes chamuscados cortados en el revestimiento con un soplete, los dos combatientes estaban tumbados, mirando a través de las miras de unos rifles anticuados a las fuerzas de seguridad que había abajo.

Merc levantó su arma lateral, la centró sobre el combatiente de la derecha y apretó el gatillo. El rayo aturdidor golpeó al combatiente en la espalda, esparciendo descargas eléctricas por todo el cuerpo en un instante, bloqueando músculos y sobrecargando nervios hasta que el cuerpo del combatiente dejó de responder. A Merc le habían aturdido antes, principalmente en ejercicios de entrenamiento, y era una de las cosas más molestas que había experimentado jamás. ¿Estar consciente, pero incapaz de controlar nada excepto tu propia respiración? ¿Durante horas? Casi cambiaría eso por un disparo normal, soportar el dolor pero mantener la sensación. Casi.

El combatiente de la izquierda logró darse media vuelta antes de que Merc lo aturdiera. Dos arriba, dos abajo. Además de su ropa ajada, estos tipos también llevaban respiradores. Todos los combatientes los llevaban. Quizás todos sufrían de asma. Merc se llevó el comunicador a la boca antes de recordar que no funcionaban. Sorprendente lo incómodo que resultaba perder esas cosas. Te vuelves tan dependiente de poder lanzar tu voz a donde quieras que cuando desaparece, apenas recuerdas cómo hablar normalmente.

Bajó las escaleras, de vuelta a la habitación delantera de la casa, y Opal estaba sentada en la destartalada colección de cojines que parecía ser un sofá. Junto a ella, de pie, había uno de los miembros de seguridad de Minero Prime, con su rifle apuntando a su cara. Cuando Merc entró, el oficial de seguridad giró su arma hacia él, manteniéndola en alto. Merc levantó las manos a juego, todavía sosteniendo su arma.

—¿Eres amigo de ella? —dijo el oficial.

—Sí, ¿qué tal si apuntas a otro lado? —respondió Merc. Opal tosió con fuerza.

—Ella dice que sois... —el oficial se interrumpió, tosiendo en su mano, con el rifle moviéndose sin control. Merc respiró hondo y sintió un rasguño en la garganta. Un picor que rápidamente comenzó a arder. El oficial estaba ahora doblado, todavía tosiendo. Opal se levantó, con la mano en la boca, y caminó hacia Merc.

—¿Tienen respiradores ahí arriba? —preguntó Opal.

Merc asintió. Habría dicho algo, pero toda su boca parecía estar ardiendo, su garganta como si tuviera cien hormigas arrastrándose por el interior, mordiéndole por todas partes. Entonces el oficial, aún tosiendo, cayó de rodillas y apretó el gatillo del rifle. Los láseres salieron disparados y marcaron el lateral de la casa. Merc retrocedió, siguiendo a Opal hasta las escaleras, intentó subirlas. Necesitaba oxígeno. Las piernas le ardían. Subió un escalón.

¿Por qué estaba a cuatro patas? Merc intentó concentrarse, subir de un escalón al siguiente. No sentía que pudiera ponerse de pie. Sus ojos lagrimeaban, con lágrimas corriendo por su cara. Abrió la boca para intentar aspirar un poco más de aire, pero maldita sea, qué idea tan terrible. Nada más que más dolor. Entonces la cara de Merc golpeó las escaleras. Todo estaba en llamas. Merc comenzó a darse cuenta de que podría morir así. No explotando en el cielo, no envejeciendo y muriendo tranquilamente mientras dormía. No, asfixiándose en unas escaleras de mierda en medio de una estación espacial.

Y entonces sintió que alguien le giraba la cabeza, sintió algo duro y frío presionado contra su cara. Le cubrió la nariz, la boca, y Merc sintió que el sello se cerraba contra su piel.

—Respira, cariño —susurró Opal, con voz rasposa y profunda.

Merc lo hizo. Superando el pánico de sus pulmones, rezando para no llenarlos con otra oleada de dolor, Merc inhaló. El aire que le llegaba a través del respirador no era fresco, no era *bueno*, pero no quemaba. Merc exhaló inmediatamente, volvió a inhalar. Luego una tercera vez. Era como encontrar un oasis en el desierto, simplemente no podía parar. Como si las primeras respiraciones no fueran reales. Como si el aire pudiera desvanecerse de repente. Después de un minuto sentado allí, respirando, Merc se incorporó en las escaleras, con Opal un escalón por encima de él.

Entonces Opal pasó junto a Merc, bajando a la habitación delantera. Merc, apoyándose en la pared, la siguió para ver cómo Opal se quitaba el respirador de la cara y se lo colocaba al guardia, que yacía en el suelo. Haciendo un gesto a Merc para que se acercara, colocaron al oficial boca arriba, presionaron sus pulmones, y Merc oyó al hombre tomar una profunda y tosida respiración a través del respirador. Luego otra. Durante los siguientes minutos, Merc y Opal se pasaron el respirador de uno a otro mientras el guardia inconsciente seguía aspirando aire.

—¿Cómo llegaste hasta allí arriba? —dijo Merc cuando sintió que podía hablar—. Yo ni siquiera podía moverme.

Le pasó el respirador de vuelta a Opal, quien tomó un trago de aire.

—La Voz Roja hizo esto en Marte. Sabotearon intencionadamente los filtros de aire. Filtraron atmósfera tóxica —dijo Opal—. Fue devastador las primeras veces. Luego todos aprendimos a contener la respiración.

—Menuda manera de aprender una lección —respondió Merc cuando recuperó el respirador. Se puso de pie y fue a las ventanas delanteras. Miró hacia fuera. Un nuevo equipo de seguridad de Minero Prime había llegado, con aspecto mucho más peligroso. Mientras que el primer grupo había sido diezmado por el fuego cruzado desde las posiciones de los combatientes, este respondía a cualquier disparo con un contrafuego devastador, mientras guardias corpulentos entraban en cualquier edificio que mostrase resistencia. En el centro del grupo, llevando respiradores, estaban Davin y Phyla, que a ojos de Merc parecían un poco enfermos.

—Oye —dijo Merc, mirando a Opal—. Parece que el capitán por fin ha venido a salvarnos el culo.

Opal, sin respirador, solo pudo asentir.

CAPÍTULO 16

MEDIDAS DEFENSIVAS

Uno de los mandamientos del *Jumper*, en vigor desde antes de que Davin dirigiera la nave, establecía que a menos que hubiera carga o personas entrando o saliendo activamente, la rampa debía estar cerrada. Sin importar dónde estuviera la nave. Sin importar las molestias. Una de esas cosas que Erick nunca cuestionó, nunca discutió, porque ya había demostrado su valor anteriormente. Aquella vez, había sido un grupo de posibles ladrones en el lado luminoso de Titán, la luna más lejana en la que la humanidad había clavado sus garras de forma considerable. Ahora, Erick observaba a un grupo de cuatro sacos de carne con respiradores tanteando la puerta cerrada del *Jumper* como un animal examinaría una presa recién abatida.

—¿Cuánto tiempo antes de que pueda actuar? —preguntó Erick por el comunicador a Trina, que estaba sentada en la cabina. El propio Erick se encontraba en la torreta inferior, vigilando a los posibles asaltantes que merodeaban en las pantallas de la consola.

—Creo que la ley de Miner Prime establece que en cuanto alguien intenta apropiarse de tus pertenencias, tienes licencia para defenderte —respondió Trina.

—¿Aún nada de Davin? ¿De nadie?

—Estoy recibiendo errores al enviar los mensajes —dijo Trina. Y si ella estaba recibiendo errores, algo iba muy mal. Erick nunca había visto a una maga como Trina, capaz de transformar problemas imposibles en ejercicios de libro de texto, explicando las formas y medios para extraer más energía, arreglando este o aquel objeto hasta dejarlo mejor que nuevo, perdida. Si Erick era un médico del cuerpo, entonces Trina era una cirujana del alma mecánica.

—Entonces supongo que no queda nada más que hacer sino actuar según nuestros propios instintos —dijo Erick—. Y mis instintos me dicen que estos mosquitos no tienen nuestros mejores intereses en mente.

La torreta inferior del *Jumper* se retraía cuando aterrizaba, deslizándose hacia arriba para que no hubiera posibilidad de un feo choque con el suelo de cualquier bahía de atraque. Para cualquiera no familiarizado con la construcción de la nave, la torreta parecería simplemente un bulto redondeado, potencialmente un sensor, espacio extra para carga o cualquiera de una docena de cosas. Si Erick quisiera achicharrar a los asaltantes, podría presionar el gatillo de la palanca frente a él y la torreta se desplegaría y empezaría a disparar en menos de un segundo. Por supuesto, existía la posibilidad de que pudiera abollar el suelo, pero eso parecía un problema menor comparado con que el *Jumper* fuera secuestrado.

Los cuatro estaban ahora bajo la rampa, mirándola. Uno de ellos sostenía un dispositivo, parecía un tubo delgado, y lo estaba apuntando hacia la rampa.

—¿Ves eso? —preguntó Erick.

—Es un zumbador. Lo que están haciendo es enviar señales, intentando encontrar la que hable con el *Jumper* como si fuera Davin regresando a casa —dijo Trina, como si estuviera describiendo el tiempo.

—Voy a dispararles —respondió Erick.

—Espera —contestó Trina rápidamente, esta vez con un

tono que denotaba algo de emoción—. Quiero que lo intenten. Ver si pueden entrar.

—¿Estás usando esto como una prueba?

—¿Cuándo tendré otra oportunidad? —replicó Trina.

—Estoy seguro de que Davin estaría encantado de quedarse fuera con un zumbador e intentarlo cuando quisieras —dijo Erick.

—Hola —dijo Fournine, el ordenador del *Jumper*—. Espero que ambos sepáis que hay gente intentando entrar a la fuerza. Van a superar la seguridad dentro de poco si alguien no los achicharra. Erick, observo que pareces estar en posición privilegiada.

—Habla con quien te trajo de vuelta —dijo Erick—. Ella quiere hacer una prueba.

—Trina, calculo que tus medidas fallarán en los próximos dos minutos —afirmó Fournine—. En ese momento, la rampa bajará. Los intrusos ganarán acceso. Y ambos seréis masacrados de forma horrible. Ni siquiera me sentiré triste porque soy un bot.

—Anotado —dijo Trina—. La última línea que tengo ahí es solo para zumbadores. Espera, Erick, y después podrás disparar.

Los cuatro se habían extendido a lo largo de los lados de donde bajaría la rampa. Tres, los que no sostenían el zumbador, habían sacado armas. Pequeñas armas automáticas, fáciles de ocultar bajo el cuerpo, pero con una batería más grande que las armas de mano normales. Fournine tenía razón. Si lograban entrar en la nave, Trina y Erick serían achicharrados sin mucho esfuerzo. Erick movió sus dedos sobre el gatillo, esperó.

Entonces el zumbador explotó. Simplemente chispeó por un momento y luego se hizo añicos en un estallido de fuego, haciendo que la persona que lo sostenía gritara y se agarrara la mano. Los otros tres miraron a su compañero, atónitos.

—Puedes disparar —dijo Trina, su satisfacción transmitiéndose a través del comunicador.

Ahora era Erick quien dudaba. Si no podían entrar, ¿qué daño habría en dejarlos vivir? Al menos, esa era la idea hasta que uno de los otros miró hacia el ascensor, apuntó el arma automática contra el borde de la rampa y apretó el gatillo. Los láseres marcaron el casco del *Jumper*, dejando marcas negras pero sin causar el más mínimo daño real. Tenían que saber que eso no funcionaría. Ningún arma pequeña tenía la potencia para atravesar el casco de una verdadera nave.

—Están afeando mi nave —dijo Trina—. ¿Puedes dispararles ya?

—Pero nunca lo conseguirán —respondió Erick—. Parece una razón pobre para acabar con una vida. Fournine, ¿puedes activar los escudos?

—Lo siento, colega —respondió Fournine—. No se puede hacer en la estación. Existe el riesgo de que los escudos interactúen con la atmósfera de la estación. Inflamándola. Lo que suena divertido.

—No, no. Mejor no —suspiró Erick—. ¿Qué tal si simplemente los asusto para que se vayan?

Sin esperar consentimiento, Erick presionó el gatillo y desplegó la torreta. Estuvo muy, muy cerca de golpear el suelo de la bahía de atraque, pero lo esquivó por un pelo. Los cuatro ladrones se giraron al oír el ruido, uno ya apuntando con el arma automática, pero el hombre se detuvo cuando los cañones de la torreta salieron. Erick movió la palanca, apuntando la torreta hacia el más agresivo.

—Última oportunidad para iros, amigos, o esto se pondrá feo —anunció Erick, transmitiendo las palabras a través del comunicador externo del *Jumper*.

Los cuatro levantaron las manos y retrocedieron alejándose del *Jumper*. Aparentemente la nave no valía sus vidas. Al salir de la sombra del *Jumper*, los cuatro echaron a correr hacia la estación del ascensor.

—Erick, hace unos minutos me rogabas que les disparara. ¿Ahora los dejas irse? —comunicó Trina.

—Hace unos minutos amenazaban con entrar por la fuerza. Ahora, solo están huyendo —dijo Erick—. Preferiría poder mirar a mis nietos a sus dulces rostros sin saber que maté a quienes no lo merecían.

Erick cambió la transmisión de la torreta a las cámaras frontales del *Jumper*, que mostraban a los cuatro ladrones escapando por el pasillo. Mostraban el ascensor llegando mientras pasaban, mostraban a un grupo de seguridad de Miner Prime, junto con Davin, Opal, Merc y Phyla saliendo. Mostraban sus armas siendo apuntadas, los cuatro ladrones arrojando sus armas al suelo.

—Y se hace Justicia —anunció Fournine. Erick no pudo sino estar de acuerdo. Solo que, ¿dónde estaban Mox y Viola?

CAPÍTULO 17

TU NAVE, MI NAVE

Cuando el oficial de seguridad entregó a Davin y Phyla respiradores un minuto después de que salieran a Vagrant's Hollow, hacia la colección dispersa de cuerpos bajo el fuego de combatientes distribuidos por los edificios circundantes, cuando Davin comprendió que el hogar en el que había crecido había sido quemado, destrozado, asesinado, el capitán se perdió. No es que le quedaran muchos amigos, ningún amigo aquí. No es que hubiera algo que lo atara a este lugar excepto recuerdos. Pero aun así se sentía personal, incorrecto. Phyla le cogió la mano mientras observaban cómo la fuerza de seguridad armada y blindada eliminaba a los combatientes de manera brutal, con la neblina humeante de polvo y luces rotas proyectando un resplandor mostaza sobre el nivel.

—Su operación es más grande de lo que pensábamos —dijo Bosser, regresando hacia ellos, que seguían de pie frente a los ascensores—. Estamos recibiendo informes de equipos corriendo por las bahías de atraque, saboteando naves. Potencialmente robando otras.

Davin miró al hombre. Bosser, equipado con una gruesa armadura corporal, comunicado a través de un micrófono conectado a su oreja, un respirador negro pegado a su cara. Un rifle, uno grande de dos manos cuya boca todavía brillaba con un ligero tono naranja por un disparo reciente, sostenido entre sus manos. El tipo de violencia corporativa de la que Davin nunca había querido formar parte. Solo que aquí, parecía que estaban en el mismo bando.

—¿Alguna señal de mi tripulación? —Davin no los había olvidado. Le había pedido a Bosser y a su grupo que buscaran cuando llegaran a este nivel.

—Tenemos a dos de ellos —dijo Bosser, luego se giró y señaló. Saliendo de una casa más alta, siendo ayudados por un miembro de las fuerzas de seguridad, estaban Merc y Opal. El piloto de combate vio a Davin y levantó una mano.

—¿Ninguno más?

—Todavía no —Bosser negó con la cabeza, un gesto brusco, como si el hombre no quisiera tomarse el tiempo de girar el cuello—. Voy a llevar un pequeño grupo a las bahías de atraque. ¿Te gustaría venir? Podemos empezar por tu nave.

—Aún me faltan dos personas —respondió Davin.

—Podrían estar ya allí abajo, esperando —dijo Bosser—. No te estoy obligando. Pero nos vamos ahora que esta amenaza está contenida.

Contenida. Claro. Davin podía oír los crujidos y estallidos mientras los edificios sucumbían a partes dañadas más atrás en Vagrant's Hollow. Debería haber gritos, alaridos de personas atrapadas en las explosiones, pero el respirador pegado a la cara de Davin proporcionaba la pista de por qué faltaban. Difícil gritar si no puedes respirar. Si Viola y Mox no estaban ya aquí, probablemente estaban muertos.

—¿Te estás rindiendo con ellos, verdad? —dijo Phyla mientras Davin se giraba hacia los ascensores.

—Habrían estado aquí —respondió Davin—. Habrían estado con Opal y Merc.

—Quizás ellos sepan algo —dijo Phyla mientras el francotirador y el piloto se dirigían hacia ellos.

—Si Mox o Viola necesitaran ser rescatados, estarían más frenéticos —dijo Davin—. Vamos a bajar a la *Jumper*. Como dijo Bosser, quizás ya estén allí.

Y si no, siempre podrían volver aquí y hurgar entre los cadáveres para encontrarlos. Davin dejó esa parte sin decir, pero podía notar que Phyla estaba pensando lo mismo. Este también había sido su hogar. No sabía si ella todavía tenía familia aquí. Si tenía seres queridos en ese desastre. El hecho de que Davin no lo supiera le molestaba a un nivel más profundo, una pieza ausente de su relación que nunca había notado antes pero que ahora resultaba obvia. La próxima vez que estuvieran solos, Davin intentaría rectificar eso.

En el trayecto del ascensor hacia el nivel de atraque, Opal se apoyó en Merc, quien se recostó contra la pared. Diez oficiales y Bosser se apretujaron hacia el frente del ascensor, listos para salir disparados por las puertas, con un par de destructores al frente, igual que habían hecho en los otros niveles. Bajar solo tres niveles significaba un viaje corto, y treinta segundos después de que el ascensor comenzara a moverse, se detuvo con una sacudida frente a un amplio pasillo que conectaba las bahías de atraque.

Un grupo de cuatro combatientes, con aspecto asustado, corría frente al ascensor cuando las puertas se abrieron. Se giraron, casi al unísono, para ver a la fuerza de seguridad saliendo y entraron en pánico, dejando caer sus armas y tirándose al suelo. Fue agradable no tener que verlos carbonizarse, como a los combatientes de los otros niveles.

—Hay que adorar una rendición incondicional —dijo Bosser, observando cómo las fuerzas de seguridad desarmaban a los combatientes y les ponían esposas—. Más satisfactorio que un tiroteo, porque demuestra que los superaste tan completamente que ni siquiera quieren intentarlo.

—No son combatientes —dijo Davin, mirando más allá de

las armas que estaban siendo recogidas—. Mira sus cinturones. Son herramientas para romper encriptación. Y cerraduras de tipo más físico.

Lina solía tener todas esas cosas, y Davin las había pedido prestadas de su alijo de vez en cuando. Una mezcla de falsificadores de señales, micro-herramientas para desmontar paneles y cerraduras, bolsas de cambiadores de circuitos que redirigirían una línea directa a un terminal que controlaras. Todas las cosas que no te importarían si solo intentaras hacer explotar algo.

Bosser estudió a los combatientes durante un minuto, luego se acercó al más cercano y lo levantó. Los ojos del combatiente estaban muy abiertos, la boca abierta, pero parecía que la columna vertebral del hombre se enderezó justo allí. Forjada por el fuego de la experiencia. El combatiente apretó los labios y fulminó con la mirada. Bosser le devolvió la mirada.

—¿Qué estabais haciendo? —preguntó Bosser, con voz serena.

—¿Qué crees que estábamos haciendo? —respondió el combatiente—. Arruinando vuestras naves.

—¿Qué naves?

—Todas ellas —dijo el combatiente—. Nunca saldréis de esta estación.

Bosser miró a uno de los miembros de seguridad.

—Compruébalo —dijo Bosser, luego se volvió hacia el combatiente—. ¿Cuál es el objetivo? Las arreglaremos, igual que los daños que habéis hecho en los otros niveles. Dentro de un mes, a nadie le importará lo que hicisteis.

—No, pero les importará lo que ha permitido —respondió el combatiente.

—¿Que es...?

El combatiente sonrió, sin decir nada. Davin podía ver cómo la mano libre de Bosser deseaba apretar un gatillo, golpear al combatiente en la garganta, pero Bosser lo dejó en el suelo.

—Estoy recibiendo informes de otros equipos como este, señor —dijo el guardia de seguridad—. Grupos saboteando naves. Aparentemente han inutilizado la mayoría de las nuestras.

—Parece que vais a estar atrapados aquí durante un tiempo —interrumpió Davin, pero Bosser lo ignoró y siguió hablando con el guardia.

Un fuerte siseo vino de la *Jumper*, y Davin miró para ver cómo bajaba la rampa. Con ella, Erick. Merc y Opal caminaron hacia allí, Phyla siguiéndolos. Davin también dio un paso en esa dirección. Técnicamente, estaban trabajando para Bosser. Pero si la venta del diamante de hielo se concretaba, no necesitarían el dinero de Bosser. Al menos, no durante un tiempo. Podrían volar a otro lugar, dedicarse a una industria más pasiva como el transporte de carga. Algo un poco menos mortal.

—Davin —dijo Bosser desde detrás de él—. Tu nave, ¿aún puede volar?

—La *Jumper* está bien —dijo Davin, esperando que fuera cierto. Erick parecía tranquilo bajando por la rampa, y Trina no estaba entrando en pánico, así que las probabilidades parecían buenas.

—Entonces la requiso —dijo Bosser.

Eso hizo que Davin se girara completamente, mirando al jefe armado y blindado de Miner Prime y tomando aire. Habría sido bueno que Mox estuviera aquí. Un poco de músculo a la espalda de Davin.

—Ni hablar —respondió Davin—. Si digo una palabra, sacarán la nave de aquí tan rápido que todo lo que tendrás será mi trasero riéndose.

—Davin Masters —Bosser se puso a centímetros de él, el aliento caliente del hombre todavía oliendo a café y sudor—. Mi hombre me dice que casi todas las demás naves de esta estación no pueden volar. Solo que una acaba de despegar. Sin autorización. Sé adónde van y cómo detenerlos.

—Déjame adivinar, implica reducirlos a polvo espacial —dijo Davin.

—ThreeTwelve —dijo Bosser, y el androide apareció a su lado al instante. Dónde había estado el robot un momento antes, Davin no estaba seguro, pero la forma en que podían moverse con esa precisión era aterradora. Antinatural—. Si no me dejas requisar tu nave, entonces permite que el androide y yo vayamos contigo.

—¿Ir con nosotros adónde? ¿Tras la otra nave? —Davin se rio—. ¿Por qué haríamos eso?

—Porque dos miembros de tu tripulación están en ella.

CAPÍTULO 18
UN PILOTO RELUCTANTE

l *Whisperwind* parecía una aguja, con un abultamiento esférico en la popa para el motor eléctrico y una punta fina que se extendía hacia delante. Aunque la nave no era muy ancha, Miner Prime la había atracado en una bahía diseñada para naves más grandes simplemente porque era tan *larga*. Viola, que había visto todo tipo de construcciones volar dentro y fuera de las fábricas de Galaxy Forge en Ganímedes, no había visto una como esta. Una serie de puntales sostenían la nave, surgiendo como patas de insecto en varias articulaciones e intervalos. Los puntales eran grises, sin pintar, lo que contrastaba con todo lo demás.

—Es tan negra —dijo Viola mientras Jairo les conducía hacia ella.

—Técnicamente, el casco es más oscuro que el espacio —dijo Jairo—. No es, obviamente, la ausencia de luz, sino porque la mayoría del espacio tiene luz estelar que lo hace más brillante que el negro, así que ves ese...

—Lo pillo —dijo Viola, con los ojos aún siguiendo la nave. Parecía que hubiera un desgarro en su visión, un agujero justo donde estaba el contorno de la nave.

Viola observó cómo la rampa de la nave se desplegaba. No

se extendía como el brazo plano del *Jumper*, sino que literalmente se desplegaba una sección tras otra. Las placas se deslizaban desde la parte inferior de una pila y se enganchaban con la siguiente en la línea. La cantidad de piezas extra necesarias para evitar que eso se rompiera sería difícil de justificar en una nave espacial, pero *era* genial de ver. En pocos segundos, más rápido que la rampa del *Jumper*, el *Whisperwind* estaba abierto para embarcar.

—¿Quién fabricó esto? —preguntó Viola—. No había visto antes este diseño.

—Tendrás que preguntárselo a su propietaria —respondió Jairo—. Está justo arriba de la rampa.

—¿Y entonces nos dirás qué está pasando realmente?

—Todo, lo prometo —dijo Jairo.

El hombre corrió por el resto de la bahía hasta la rampa, con Viola y Mox manteniéndole el ritmo. Puk se adelantó, echó un vistazo arriba de la rampa después de Jairo. Luego volvió zumbando justo delante de Viola, haciéndola detenerse.

—Hay mucha gente en esa nave —dijo Puk—. Y van armados. Yo, eh, recomendaría ir a otro sitio.

—¿Jairo? —llamó Viola al hombre, que ya estaba a mitad de camino por la rampa—. ¿Qué nos espera ahí dentro?

—Nada ni nadie que vaya a haceros daño —respondió Jairo.

De repente, un chillido ensordecedor resonó por toda la bahía cuando la mitad de las luces se volvieron rojas. El sistema de alarma de Miner Prime. Los guardias seguirían el ruido.

—¡Si subís a esta nave, vivimos. Si os quedáis, todos morimos! —gritó Jairo por encima de la alarma.

El hombre en el *Karat*, el guardia al que Viola disparó, el que estaba a punto de asesinar a Davin. Había muerto porque Viola tomó una decisión. Los asaltantes en la fragata, a los que había embestido con el *Karat* en la órbita de Neptuno, también habían muerto. Otra decisión, solo que esta vez, podía elegir salvar a algunos.

—No sabes lo que va a pasar —dijo Mox, detrás de ella.

—¿Tú qué crees? —dijo Viola, mientras la alarma seguía sonando sin cesar—. ¿Crees que Bosser, esta estación, les dejará vivir?

—¿Merecen vivir? —replicó Mox.

—¡Viola! —llamó Jairo de nuevo, con un tono de voz más alto por la desesperación—. ¡Ahora!

—No puedo tomar esa decisión —dijo Viola, y corrió hacia la rampa de embarque. Oyó a Mox correr tras ella, vio a Puk girando a su lado. Al menos no iba a ir sola.

Jairo le hizo un gesto para que subiera a la rampa, mante-niéndose delante de ella mientras Viola entraba en el *Whisper-wind*. El espacio interior claramente no estaba diseñado para carga; estaba forrado con sofás, mesas y aparatos que Viola reconocía de la línea de lujo de su padre. No era el tipo de nave destinada al subterfugio militar. Al menos el ruido de la alarma se amortiguaba aquí. Colgados en las paredes había una serie de imágenes interactivas que mostraban escenas en movimiento de Marte. Imágenes de arenas soplando y montañas gigantes. Entre ellas, en marcado contraste con todo lo demás, había hombres y mujeres con el mismo equipo que Jairo, solo que más fuertemente armados.

Viola se dio cuenta de que todos la estaban mirando, y algunos tenían los dedos cerca de los gatillos. La miraban con ojos duros y enrojecidos.

—Te lo dije, mala idea —zumbó Puk mientras flotaba en la nave.

Viola no tenía nada ingenioso que decir. O la matarían a tiros en un segundo, aunque no sabía cómo encajaba eso con las palabras de Jairo, o iba a pasar otra cosa. Los pies de Mox resonaron en la rampa de embarque. Jairo miraba más adentro de la nave, haciendo señas a alguien para que se acer-cara. Después de otro incómodo segundo, alguien se abría paso junto a Jairo, susurrando palabras que enviaron a Jairo corriendo más adentro de la nave. El hombre se volvió hacia Viola, le tendió una mano. Incluso por ese simple gesto, Viola podía decir que este tipo, con su postura erguida y su firme apretón de manos, podría partirla en media docena de formas diferentes.

—Encantado de conocerte, Viola —dijo el hombre—. Soy...

—Castor —terminó Mox, agarrando la mano del hombre y apartándola de la de Viola. El sonido de un montón de rifles levantándose, apuntando, resonó por la nave. Viola, con Castor delante de ella y Mox a su derecha, se quedó muy quieta. No gritó, ni se sobresaltó. Ni hizo ninguna de las cosas que una persona cuerda haría en esa situación. Su total falta de miedo la asustaba.

—Mox —dijo Castor, con la mano aún en el agarre del hombre metálico—. No me di cuenta de que te unías a nosotros.

—No quería.

—Entonces siéntete libre de volver a bajar por la rampa —dijo Castor.

Mox negó con la cabeza, sin apartar nunca los ojos de la cara de Castor.

—O quédate —dijo Castor—. De cualquier manera, preferiría no estropear esta preciosa nave manchando el suelo de sangre.

—¿Tu palabra? —dijo Mox.

—Viola no confiaría en nosotros si disparamos a su amigo, ¿verdad? —respondió Castor.

Viola cruzó la mirada con Mox durante un segundo y asintió. Había antecedentes que desentrañar más tarde, cuando no hubiera una docena de armas apuntándoles. Mox lo soltó, retrocedió. Castor esperó un segundo, como si esperara que Mox se le echara encima. Luego giró bruscamente la cabeza para mirar a Viola.

—Te necesitamos en la cabina —dijo Castor—. No queda tiempo para explicaciones.

¿La cabina? Viola no tuvo oportunidad de hacer preguntas antes de que Castor le agarrara la mano y la sacara de la habitación, los soldados apartándose, manteniendo sus armas apuntando a Mox. Puk flotó tras ella. El corredor central que recorría el *Whisperwind* estaba iluminado con una suave luz roja; el suelo estaba cubierto de plástico esponjoso con un patrón entretejido y aleatorio dibujado en él. Mientras avanzaban, pasaron por bifurcaciones, habitaciones o pasillos que Viola no conocía. La mayoría estaban cerrados, sellados con puertas de metal negro que tenían escáneres biométricos en el centro. Seguridad antigua, los escáneres biométricos. Fáciles de abrir, siempre que tuvieras una mano de algún miembro de la tripulación, con o sin el brazo.

Finalmente se detuvieron, frente a una puerta circular que cubría todo el ancho del pasillo. Castor presionó su mano contra el rectángulo brillante en el centro. Parpadeó con un azul marino antes de cambiar a un verde esmeralda y abrirse. Más allá había una cabina de tres pilotos, tres sillas dispuestas en semicírculo. Una, a la derecha, estaba ocupada por Jairo. La del medio y la de la izquierda estaban vacías. Jairo, al ver a Viola allí de pie, le dedicó una rápida sonrisa antes de volver a sus consolas.

—Viola, necesitamos que nos saques de aquí —dijo Castor, señalando la silla central.

—¿Yo?

—No veo a ninguna otra Viola por aquí —dijo Castor—. Nuestro piloto anterior cometió un error, se puso agresivo. No volvió de una de las otras bahías. Así que ahora eres tú.

Menudas expectativas. A través de la ventana de la cabina, Viola vio que la gente empezaba a moverse en la bahía, con cautela. Seguridad de Miner Prime. Se les acababa el tiempo. Viola se acomodó en el asiento central, el que tenía la palanca de vuelo principal. El asiento en sí se sentía suave, casi como si Viola estuviera sentada en el aire. La consola frente a ella le resultaba familiar, en línea con lo que Viola usaba en el *Karat*, o ligeramente más antigua. Las comprobaciones previas al vuelo de Jairo mostraban luces verdes en el esquema tridimensional de la pantalla de la consola. Un rápido recuento mostró que el *Whisperwind* tenía una línea de jets de maniobra a lo largo de su corredor central, y más espaciados en la expansión hacia la parte trasera. La ausencia de alas significaba que la nave no estaba realmente diseñada para atmósfera pesada, o al menos no podría manejar maniobras fuertes.

—¿Puk? —dijo Viola—. Vuelve, vigila a Mox. Dime si le pasa algo.

Podían necesitarla aquí arriba, pero no iba a abandonar a Mox. Puk no discutió, volviendo rápidamente por el corredor. El robot no podría hacer mucho si decidían disparar a Mox, si ya lo habían hecho, pero al menos Viola tendría algún aviso. Castor observó al robot alejarse zumbando, luego se sentó en la tercera silla; su consola mostraba armas, defensas y la opción de tomar el control de vuelo si el piloto principal estaba incapacitado.

—¿Lista? —preguntó Castor, aparentemente evaluando sus prioridades y decidiendo que Puk no era una de ellas.

—Lista —respondió Viola, arrancando los motores. Después de un segundo, Viola sintió un golpe cuando el *Whisperwind* se elevó del suelo de la bahía de atraque. Usando la palanca de vuelo y dejando los motores principales apagados, Viola activó una ráfaga de los jets delanteros en la parte trasera de la nave. Normalmente, habría rotado la nave espacial y habría salido de frente, pero no había espacio para que el largo palo del *Whisperwind* hiciera ese tipo de giro.

—Están cerrando la puerta de la bahía —dijo Jairo.

Las gigantescas puertas metálicas estaban diseñadas para sellar el oxígeno y la atmósfera en caso de fuga o mal funcionamiento en los campos de energía magnética que mantenían las moléculas más pesadas lejos del vacío del espacio.

También eran eficaces para mantener atrapadas a las naves. Intentar embestir el *Whisperwind* a través de la puerta solo resultaría en que la nave espacial se arrugara como una lata.

—Desafortunadamente, parece que se les ha atascado —dijo Jairo. Viola podía oír la presunción en su voz. A través de las cámaras en la parte trasera de la nave, Viola podía ver que Jairo tenía razón: la puerta había bajado un metro, pero se había detenido ahí.

—¿Tú? —preguntó Viola mientras continuaba impulsando la nave hacia atrás. Castor usó el sistema de intercomunicación para ordenar a todos que tomaran asiento.

—La Voz Roja me trajo para hackear objetivos militares. Hacer una intrusión localizada en una estación corporativa es pan comido —dijo Jairo—. Tenía el control de esa compuerta menos de una hora después de aterrizar.

—No te jactes —dijo Castor—. Es impropio.

—Eso es todo el agradecimiento que obtendrás de este tipo. Capitán Cara de Piedra, así le llamamos —dijo Jairo a Viola. Ella no captó la reacción de Castor, porque el *Whisperwind* ya estaba fuera de la bahía y Viola tenía que concentrarse en arrancar los motores. La consola la guió a través del procedimiento estándar, bastante sencillo siempre y cuando nada saliera horriblemente mal. Fuera del parabrisas, la bahía de atraque retrocedía, giraba mientras la mole de Miner Prime entraba en escena.

La vista sin obstáculos de la moteada estación estaba... vacía. Miner Prime debería haber sido un epicentro de actividad, con naves entrando y saliendo en una danza estrictamente controlada de progreso económico. Sin embargo, no había ninguna. Una mirada a los sensores mostró mucho tráfico, pero todo estaba fuera del área inmediata de Miner Prime. Naves manteniendo órbitas, siguiendo a la estación en su largo camino alrededor del Sol. Ni siquiera había cazas de defensa de seguridad.

—Han sido neutralizados —dijo Castor, notando el ceño

fruncido de Viola—. Por un corto tiempo, tendremos el espacio para nosotros solos.

Viola no quiso preguntar cómo. Había visto las bombas en el Hueco del Vagabundo. Había visto el hackeo de Jairo. Sabía cuál de esos preferiría Viola.

—¿Adónde vamos? —dijo Viola, sintiendo la garganta seca—. Los motores están poniéndose en línea.

—Te gustará esta —bromeó Jairo—. Vamos a casa, Viola. Quiero decir, al hogar de nuestra especie. La buena y vieja Tierra, ella misma.

CAPÍTULO 19
CONTENIENDO EL FUEGO

Davin nunca había visto el espacio alrededor de Miner Prime tan tranquilo. Normalmente, despegar de la estación requería una serie de idas y venidas con los coordinadores, otros pilotos, y luego una buena dosis de suerte para salir de manera eficiente. Esta vez, Phyla los tenía navegando fuera de la bahía en menos de cinco minutos.

—Comprueba los escáneres. Lo encontrarás —dijo Bosser, de pie en la cabina detrás de ambos. El espacio tenía dos sillas, piloto y copiloto, con una tercera que podía desplegarse en caso necesario. Bosser no sentía que fuera necesario, ya que estaba inclinado sobre sus hombros, mirando fijamente la consola.

—Lo gracioso de volar es que ya lo he hecho antes —dijo Phyla—. Y también he rastreado naves.

—Lo que es demasiado educada para decir —intervino Davin— es que te apartes.

Bosser apartó las manos de las sillas, pero en realidad no retrocedió en absoluto. El hombre seguía con su armadura de seguridad de Miner Prime, allí de pie como si los asaltantes fueran a abordar en cualquier momento. Aunque, si lo que decía sobre Viola era exacto, podrían tener una refriega cuerpo a cuerpo muy pronto. Los motores del *Jumper* se encendieron y lanzaron la nave lejos de la estación, propulsándola hacia la oscuridad que era el espacio en el cinturón de asteroides. Otras naves estaban ahí fuera, pero la interminable distancia del espacio significaba que tenías mucho espacio para moverte. Davin no solía ver otras naves a menos que planeara atracar con ellas, o que intentaran dispararle.

—No sabías lo malo que iba a ser —dijo Davin, mirando los escáneres vacíos.

—El primer protocolo ante un ataque desconocido contra la estación es eliminar los daños colaterales —respondió Bosser.

—No hay nadie en el rango cercano —dijo Phyla, y luego amplió la vista en la consola—. Las naves más cercanas están a una hora. Habrían tenido que dar la vuelta tan pronto como estallaron las bombas. Nadie evacuó la estación.

—Las comunicaciones fueron pirateadas, apagadas —dijo Bosser—. No sé qué quieres que te diga.

—Nada —respondió Davin. Si la Voz Roja hubiera intentado un ataque serio, si hubiera conseguido sumir la estación en el caos, nadie lo habría sabido. Ni una sola nave habría intentado abandonar la estación. Al menos, no hasta que fuera demasiado tarde.

—Si estáis intentando argumentar que algo tan valioso como esta estación y las vidas que hay en ella deberían estar mejor protegidas, deberían tener mejores planes para activar en caso de desastre, entonces tú y yo estamos en el mismo bando —dijo Bosser—. Mi financiación proviene de la caridad de las empresas. Prefieren pagarme para aplastar amenazas inminentes, no para sobreprepararse para emergencias. No es mi elección. Miner Prime no es una democracia.

—La gente debe adorarte —dijo Phyla.

La consola emitió un pitido mientras se alejaban de la proximidad de Miner Prime. Ahora, fuera de peligro de chocar con la estación, el *Jumper* podía elegir una ruta y marcharse. Solo que Davin no estaba seguro de hacia dónde quería Bosser que se dirigieran.

—Encuentra el *Whisperwind* —dijo Bosser—. No debería estar demasiado lejos.

Para mantenerse en contacto, las naves respondían a las señales de otras naves con nombres e identificación, como propietario y registro. No significaba que una nave registrada no fuera a hacerte pedazos a tiros, pero al menos sabrías quién te lo estaba haciendo. Davin desplazó la lista de naves al alcance, recorriendo un alfabeto de nombres como *Queen Anne*, *Starlight* y *Johnny's Ride* antes de encontrar, cerca del final, el *Whisperwind*.

—¿Un crucero de lujo de modelo antiguo? —preguntó Davin.

—Correcto —dijo Bosser—. Persíguela.

Davin resaltó la nave en la consola con un toque y, en el parabrisas, apareció una línea amarilla con la trayectoria para un curso de interceptación. Phyla envió un aviso a Trina, que estaba junto a los motores, y aceleró el *Jumper*. El carguero de Davin era más grande, más rápido, y parecía estar mejor armado. Ni siquiera iba a ser una competición.

—¿Sabes con quiénes van? —dijo Davin—. ¿De quién es ese carguero?

—De Alissa Reinhert, una mujer muerta —dijo Bosser.

—Como Lina.

—A esta no la maté yo —respondió Bosser.

En la cintura de Davin, sujeta contra su muslo, estaba su arma. Estaba configurada a baja potencia, un disparo aturdidor. Mejor si se disparaba accidentalmente. Tomaría un segundo levantarse del asiento, otro para girarse, sacar el arma y disparar. Existía la posibilidad de que Bosser tuviera su propia arma, de que pudiera desenvainar más rápido, pero no esperaría el ataque de Davin. ¿O sí? ¿Importaba?

—No le dejes, Davin —dijo Phyla—. Aquí no.

Davin sintió su mano en su hombro. Sintió cómo se clavaba en sus nervios. Lina y Phyla, siempre intentando evitar que hiciera alguna estupidez.

—Bosser. Si vas a estar aquí, no pronuncies su nombre. Nunca —dijo Davin, sin mirar atrás al hombre. Bosser no respondió. En el silencio, observaron cómo el *Jumper* se acercaba al carguero. Apuntaba lejos de la estación, en dirección al Sol.

Davin cambió la consola a un mapa activo del sistema solar, mostrando la trayectoria proyectada del *Jumper* si mantenía su curso actual. Inútil, porque no estaban planeando un viaje de largo alcance. Pero si lo estuvieran, ¿cuál sería el objetivo más probable? Mercurio, Venus, Luna, todas eran opciones. Sin embargo, solo una encajaba perfectamente con la línea del *Whisperwind*.

—Se están preparando para ir a la Tierra —dijo Davin.

—Tienes que destruirla —respondió Bosser.

—¿Destruir qué? —preguntó Phyla.

—Su nave. No se le puede permitir llegar a la Tierra —la voz de Bosser tenía ahora un tono diferente, menos controlado. Como un oponente que ha hecho un movimiento inesperado en un juego donde Bosser conocía todas las reglas.

—¿Por qué? ¿Qué hay en ella? —replicó Phyla.

—Los que intentaron volar Miner Prime, están en esa nave —dijo Bosser—. Si llegan a la Tierra, intentarán hacer lo mismo.

—¿Volarla? —dijo Davin, incrédulo.

—Más o menos.

El *Jumper* estaba ahora lo suficientemente cerca para que Erick y Merc, sentados en las torretas gemelas en la parte superior e inferior del carguero, apuntaran al *Whisperwind*. Davin podría dar la orden y vaporizarían la nave. En su lugar, Davin ajustó el comunicador del *Jumper* para enviar una transmisión directa hacia el crucero de lujo.

—Eh, *Whisperwind*, tenemos a un tipo aquí que dice que

vais a matar a mucha gente si no os matamos primero. ¿Qué decís a eso? —habló Davin en el comunicador.

Siguió el silencio. Davin echó un vistazo atrás a Bosser, que miraba el comunicador de la cabina, una pequeña consola conectada al transpondedor más grande del *Jumper* que estaba en el exterior de la nave, como si fuera a saltarle encima. Para un tipo al que le gustaba tanto la manipulación, no saber quién estaba al otro lado de la transmisión probablemente lo estaba descolocando. Lo cual se sentía bastante bien.

—¿Davin? Soy Viola. Por favor, no nos dispares —la voz de Viola llegó clara. Había una interferencia mínima cuando las naves estaban tan cerca una de la otra—. No sé nada sobre matar a mucha gente.

—¡Eh! ¡Ahí está! —respondió Davin en el comunicador—. ¿Estás pilotando esa nave, Vi?

—Sí. Perdieron a su piloto. Hay un grupo de unos veinte aquí. Uno dice que te conoce. ¿Castor?

Davin se puso rígido. Recordaba bien a Castor. Recordaba cómo el hombre casi lo había hecho pedazos en Europa, recordaba cómo habían logrado aturdirlo para llegar hasta Marl, la mujer que había iniciado todo esto. Castor había sido su guardaespaldas, aunque era posible que hubiera sido algo más que eso. Callado, seguro de sí mismo, nunca se le veía por ahí sin Marl. Davin supuso que lo habrían enviado lejos después de aquel desastre.

—¿Ves? —dijo Bosser detrás de Davin—. Está siendo controlada. Obligada a pilotar la nave.

—Vi, ¿Castor te está obligando a hacer algo?

—Me lo está pidiendo. Dice que todos morirían si no les ayudara. Mox también está aquí, Davin. Por favor, no nos dispares.

—No la escuches —siseó Bosser—. Aunque ambos estén a bordo, Castor los matará una vez que lleguen a la Tierra. Aquí no hay rescate.

—¿Puedes hacerlo callar? —le dijo Davin a Phyla.

—Ven a la Tierra con nosotros —dijo Viola a través del comunicador—. Castor dice que lo entenderás cuando lleguemos allí.

Davin oyó el clic detrás de él, el *chasquido* cuando un arma salía de su funda. Cuando Davin miró hacia atrás, vio el arma de Bosser apuntando a su cara. La mano de Bosser sostenía el arma con firmeza, el cañón grueso y ancho, más diseñado para la intensidad a corta distancia que las habituales armas más largas y delgadas. El pequeño interruptor en la parte posterior, sobre la empuñadura, brillaba en naranja. Bosser la tenía configurada para matar.

—Una de las cosas que no se hace en mi nave es apuntar con un arma a mi cara —dijo Davin, mirando directamente a los ojos de Bosser.

—Destruye la nave, capitán —respondió Bosser—. No lo pediré de nuevo.

Phyla sacó su propia arma, apuntándola a la cabeza de Bosser.

—¿Ves? —dijo Davin—. No hay manera de que ganes aquí. Disparas, quizás me matas, pero quizás ese disparo tuyo de gran ángulo destroza la consola, abre un agujero en el parabrisas. O quizás Phyla simplemente te vuele la cabeza justo después. De cualquier manera, el *Whisperwind* queda intacto. ¿Estás dispuesto a morir por nada, Bosser?

Se mantuvieron así por un segundo. Tiempo para que Bosser planeara su siguiente estratagema. Entonces el hombre bajó su arma y la metió de nuevo en su funda.

—Nunca pensé que fueras un hombre que pudiera ser intimidado —dijo Bosser—. Me decepciona ver que tenía razón.

—Perdóname si me importa una mierda lo que pienses —dijo Davin, volviendo al comunicador—. Vi, establece tu rumbo hacia la Tierra. Lo igualaremos y os seguiremos hasta allí.

Vi volvió a conectar la transmisión, y un momento

después el *Whisperwind* ajustó su rumbo. Phyla igualó la ruta, la línea amarilla extendiéndose hacia el brillante resplandor anaranjado del Sol. Al final de esa línea había un planeta que Davin no había visto en mucho tiempo. Sería bueno ver algo de verde, algo de cielo azul. Algo más allá de los pasillos metálicos y estériles y el aire reciclado del espacio.

—Cuando todo se desmorone —dijo Bosser—, espero que recuerdes que fueron tus decisiones las que lo causaron.

—¿Puedes apuntar eso? Mejor aún, bórdalo en una camiseta para mí, porque intento olvidar todo lo que dices —respondió Davin—. Ahora, por favor, sal de mi cabina.

Esta vez, Bosser se marchó.

CAPÍTULO 20
LA VISITA GUIADA

El camarote era más pequeño que el que Viola tenía en la *Jumper*. La litera se plegaba contra la pared para dejar algo de espacio. Sin armario, solo un baúl viejo que descansaba en el suelo, cubierto por la litera cuando esta estaba bajada. Un par de módulos proyectaban luz blanca desde el techo. Las austeras paredes grises tenían arañazos que evocaban imágenes del pasado. En el interior de la puerta se encontraban el intercomunicador y el teclado, con botones de acceso rápido en verde neón para cada una de las zonas de la *Whisperwind*: cocina, cabina de mando, motores, otros camarotes. Puk ya estaba en una cuna de carga en la pequeña estantería, enchufado y absorbiendo la energía solar que el robot podía obtener.

—Brillarán cuando apagues la luz —dijo Jairo a su lado, señalando con la cabeza hacia el teclado, mientras observaba cómo los ojos de Viola recorrían la habitación.

El corredor principal de la *Whisperwind* se dividía hacia la popa de la nave, como un tenedor de tres puntas. Las secciones izquierda y derecha se dividían en dos niveles donde la mayoría de los pasajeros y la tripulación tenían sus camarotes. Por el pasillo central se accedía directamente a los motores. Viola había notado que estaban sellados por una puerta con cierre de seguridad. No era del todo inusual que una nave de lujo cerrase las áreas sensibles.

—¿Dónde se aloja el resto? —Según sus cálculos, Viola contaba diez camarotes y al menos quince tripulantes, además de ella y Mox.

—Muchos comparten literas, intercambian turnos de sueño —respondió Jairo—. Te turnarás con tu amigo, si te parece bien.

¿Compartir habitación con Mox? Bueno, no realmente. Intercambiar turnos de sueño significaba que se alternarían, ajustarían sus horarios, para que uno estuviera despierto y moviéndose mientras el otro dormía. Los cursos de ingeniería de Viola habían estado llenos de conceptos como ese. Cómo maximizar la productividad y minimizar el espacio. Los costes psicológicos de perder tu propio hogar en una nave debían equilibrarse con las necesidades de los viajes espaciales.

—Sobreviviremos —dijo Viola, girándose para mirar a Jairo—. El viaje solo dura unas semanas, ¿verdad?

—Tú eres la piloto.

Ah, sí. Lo era. Y aparentemente la más experimentada además. Castor dijo que cuando ella no estuviera en el puente, la *Whisperwind* navegaría con piloto automático. Si sonaba una alarma, tendría que dirigirse al volante inmediatamente, porque nadie más lo cogería. Eso iba a hacer que dormir fuera muy fácil.

—No puedo creer que tengáis tanta gente y solo una piloto —dijo Viola.

—¿Sabes mucho sobre la Voz Roja? —dijo Jairo—. No destacamos precisamente en el departamento espacial.

—Hay un montón de gente ahí fuera a la que podríais pagar.

—¿Quién querría trabajar con terroristas? —Jairo

pronunció la palabra como si fuera un mal apodo, uno con el que estaba atrapado a pesar de sus propias objeciones.

—Buena pregunta —dijo Viola—. Aún no me has dicho por qué estoy aquí.

—Claro que sí. Necesitábamos una piloto.

—Lo único que hice fue encender los propulsores y poner la nave en reversa. El piloto automático puede llevaros hasta la Tierra —dijo Viola—. Pensaba que era algo peor que eso. Algo más difícil.

Jairo hizo una pausa durante un segundo, sus ojos escudriñando la habitación. A Viola le gustaba esa mirada cuando Jairo miraba por encima de su hombro pero claramente no estaba mirando la pared detrás de ella. El hombre todavía llevaba la mayor parte del equipo que había tenido durante su huida de Miner Prime. El respirador y las armas habían desaparecido, guardados en algún lugar, pero por lo demás, la gruesa camisa beige y los pantalones azulados y manchados se mezclaban con guantes y botas, respectivamente.

Los guantes eran los más interesantes de los dos; parecían ajustados. Trabajos a medida que parecían encajar perfectamente en sus dedos. Cuando Jairo se llevó uno a la cara para rascarse, Viola notó los filamentos en las yemas de los dedos. Pequeñas crestas que le darían a Jairo una buena sensibilidad táctil. Hechos para personas que iban a realizar trabajos de precisión con los guantes puestos.

—Déjame enseñarte algo —dijo Jairo—. Responderá algunas preguntas, lo prometo.

El hacker condujo a Viola de vuelta al cuarto principal, luego pasó su credencial para acceder a la verdadera popa de la nave. Detrás de la puerta, los acabados de lujo en las paredes desaparecieron. Nada de iluminación tenue, ni suelos acolchados. Todo era fuerza bruta aquí atrás. Avanzaron unos metros y luego llegaron a una bifurcación.

—A la izquierda se llega a la estación de motores, a la

derecha a las cosas divertidas —dijo Jairo—. Al menos en mi opinión.

—¿Por qué te uniste a la Voz Roja, Jairo? —preguntó Viola mientras caminaban.

—¿Por qué? —dijo Jairo—. Viola, cuando ves a tus amigos y sus familias siendo oprimidos una y otra vez por empresas más interesadas en otras cosas, cuando los derechos son aplastados una y otra vez porque realmente no tenemos ninguno. Sería suficiente para que la mayoría de la gente se uniera. Debería haber sido suficiente, de todos modos.

Entonces Jairo hizo una pausa, miró a Viola, y sonrió con una sonrisa casi maníaca. Una mirada que Viola había visto antes, en las caras de sus compañeros de clase, en la suya propia, cuando estaba a punto de abordar un problema que realmente le atraía. Un problema tan interesante que todo lo demás iba a desvanecerse mientras trabajaba en él.

—No me uní por todo eso —continuó Jairo—. Me uní porque estaba aburrido. Porque quería algo legendario. Porque quería un desafío.

Las palabras sonaron al principio como una simple fanfarronada, cursi. Pero entonces, ¿no era eso lo que Viola había estado buscando cuando huyó de Ganímedes por primera vez? ¿Algo que le diera un propósito más allá de aprobar exámenes?

—¿Mereció la pena? —respondió Viola.

Fueron por la bifurcación de la derecha que conducía a una sala más amplia, aunque no mucho más grande que los camarotes, donde un único banco de trabajo estaba rodeado de estanterías con herramientas. La *Jumper* tenía un espacio similar, destinado a las reparaciones improvisadas que siempre surgían durante los vuelos espaciales. Al entrar, la misma luz blanca del resto de la nave se encendió. Jairo, sin embargo, ignoró el banco, las herramientas, y llevó a Viola hasta un pequeño terminal fijado en la esquina. Claramente había sido añadido, los soportes para la consola perforados en los laterales cercanos de la habitación. La pantalla en sí apenas era tan grande como la mano de Viola.

—Esto vale la pena —dijo Jairo, accionando un interruptor en el lado del terminal. Se encendió, saltándose la mayoría de los sistemas de consola con marca corporativa que funcionaban en las naves hoy en día para cargar una interfaz tosca. Algunas opciones disponibles se presentaban como círculos y cuadrados de colores.

—Parece casero —dijo Viola, inclinándose más cerca.

—Es mío. Pero esa no es la estrella del espectáculo —dijo Jairo, tocando uno de los iconos. El círculo rojo parpadeó y luego se expandió para llenar la pantalla. Se mostraron líneas de código, y Jairo pasó el documento arriba y abajo. No era un programa simple, fuera lo que fuese.

—¿Sabes qué hay en la Tierra? —dijo Jairo mientras Viola intentaba descifrar lo que ocurría con las variables y las funciones.

—¿Muchas cosas?

—Los androides. Y con este programa, justo aquí, podemos controlarlos.

CAPÍTULO 21
SUTIL QUEMADURA

Me dicen que usted es el médico —dijo el hombre desde la puerta de la sala médica. Erick observó que llevaba un traje de combate, algo diseñado para una pelea que no estaban teniendo. Al menos, no todavía.

—Eso me han dicho —contestó Erick, mientras seguía organizando el nuevo material en los cajones correspondientes. Los suministros se usaban o caducaban con el tiempo, así que habían recogido varias cajas de material nuevo durante la breve estancia en Miner Prime. En ese momento estaba sacando un paquete de jeringas de su caja de colores brillantes y marcada con el logotipo para guardarlas en el armario junto a las diversas agujas con las que se emparejarían. La ubicación debía ser precisa: en una situación crítica, no había tiempo para intentar recordar dónde habías puesto el medicamento adecuado o la venda correcta.

El hombre entró en la habitación, se agachó bajo la luz de precisión conectada a la camilla mediante un brazo giratorio. Extendió su mano hacia Erick, quien la estrechó. Bosser Oates, así se llamaba. Él y ese androide ahora a bordo. Davin seguía refiriéndose a ellos como invitados en público, pero a través de una serie de comunicaciones rápidas y privadas, Trina y Erick entendían la situación real.

—Bosser Oates —dijo el hombre.

—Erick —respondió el médico—. ¿En qué puedo ayudarle?

Con esa invitación, Bosser se sentó en la camilla con un suspiro y se quitó uno de los guantes. Debajo, en la mano izquierda del hombre, había una marca de quemadura evidente. Roja, enfurecida y comenzando a ampollarse en una larga franja que cruzaba la parte superior de la mano de Bosser.

—Un disparo de refilón. Se me adormeció en el momento, pero ha empezado a molestar. Me preguntaba si tiene algo.

Erick examinó más de cerca. Quemadura por láser estándar. Parecía extraño que solo ahora empezara a formar ampollas. Llevaban horas en vuelo, un disparo recibido en Miner Prime ya habría hecho efecto. Tal vez era cicatrización.

—¿Cuándo dijo que ocurrió esto? —preguntó Erick, girándose hacia el cajón que contenía las gasas.

—No sé si está al tanto de lo que ocurrió en la estación antes de partir. No fue solo el grupo que intentaba robar su nave —habló Bosser como un hombre que se prepara para una larga historia, un relato elaborado—. La Voz Roja nos atacó por toda la estación, y salí con nuestras fuerzas de reserva para asegurarme de que el daño no fuera grave.

—¿Y recibió un disparo?

—Así es —dijo Bosser, sin inmutarse mientras Erick aplicaba un ungüento plaskin sobre la quemadura—. Cuando llegamos a vuestro muelle de atraque, quedó claro que habían saboteado la mayoría de las otras naves de la estación. Por alguna razón.

El plaskin tenía un aroma a aloe, un olor suave y refrescante que siempre tranquilizaba a Erick. Excepto ahora. Los pacientes siempre intentaban construir una narrativa, enmarcar su condición de manera que los dejara en mejor posición. No era un problema, realmente, pero Erick reconocía la manipulación cuando la oía. Bosser no estaba allí simplemente para un tratamiento de quemaduras, había algo más en marcha.

—¿Sabe qué sus compañeros de tripulación están en la nave que perseguimos? —preguntó Bosser.

—Davin lo mencionó —respondió Erick.

—Están ayudando a la Voz Roja. Es su nave.

—Señor Oates, si está buscando despertar en mí algún tipo de ira solidaria, no va a conseguirlo —dijo Erick, devolviendo el tubo de plaskin a su sitio—. Aunque no apruebo lo que hicieron en Miner Prime, Eden y esas otras organizaciones hicieron cosas igual de malas o peores en Marte.

Bosser ya estaba asintiendo cuando Erick terminó.

—¿Sabe adónde nos dirigimos? —preguntó Bosser.

—¿Supongo que usted sí?

—A la Tierra —respondió Bosser—. Tiene familia allí, ¿verdad?

El universo cambió con esas palabras. Bosser sabía que tenía familia. Lo que significaba que el hombre sabía quién era Erick, lo había sabido desde el principio. Lo que significaba que había una agenda aquí, algo que Bosser perseguía.

—Así es —dijo Erick—. Sería agradable verlos de nuevo.

—¿Sabe qué planea hacer la Voz Roja cuando llegue a la Tierra?

—Ni idea.

Erick notó que estaba sudando, a pesar de las temperaturas frescas que se mantenían en toda la *Jumper*. Había tenido muchas conversaciones difíciles antes, pero normalmente era él quien comunicaba a los pacientes cosas que no querían oír. Ahora estaba enzarzado en un tira y afloja con alguien, y Erick temía estar claramente en desventaja.

—Yo tampoco lo sé, y eso, Erick, es lo que me aterra —dijo Bosser, tomando un vendaje de gasa y colocándolo sobre el ungüento—. Porque la Voz Roja está desesperada. Cuando usted y su equipo impidieron que consiguieran los diamantes de hielo, les robaron su moneda. Ahora mismo, en Miner Prime, perdieron la mayor parte de sus fuerzas restantes. La cuestión es por qué. ¿Por qué arriesgarse así?

—Le está preguntando a la persona equivocada.

—¿Seguro? —Bosser miró a Erick a los ojos—. La Voz Roja dice existir para luchar por los ciudadanos silenciados de Marte. Sus miembros tienen en su mayoría familias en el planeta rojo, personas por las que harían cualquier cosa para proteger, para ayudar. Pero perdieron, excepto por esta última nave. Si supiera que ustedes son los únicos que quedan para enviar un mensaje, ¿qué haría?

—¿Está insinuando que van a amenazar al planeta? ¿A la Tierra?

Bosser se encogió de hombros.

—Como he dicho, no lo sé. Pero sea lo que sea que planeen hacer, será un acto desesperado. Será temerario —Bosser se levantó de la camilla y se volvió a colocar el guante sobre la gasa—. Creo que usted es el único miembro de esta tripulación con familia en la Tierra. El único que tiene algo que perder si la Voz Roja tiene su oportunidad. Gracias por la ayuda, Erick.

Bosser salió de la habitación mientras Erick le observaba alejarse. El hombre quería ayuda para convencer a Davin de que derribara la nave de la Voz Roja. Apostaba por la vulnerabilidad de Erick. Era una buena jugada. Erick exhaló, puso sus manos sobre el plástico que cubría la camilla. Pero nada de lo que Bosser había dicho era falso. La Voz Roja podría estar planeando algo radical, algo que no podían prever. Algo que podría dañar a la hija de Erick, a su nieta.

¿Podría no hacer nada y vivir con las consecuencias?

CAPÍTULO 22
INTRUSIÓN

Cuando la puerta del camarote se abrió, Mox ya estaba despierto. Había oído los pasos, cadencias irregulares que indicaban la presencia de varias personas, acercándose a la habitación desde el momento en que habían empezado a subir las escaleras. Bajo la fina sábana, Mox preparó sus brazos para impulsarse fuera de la cama y lanzarse hacia la puerta. Si los mantenía acorralados en la entrada, no tendrían oportunidad de rodearlo. El cañón que normalmente llevaba acoplado a su traje cuando era probable un combate seguía en la *Jumper*. El arma corta requisada cuando subió a bordo del *Whisperwind*, un "gesto de confianza" según Castor.

La puerta del camarote estaba cerrada con llave, pero Mox no se sorprendió cuando el teclado parpadeó en verde. Las anulaciones eran comunes, necesarias en la mayoría de las naves. Los problemas potenciales de un pasajero rebelde superaban con creces la idea de privacidad en el espacio. La puerta se abrió de golpe y Mox inició su movimiento.

—¡No lo haga! —dijo Castor, con las manos levantadas recortadas contra las brillantes luces del pasillo. Detrás de Castor, uno de los soldados de la Voz Roja se agachaba, apuntando con su rifle por el costado de Castor hacia Mox. Al otro lado, una mujer de ojos cansados permanecía de pie mirándole.

—¿Llamar? —preguntó Mox.

—Esto sería más fácil si estuviera dormido —dijo Castor—. Pero al menos ahora puede conocer a Alissa.

Castor entró en la habitación, seguido por el soldado y luego por la mujer. En los estrechos aposentos, todos miraron a Mox, que giró las piernas y se sentó erguido. Seguía siendo más bajo que sus visitantes, pero al menos Mox no se sentía como un niño enfermo. Las luces del camarote se encendieron con el movimiento, y Mox pudo distinguir mejor a los visitantes. Castor y el soldado se veían igual que cuando había abordado por primera vez, hacía ya horas. Lucían un surtido estándar de equipo militar, aunque todo parecía anticuado. Comprado en el mercado secundario, marcas diferentes, ropa de distintos colores y tipos. La mujer que los seguía tenía un aspecto más cohesionado, pero parecía una civil. Habían abandonado los raídos atuendos de la Voz Roja en favor de algo más práctico, menos personal.

—Mox —dijo la mujer—. Alissa Reinhert. Encantada de conocerle.

Alissa no le tendió la mano, sino que asintió en su dirección. Mox devolvió el gesto, manteniendo los ojos en el soldado. En Castor. Demasiada gente para un saludo a deshoras.

—Cuando Castor me dijo que estaba usted aquí, quise comprobarlo personalmente —dijo Alissa—. Le pido disculpas por la naturaleza repentina e impolítica de nuestra visita, pero hay medidas que debo tomar para proteger lo que queda de nuestro grupo.

—¿Medidas? —dijo Mox—. Ya tienen mi arma.

—No la que importa —respondió Castor, y entonces metió la mano en un bolsillo, sacó una pequeña cápsula circular con abrazaderas alrededor—. ¿Sabe qué es esto?

Mox había visto cosas similares en el equipo de Merc. Los discos generaban descargas eléctricas hacia cualquier cosa cercana que pudiera formar una corriente. Provocaban espasmos nerviosos.

—Me hago una idea —dijo Mox.

—Voy a acoplarlo a su traje —dijo Castor—. Si intenta algo peligroso, cualquiera de nosotros puede activarlo. Le dejará inconsciente durante un rato.

—Es solo una precaución, Mox —añadió Alissa.

—No —dijo Mox.

—Imaginé que diría eso —respondió Castor—. Lo que significa que hay un par de caminos a seguir. O se da cuenta de que está en clara inferioridad numérica en una nave en medio del espacio y decide aceptar esa realidad pacíficamente, o lo hacemos por las malas.

—Castor, por favor —dijo Alissa, poniendo una mano en el brazo del hombre—. Mox. Nos dirigimos a la Tierra. Una vez allí, será libre de abandonar la nave. Desconectaremos el dispositivo en el momento que aterricemos.

—No —dijo Mox, y el soldado levantó su rifle. Lo suficientemente cerca como para que Mox pudiera agarrarlo y destrozarlo en una microsegundo. Al mismo tiempo, la posición de Castor lo situaba en un punto ideal para un puñetazo en el estómago. Propinado con toda la potencia del exotraje, Castor quedaría fuera de combate.

—Entonces piense en Viola —dijo Alissa—. Está en el asiento del piloto ahora mismo. Si pelea aquí, también está poniendo en riesgo su vida.

Mox reaccionó rápidamente, empujó su brazo izquierdo contra el rifle de asalto del soldado, desviando su puntería hacia el techo y empujando al soldado contra la pared. Su brazo derecho salió disparado hacia delante, agarró el uniforme de Castor y levantó al hombre en el aire mientras Mox se ponía de pie.

—No seré vuestro esclavo —gruñó Mox en la cara de Castor.

Entonces Alissa se movió, sacando otro de los discos de su propio bolsillo y colocándolo en la espalda de Mox, en la línea acanalada del exoesqueleto que recorría la columna vertebral de Mox. Mox no sintió activarse el disco, pero oyó los clics cuando el dispositivo se acopló en su sitio. Alissa dio un paso atrás, con las manos extendidas.

—No es como queríamos que fuera, Mox —dijo Alissa.

El hombre metálico dejó caer a Castor al suelo; el capitán de la Voz Roja recuperó el equilibrio y aterrizó con firmeza. Castor miró a Mox y asintió como si todo el intercambio hubiera ido exactamente como esperaba.

—Ahora que estamos a salvo, es libre de deambular por la nave. Hacer ejercicio, conocer a los demás, lo que quiera —dijo Castor—. Como dijo Alissa, no queremos problemas. Y ahora que está garantizado, no veo la necesidad de mantenerle vigilado.

—Qué amable —dijo Mox.

El trío de la Voz Roja se marchó un minuto después, con Alissa lanzando una invitación más para explorar la nave y conocer al resto de la tripulación. Como si le estuvieran dando la bienvenida a un crucero de placer. Mox volvió a sentarse en la cama. Era mecánico, al menos en parte. Podían controlarlo por medios mecánicos. Viola, sin embargo, no lo era. La pregunta era, ¿cómo iban a controlarla a ella?

CAPÍTULO 23
QUÉ RECORDAR

Viola se volvió hacia la consola cuando Castor cambió su turno con Jairo. Nunca la dejaban sola en la cabina, pero de los dos, al menos Viola podía mantener conversaciones con Jairo. Castor pasaba horas pegado a su comunicador, leyendo artículo tras artículo o tecleando mensajes que nunca le explicaba.

—¿Aguantando? —preguntó Jairo, acomodándose en su asiento.

—Agradecida de tener alguien con quien hablar —respondió Viola.

Jairo se rio.

—Castor solo está ocupado, eso es todo.

—¿Es solo eso? ¿En serio?

—Vale, no —dijo Jairo—. Siempre es así. Nunca sabes qué está haciendo. Pero le he visto luchar, y no podrías pedir un mejor soldado.

Destellos del *Karat* giraron por la cabeza de Viola.

—¿Has luchado antes? ¿Alguna vez? —preguntó Viola.

—Intento mantenerme alejado de las armas. Al menos, de las físicas —dijo Jairo, mirando de nuevo a su consola—. Soy partidario de aprovechar los puntos fuertes, y el mío no incluye disparar a alguien.

—¿En cambio, intentas subvertir a un montón de androides para que lo hagan por ti?

Jairo hizo una pausa por un momento, luego se levantó de su silla. Se acercó a Viola y se inclinó para poder teclear en su consola.

—No todo lo que hago trata sobre dañar a la gente —dijo Jairo—. Mira.

La pantalla de la consola cambió mientras Jairo tecleaba, en un momento deslizando el dedo por una parte de la pantalla que parecía vacía. Finalmente, los menús desaparecieron por completo, y la consola mostró solo un único cuadrado blanco parpadeante en el centro.

—Púlsalo —dijo Jairo.

Viola lo hizo, presionando suavemente con el dedo sobre la pantalla. El cuadrado se expandió para ocupar toda la anchura, brilló con más intensidad y luego cambió. Se desvaneció dejando solo una serie de líneas ramificadas y puntos. Sin esperar a Jairo, Viola presionó un punto en el medio. Este giró y luego creció. Dentro había una imagen de Jairo estrechando la mano de Alissa. Él se veía más joven en la foto, con menos líneas en su rostro.

—Cada línea te lleva a una parte diferente de mí —explicó Jairo—. Estoy haciendo uno para cada persona que puedo, pero lleva mucho tiempo.

—¿Por qué?

—Porque, independientemente de lo que pase aquí, va a quedar una historia de la Voz Roja y de las personas que la forman. No quiero que nos reduzcan a estadísticas o a frases hechas. Todos somos personas reales, Viola.

—Como lo eran los de Miner Prime que vuestra gente mató.

—Y si pudiera hacer esto para ellos, lo haría —dijo Jairo—. Sube por la rama de la izquierda ahora.

Viola deslizó el dedo por el camino ramificado hacia la izquierda. La siguiente imagen mostraba a Jairo en un jardín, sosteniendo una gran cabeza de brócoli, con una mujer mayor riendo a su lado. En el fondo, las onduladas montañas rojas de Marte escalaban el horizonte.

—Mi madre. Siempre me mantenía con los pies en la tierra. La idea de que allí estábamos, en Marte, y lo que realmente importaba era comerte las verduras. Mantener el jardín creciendo —dijo Jairo.

—Vas a hacer que me dé nostalgia —respondió Viola.

—Continúa.

Viola negó con la cabeza.

—¿Por qué haces esto, Jairo?

La sonrisa del hacker abandonó su rostro, y sus ojos se desviaron hacia una esquina de la cabina.

—Porque no quiero que pienses que soy mala persona —dijo Jairo—. Es una debilidad mía. Las masas sin rostro, ya sabes, la gente de ahí fuera, realmente no me importa lo que piensen de mí. Pero las personas cercanas a mí... es importante que no me vean como un asesino.

—No lo hago —dijo Viola, y las palabras la sorprendieron. Antes, en Ganímedes, la Voz Roja siempre le había parecido una banda de terribles asesinos. Colocando bombas en hábitats y destrozando una sociedad ideal en Marte por motivos políticos—. Solía hacerlo, porque era más fácil que razonar con los problemas reales.

—¿Los problemas reales?

—No me di cuenta hasta que fui a Europa de lo dura que es la vida para la mayoría de la gente. Estaba protegida en Ganímedes. Buena familia, bastante dinero. Educación —dijo Viola—. Y ahora estoy aquí con un grupo de personas que no dudarían en matar por sus objetivos, y es porque muchas de las cosas en sus vidas no dudarían en matarles si llegara el caso.

Jairo pulsó el siguiente punto en la consola, este en una

rama diferente. Era una imagen de la cafetería del *Whisper-wind*. Jairo estaba allí, junto con algunos de los otros combatientes. Estaban riendo, jugando a un juego en una mesa grande. Le recordó a Viola las noches en el *Jumper*, jugando a las cartas con Erick y Mox, o intercambiando historias con Davin y Merc.

—No siempre es tan oscuro —dijo Jairo, su rostro iluminándose—. Oye, ¿quieres hacer uno?

—¿Hacer uno?

—Sí. Ahora eres una de nosotros, al menos para este viaje —dijo Jairo—. Te enseñaré cómo.

—Pero no tengo fotos.

—Claro que sí. Podemos sacarlas de las cámaras de seguridad del *Whisperwind*. Seguro que hay algunas en las que estás sonriendo.

Jairo continuó, explicando el proceso de encontrar las imágenes, descargarlas en su programa y construir las ramas. Su entusiasmo era contagioso. Ese fervor por capturar la parte humana. Viola se sorprendió mirando el rostro sonriente de Jairo mientras repasaba otra serie de instantáneas de seguridad.

Quizás había tomado la decisión correcta al subir a esta nave.

CAPÍTULO 24
CAMBIAR EL CÓDIGO

El androide llevaba horas sin moverse de la bodega de carga. Trina lo observaba en la cámara del *Jumper*; el robot permanecía allí, mirando fijamente la pared. Llevaba una versión más ligera del traje de Bosser, un azul más fino entrecruzado con una correa al hombro que sostenía el habitual cuchillo largo de androide, junto con un cinturón que portaba dos armas laterales. La idea de tener un robot que recibía órdenes de un enemigo, o al menos no de un amigo, con ese tipo de armamento en su nave no resultaba reconfortante. Pero bueno, Trina no era la capitana.

—Fournine, dada tu, eh, experiencia en este área, ¿qué opinas?

El antiguo androide, ahora integrado en el sistema informático del *Jumper*, era, en la mente de Trina, lo mejor que le había pasado al *Jumper* en años. Antes, el ordenador aceptaba consultas rudimentarias, como el estado de los motores o la cantidad de energía que convertían los paneles solares. Fournine, sin embargo, podía evaluar activamente lo que Trina preguntaba. Y mejor aún, tenía personalidad.

—ThreeTwelve probablemente está en modo de ahorro de energía —respondió Fournine—. Como ese sueño que siempre haces, pero menos vulnerable. Si te acercas, se activará. Probablemente te cortará la cabeza. Lo cual sería bastante sucio.

—¿Cuánto tiempo pueden pasar sin recargarse?

—Una semana terrestre —respondió Fournine, su voz saliendo a través del sistema de intercomunicación del *Jumper*, sonando como un mayordomo ligeramente perturbado. Viola había programado esa voz, utilizando un tono estándar y luego aleatorizando el tono, de modo que la voz de Fournine ocasionalmente subía o bajaba octavas. Era a la vez exasperante y, dada la predilección de Fournine por lo absurdo, apropiado.

—Entonces, ¿ThreeTwelve está en condiciones de moverse?

—Es lo más probable.

Trina echó un vistazo a las lecturas del motor junto a ella. Habían igualado al *Whisperwind* y lo seguían sin mucho esfuerzo. La nave de lujo era más antigua, sus motores no alcanzaban la velocidad que podía producir el *Jumper*. No estaba diseñada para el tipo de viaje interestelar de largo alcance que requería más potencia y, por extensión, más espacio dedicado a esos motores. Como tal, el *Jumper* avanzaba sin problemas. Lo que significaba que podía alejarse un rato.

—No me siento muy cómoda con un androide activo en esta nave —dijo Trina, moviéndose de la sala de motores al taller. Según el reloj interno del *Jumper*, se acercaba la medianoche. La mayor parte de la nave estaba en silencio, durmiendo. Trina debería estar haciendo lo mismo, pero tenía este problema. Este asunto con la curiosidad.

—Tú y yo igual —respondió Fournine, su voz saliendo del comunicador más cercano, como si el ordenador estuviera caminando junto a Trina.

—Aunque si ThreeTwelve fuera nuestro androide... —Trina dejó la frase en el aire.

—Quieres usar el hackeo de Viola —dijo Fournine, y Trina asintió. Viola había descubierto, en Miner Prime, que accediendo a la memoria central del androide en su cabeza, un programador con las habilidades adecuadas podía sobrescribir las instrucciones allí. Podía tomar el control de la máquina. El truco era conseguir que un androide te diera esa oportunidad.

Su taller parecía cada vez más desordenado. Un banco de trabajo se extendía a lo largo de una pared, aunque estaba cubierto por una serie de llaves inglesas y destornilladores. Del techo, a unos tres metros de altura, colgaban cadenas. Terminaban en abrazaderas, de modo que los equipos más pesados podían suspenderse mientras se trabajaba en ellos. El resto de la habitación estaba rodeada de estanterías, bancos de cajones con tornillos, clavos y adhesivos. Cada uno tenía una etiqueta de metal de desecho fijada a él, con el contenido correcto grabado en las placas. Trina podría haber usado las mismas notas de plástico que Erick pegaba por toda la sala médica, pero no parecían encajar con el tema. En medio del taller había un desagüe que iba directamente a una esclusa de eyección, donde cualquier producto químico peligroso, combustible gastado o cualquier cosa tóxica podía ser lanzada al espacio.

Trina se acercó al banco de trabajo, el mismo lugar donde Fournine había sido hackeado por primera vez para unirse a los Wild Nines. Debajo del banco, en el cajón superior, había un pequeño dispositivo con forma de cuadrado con un único extremo redondeado. En el centro había un botón circular que, al pulsarlo, emitiría un pulso electromagnético localizado. En una nave, la idea de algo que pudiera inutilizar los sistemas electrónicos era aterradora. Sin sistema de aire reciclado, no habría vida. Por eso el dispositivo solo tenía un alcance de un metro más o menos. Sin riesgo para los sistemas vitales.

De la misma manera, si algo iba catastróficamente mal,

Trina podía llevar el pequeño PEM hasta el problema y apagar el mal funcionamiento.

—Recuerda el reinicio rápido —advirtió Fournine—. ThreeTwelve estará despierto antes de que el PEM esté listo para funcionar de nuevo. A menos que seas significativamente más rápida que la mayoría de los humanos, veo que este intento acabará en tu fallecimiento.

Trina miró las cadenas.

—¿Cuánto tiempo tardará? —preguntó Trina—. En volver a activarse.

—Diez segundos —respondió Fournine—. A los once, Trina, estarás muy muerta.

—Tendrá que ser suficiente —dijo Trina—. Trae al android aquí.

—Fournine no podía hacer eso físicamente, por supuesto, pero Trina esperaba que el robot pudiera idear algo tentador. Algo que atrajera a ThreeTwelve al taller. No había pantallas en la habitación, así que Trina no sabía qué estaba sucediendo, pero antes de que pasara mucho tiempo, el sonido de pasos que caían en el pasillo del *Jumper* se acercó. Trina accionó el interruptor del dispositivo PEM, oyendo el más mínimo de los gemidos mientras se preparaba para sobrecargar cualquier circuito hacia donde lo apuntara. Trina sostuvo el dispositivo en su mano derecha y se apoyó contra el banco de trabajo, tratando de ignorar los latidos de su corazón.

ThreeTwelve caminó alrededor del marco de la puerta y entró en el taller. Su cabeza era femenina, larga y angular. Sin cabello, solo piel sintética de color oliva que daba juego a los ojos oscuros y labios de ThreeTwelve. Una de las manos del android se deslizó hacia su arma lateral derecha.

—Tu ordenador dijo que necesitabas mi ayuda —dijo ThreeTwelve—. Habla.

—¿Sabías que Fournine, nuestro ordenador, fue una vez un android como tú? —preguntó Trina.

ThreeTwelve no mostró la más mínima reacción.

—Somos ordenadores. Nuestros cuerpos son incidentales —respondió ThreeTwelve.

—Eres estirado, ¿verdad? —dijo Fournine a través del intercomunicador—. ¿Acaso Bosser te dio siquiera una personalidad?

—Sí. Una que desconfía de los robots con personalidad —dijo ThreeTwelve.

—¿Ves estas cadenas? —Trina señaló—. Necesito ayuda para subirlas, por algunos trabajos que estábamos haciendo en Miner Prime. Normalmente, Mox me ayudaría, pero no está aquí.

Los ojos de ThreeTwelve siguieron las cadenas hasta el techo, miraron las poleas que permitirían que las cadenas se enrollaran alrededor de las vigas y se mantuvieran fuera del camino cuando no se utilizaran.

—Esto parece una tarea inusual para esta hora de la noche —dijo ThreeTwelve, volviendo su mirada a Trina.

—¿Has conocido alguna vez a un humano que sea lógico? —bromeó Fournine. Trina se encogió de hombros. ThreeTwelve dudó un momento.

—No lo he hecho —dijo finalmente ThreeTwelve, caminando hacia el banco de trabajo—. Dime qué te gustaría que hiciera.

El androide estaba directamente debajo de un par de cadenas, con las abrazaderas abiertas y listas. Trina respiró hondo, sacó el PEM y, mientras ThreeTwelve se giraba, presionó el botón. El dispositivo no hizo ruido, ni siquiera pareció hacer nada, pero ThreeTwelve se sacudió repentinamente, como si estuviera teniendo una convulsión.

—Diez —dijo Fournine.

Trina presionó una flecha hacia abajo en un teclado situado en el lateral del banco de trabajo y las cuatro cadenas con abrazaderas descendieron hasta golpear la parte superior del banco de trabajo.

—Nueve.

Agarrando la primera abrazadera, Trina la deslizó alrededor del brazo derecho del androide. La cerró de golpe.

—Ocho.

Trina movió un dial en la abrazadera, y esta se apretó hasta que se bloqueó en el brazo de ThreeTwelve. Justo en la muñeca.

—Siete.

La siguiente abrazadera en el brazo izquierdo. Trina la giró rápidamente, la ajustó de golpe.

—Seis.

Movió el dial, cerrando la abrazadera con firmeza.

—Cinco.

Ahora las piernas. Solo que ThreeTwelve no estaba subido en el banco de trabajo y no había forma de que Trina pudiera levantarlo ella misma. Trina alcanzó el teclado, dio un golpe para subir las cadenas.

—Cuatro.

Las cadenas levantaron a ThreeTwelve en el aire. Alzaron al robot por encima del banco de trabajo, suspendido. Trina empujó al androide, de modo que ThreeTwelve se balanceó sobre el banco de trabajo, y presionó la flecha hacia abajo en el teclado para hacer que el androide cayera de nuevo sobre él. Sin resistencia, las piernas se extendieron, pero al menos ThreeTwelve estaba en el lugar correcto.

—Tres.

Trina agarró la siguiente abrazadera, la cerró de golpe en la pierna derecha de ThreeTwelve.

—Dos.

Presionó el dial con una mano, alcanzó la última abrazadera con la otra.

—Uno.

Cerró la última abrazadera alrededor de la pierna de ThreeTwelve. Alcanzó el dial.

—¡Corre! —ladró Fournine y Trina se lanzó hacia atrás, cayendo al suelo del taller.

Los ojos de ThreeTwelve brillaron mientras el androide volvía a la vida. Intentó mover sus brazos, sus piernas. Las cadenas repiquetearon contra el movimiento, tensándose en cuanto ThreeTwelve intentó moverse fuera del banco de trabajo. Estallaron ruidos metálicos y entrechocantes mientras ThreeTwelve intentaba liberarse de las abrazaderas a la fuerza. Al principio, el movimiento era aleatorio, como un niño tratando de retorcerse para liberarse de las mantas; luego ThreeTwelve se volvió más deliberado, probando cada una de las abrazaderas. Tirando de sus brazos, luego de sus piernas. Trina contuvo la respiración cuando fue a por la pierna izquierda, la abrazadera más floja.

La cadena resistió. Entonces ThreeTwelve levantó la cabeza, miró a Trina directamente a la cara y no dijo nada. Era hora de ponerse manos a la obra.

CAPÍTULO 25
REUNIÓN CON LA CAPITANA

Alissa Reinhert disponía de los aposentos más grandes que Viola había visto en el *Whisperwind*, lo que significaba que tenían espacio suficiente para una cama de matrimonio, un escritorio y un armario completo para la ropa. Un baño privado con ducha quedaba separado por una fina puerta. La idea del lujo estaba presente, pero parecía como si faltaran piezas. El escritorio era sencillo, la cama cubierta con sábanas blancas utilitarias, sin adornos aleatorios en el suelo o en las esquinas. Las paredes mostraban la única decoración; como en la mayor parte del resto de la nave, fotografías de Marte.

—El arte es, debo admitirlo, un poco insípido —dijo Alissa mientras Viola miraba alrededor—. Sin embargo, tiene un propósito. Un recordatorio de lo que estamos haciendo aquí.

—Luchar por Marte —dijo Viola.

—Exactamente. O más bien, por las personas allí que no pueden luchar por sí mismas —dijo Alissa.

—Pero ustedes perdieron esa batalla. —Viola se cruzó de brazos.

Cuando Jairo le dijo esta mañana que Alissa, la líder de la Voz Roja, quería hablar con ella, Viola quedó perpleja. No es que el *Whisperwind* la necesitara realmente al mando de los controles. Aún estaban a días de la Tierra y, a menos que el *Jumper* decidiera que ahora era el momento de inmolarlos, Viola no tenía mucho que hacer salvo asegurarse de que el piloto automático no se volviera loco. Mox tampoco había aparecido esa mañana. De hecho, no había visto al hombre de metal durante casi un día. No desde que le había dicho que iba a dormir durante su turno ayer. Así que cuando Jairo preguntó si Viola podía asistir a una reunión en ese momento, Viola no tenía ninguna razón para negarse.

—Así es —dijo Alissa. La capitana llevaba lo que Viola solo podía describir como ropa de estar por casa, un conjunto apenas por encima del pijama que parecía diseñado para una noche de películas y sofá en lugar de para comandar una fuerza militar. Aun así, Alissa parecía exhausta, con su fino cabello rubio recogido en un moño suelto, mechones escapando para enmarcar las líneas de su rostro. Líneas que Viola inicialmente tomó por arrugas, pero que, cuando Alissa se acercó, resultaron ser cicatrices.

—La última vez que conocí a uno de sus tenientes, un hombre llamado Bakr, intentaba matarnos —dijo Viola—. No parecía pensar que ustedes hubieran perdido.

Alissa sonrió, como una persona que soporta una situación nauseabunda de la que no puede escapar.

—Bakr siempre fue así. Un creyente en la causa —dijo Alissa—. Me salvó la vida. Durante el infierno. Cuando intentaron quemarnos vivos en Marte.

—¿Ellos?

—La misma gente que intenta atraparnos ahora —respondió Alissa—. No sus amigos, por supuesto. Aunque no me sorprendería que Bosser les pagara para hacerlo.

—Ustedes luchaban contra el control corporativo, ¿verdad? ¿La idea de que Marte debería ser un gobierno, en lugar de un lugar como Miner Prime?

—Como usted dijo, perdimos esa batalla —Alissa volvió al

escritorio, sacó la silla y se sentó—. Disculpe, he estado de pie la mayor parte de la noche.

Viola captó la indirecta, buscó otra silla. No había. Alissa señaló hacia la cama y Viola se sentó en ella. El colchón era firme, las sábanas delgadas. Ásperas. La líder de la Voz Roja no estaba viviendo la buena vida en su propia nave.

—¿Por qué envió a Jairo a buscarme? —dijo Viola—. Debía de haber otros pilotos.

—Mire a su alrededor. Ya no tenemos dinero para contratar a nadie. Necesitamos personas que todavía tengan humanidad en sus corazones.

—Dice la persona que acaba de intentar destruir una estación espacial habitada.

Alissa hizo una mueca.

—No puedo ocultar el hecho de que no siempre somos mejores que aquellos contra los que afirmamos luchar —dijo Alissa—. Pero estábamos desesperados. Sin los diamantes de hielo, necesitábamos fondos y apoyo.

—Jairo parecía insinuar que todo se trataba de mí. De conseguir que subiera a esta nave.

—Nuestro amigo hacker no siempre tiene la imagen completa —dijo Alissa. En el escritorio, incorporada a la pared detrás, había una consola. Alissa tocó un par de botones en la pantalla y luego hizo un gesto a Viola para que se acercara. En la consola se desplazaban titular tras titular atribuyendo el ataque a la Voz Roja. La mayoría de las columnas acompañantes criticaban duramente los ataques, pero unas pocas, muy pocas, parecían argumentar que la Voz Roja había sido empujada a extremos por tácticas desleales, por desesperación.

—¿Entonces cuál es la "imagen completa"? ¿Que están abandonando sus principios para matar al azar?

—Mire esta nave, Viola —dijo Alissa—. La Voz Roja está casi desaparecida. Nuestro único objetivo en este momento es dar un grito tan fuerte mientras nos extinguimos que otros nos escuchen durante siglos. Algunos prestarán atención. Tomarán nuestra causa. Y quizás Marte se encuentre libre algún día.

—¿Qué quiere decir con grito?

Alissa apagó la consola, se levantó del escritorio. Puso una mano en el hombro de Viola. Era un agarre firme. Alissa podía parecer frágil, cansada, pero había una verdadera fuerza bajo esas cicatrices.

—Es mejor que no lo sepa —dijo Alissa—. De esa manera, cuando vengan a por usted más tarde, no tendrá que mentir.

Alissa asintió hacia la puerta. Le dio a Viola un suave empujón de guía.

—¿Eso es todo? ¿Eso es todo lo que quería hablar conmigo? —preguntó Viola.

—Jairo dice que se puede confiar en usted. Quería ver si tenía razón —dijo Alissa mientras la puerta hacia el pasillo se abría.

—¿La tenía?

Alissa simplemente mostró esa sonrisa cansada de nuevo. Entonces la puerta se cerró entre ellas. Viola permaneció allí en el pasillo. ¿Qué significaba todo eso? Mox. Mox podría tener una idea de qué hacer a continuación. Él había tratado con este tipo de personas antes. Las que no decían lo que realmente querían decir.

Viola caminó por el pasillo hacia la habitación que compartían. Después de que todo esto terminara, definitivamente volvería a las ecuaciones. A los esquemas y los entresijos de la creación de naves. Al menos esos eran claros.

CAPÍTULO 26
TOMÁRSELO A RISA

El aerosol cubrió el ala izquierda del Viper, la última parte que quedaba, con el color verde oscuro de una espesa jungla. Merc estaba agachado sobre el fuselaje, ya pintado y seco unos días antes. Los extractores de vacío, instalados en la bahía del *Jumper* a insistencia de Merc cuando se unió a la tripulación, rugían detrás de él. Aspirarían cualquier partícula fugitiva y la escupirían en pequeñas esclusas de aire que funcionaban continuamente para enviar esa porquería tóxica al espacio. Cuando Davin preguntó si realmente eran necesarios, Merc le respondió con una lista de reparaciones del Viper que podían enviar todo tipo de infierno microscópico flotando a través de los conductos de ventilación del *Jumper*. Desde astillas de pintura hasta virutas metálicas al reparar piezas dañadas, pasando por la posibilidad de fugas de batería y los vapores ácidos que podrían liberarse si uno de esos cacharros se quemaba. Había sido suficiente.

—¡Así que tú eres el piloto estrella! —gritó una voz cerca de la puerta de la bahía. Merc levantó la vista, la máscara que le cubría los ojos reflejando el resplandor de las luces. Era un hombre, y definitivamente no era Davin ni Erick. Lo que significaba que... Bosser.

Merc dejó la boquilla del pulverizador. Era una manguera conectada a un barril más grande. Lo habían recogido del jefe de muelle en Miner Prime. Tenía que repintar el Viper cada vez que Merc resultaba alcanzado en combate, como había ocurrido sobre Neptuno. Como pasar página, empezar de cero, lo que fuera. El caso es que *este* Viper, el verde, aún no había sido alcanzado.

—No estoy seguro de que nadie me llame así excepto yo mismo —dijo Merc, corriendo hacia la pared de la bahía y apagando los ventiladores. Estos redujeron su velocidad lentamente, como si intentaran darle a Merc la oportunidad de reconsiderar su decisión. Bosser, sin embargo, continuaba adentrándose en la bahía, como si el hombre quisiera mantener una conversación.

—Pues deberían, si la mitad de lo que he oído sobre ti es cierto —dijo Bosser, extendiendo una mano.

—¿Ah, sí? ¿Qué has oído? —respondió Merc, estrechándosela. Había algo de gasa envuelta alrededor de la mano de Bosser, le hizo cosquillas en la palma a Merc. El tipo ya se estaba haciendo daño en el espacio, y ni siquiera había habido un combate todavía.

—Eden no se contuvo. Dijo que superaste a los asaltantes en vuelo, aunque te superaban en número —dijo Bosser—. Así que me tomé la libertad de investigarte. Parece que eres ex militar. Del lado de la Tierra.

Merc supuso que una persona normal podría escuchar que la habían investigado, que habían indagado sobre ella antes de hablarle, y encontrarlo extraño. Pero así era como funcionaba en el ejército, cómo funcionaba cuando Davin le contrató. El historial de un piloto lo era todo. Lo que Merc no entendía, sin embargo, era por qué Bosser venía a decírselo. ¿Por qué no hablar en la cocina? ¿O en la bodega principal? O, ya sabes, ¿por qué hablar en absoluto?

—Me has pillado —dijo Merc—. Yo, eh, no te investigué a ti.

—No encontrarías mucho —respondió Bosser, sin parecer molesto en absoluto—. No soy lo que se dice llamativo.

Merc se quedó allí. Miró por encima del hombro de Bosser hacia la puerta de salida. Nadie. Solo él y el Capitán Conversación Incómoda aquí.

—Así que —continuó Bosser—, quería preguntarte qué piensas sobre la gente a la que perseguimos.

—¿Qué pasa con ellos? —dijo Merc—. Tienen a Viola y a Mox. No hay forma de que puedan sortear las defensas de la Tierra, así que supongo que los recogeremos cuando se rindan.

—¿Crees que no tienen un plan? ¿Que están volando hacia la Tierra sabiendo perfectamente que nunca van a aterrizar allí?

—Siempre pensé que era una puesta en escena —Merc se encogió de hombros—. ¿La Voz Roja? Fueron aplastados. ¿Qué va a conseguir una sola nave excepto organizar alguna protesta?

—Casi destruyen Miner Prime —dijo Bosser.

—Tú y yo sabemos que eso no estuvo ni cerca de destruir la estación. Todo lo que hicieron fue bombardear una zona que no patrulláis mucho, quizá disparar contra algunas tiendas. Meterse con algunas naves —Merc se cruzó de brazos—. Fue un movimiento desesperado.

Sin los extractores de vacío funcionando, la bahía empezaba a oler a pintura. Una sensación suelta y hormigueante en la nariz. Unos minutos más y ambos empezarían a reírse tontamente. Un par más después y perderían la coordinación. Sin rociar más, probablemente eso era lo peor que podía suceder. Aun así, a Merc no le entusiasmaba que este tipo estuviera interrumpiendo su trabajo para tener algún tipo de sincera charla sobre la Voz Roja.

—¿Esto tiene algún punto? —dijo Merc antes de que Bosser pudiera continuar.

—Un oficial militar vería este objetivo, el *Whisperwind*, como una presa fácil. Una forma segura de acabar con una amenaza —dijo Bosser.

—Así que eso es lo que quieres.

—¿No habrían dicho lo mismo tus comandantes? ¿No te habrían ordenado hacerlo?

—Tal vez —dijo Merc—. Menos mal que, como has dicho, soy *ex* militar.

Merc pudo ver cómo los engranajes encajaban en la cabeza de Bosser. Los ojos cambiaron, se entrecerraron un poco, la boca del hombre se frunció. A nadie le gusta perder, y Bosser parecía uno de esos tipos que no perdían muy a menudo. Merc recordó que en realidad no llevaba un arma encima. Solo las manos, pero enguantadas, gruesas para bloquear productos químicos tóxicos. Si Bosser quería defender su punto de vista de forma más física, Merc estaría dispuesto.

—Puedo ver que había una razón para eso —dijo Bosser, y luego retrocedió—. Si cambias de opinión, si entiendes lo que es más importante, házmelo saber.

Merc captó un movimiento detrás de Bosser y sonrió.

—¿Quieres saber lo que es realmente importante? —dijo Merc, y luego asintió por encima del hombro de Bosser—. Eso lo es.

Opal se apoyaba en el marco de la puerta, mirando fijamente a Bosser. El hombre en el medio sacudió la cabeza y salió de la bahía, haciendo el más leve de los asentimientos a Opal al pasar por su lado. Opal estaba equipada para el trabajo de mantenimiento, con el mismo traje que lo cubría todo y manchado que llevaba Merc. Después de terminar la pintura, iban a limpiar algunas de las partes internas del Viper. Hacer que cantara de verdad.

—¿Qué quería ese imbécil? —preguntó Opal.

—Pensaba que volaría por los aires a Vi y Mox, solo porque me lo pidió amablemente —dijo Merc.

Opal entrecerró los ojos, miró de nuevo hacia la puerta por donde Bosser acababa de desaparecer.

—No me gusta la idea de que intente manipularnos —dijo Opal.

Merc se rio.

—¿Crees que alguno de nosotros le va a hacer caso? —dijo Merc—. El tipo está loco si piensa que alguno de nosotros va a pasarse al otro bando.

Opal no se rio con él. Simplemente cerró los ojos durante un segundo.

—Espero que tengas razón —dijo Opal. Se acercó a los extractores, los encendió de un golpe, y cualquier otra conversación quedó ahogada por el fuerte rugido.

CAPÍTULO 27
UNA BUENA TRIPULACIÓN

¿Te acuerdas de aquel viaje a Fobos, el piloto novato que creía saberlo todo? —dijo Phyla. Frente a la cabina, a un kilómetro por delante, el *Whisperwind* surcaba el espacio en su camino hacia la Tierra.

—¿No fue donde casi estrella el carguero? —respondió Davin. El capitán tenía mejor aspecto esta mañana. Era el tercer día desde que habían dejado Miner Prime.

—Exacto. Recuerdo que estabas tan enfadado porque casi nos cuesta el contrato.

—Atmósfera. El idiota olvidó que Fobos no tiene una —Davin sonrió y se reclinó en su asiento—. Hemos tenido buenos viajes, ¿verdad?

—Más de unos cuantos —dijo Phyla.

Nunca se habían alejado mucho de apenas sobrevivir, sin embargo. Siempre preocupados por el siguiente contrato, siempre invirtiendo cualquier sobrante en la nave. El *Whiskey Jumper* era ahora un hermoso desastre, una mezcolanza de piezas y mejoras que siempre parecían estar cambiando.

—¿A qué crees que tiene miedo? —preguntó Davin, mientras su sonrisa se desvanecía.

—¿Bosser? —respondió Phyla—. Al control, probablemente. Lo necesita.

—Igual que tú. —Davin iluminó un lado de su cara para suavizar sus palabras.

—¿Como yo? ¿Piensas que soy controladora? —dijo Phyla, levantando las cejas—. Tú eres quien elige todos los contratos, quien tiene la última palabra sobre cualquier compra importante. Quien se sienta en esa silla.

—Estoy sentado aquí porque es el asiento más cómodo de la nave —dijo Davin.

—Ja, eso es lo que tú crees. Cambié el relleno hace meses. Has estado sentado sobre basura.

No era del todo cierto, pero ¿qué importaba? El momento era más importante. Estaban en una nave con un asesino conspirador como Bosser y su servil robot asesino ThreeTwelve. Seguían a un grupo que acababa de intentar destruir una estación espacial civil y que mantenía como rehenes a dos de sus amigos. Tenía que aprovechar cualquier rayo de luz que pudiera encontrar.

—Tendremos que hacer algo, ya sabes —dijo Davin—. Con Bosser. Por Lina.

—Ella no querría que lo matases.

—Lo sé —dijo Davin, frotándose la cara con las manos—. Si eso fuera lo que pensara, habría hecho que Trina le disparara con la torreta en la estación espacial. Le habría echado la culpa a la Voz.

—Piensa como ella, Davin —dijo Phyla.

Lina siempre había visto el universo como un rompecabezas que resolver. Más bien, una serie de rompecabezas. Todo era un juego que planificar, un misterio que investigar, y cuando Lina tenía la respuesta, se aburría. Pero hasta entonces, era tenaz. Phyla parpadeó y se volvió hacia la consola. Rutas de vuelo, las cámaras internas del *Jumper* y una serie de titulares desplazándose. La mayoría eran sobre el ataque a Miner Prime. Phyla pasó varios que describían el caos, los esfuerzos de reparación, el llamamiento para que los androides fueran activados para cazar a la Voz Roja de una vez por todas.

—Ese tiene un buen punto —dijo Davin, inclinándose—. Bosser podría haber enviado a los robots a encargarse de ellos hace mucho tiempo.

—¿Por qué no lo hizo?

—Dinero —dijo Davin—. Piénsalo. Bosser espera hasta que un planeta entero esté lo suficientemente desesperado como para pagar por tantos androides.

—¿Y ahora están arruinando su juego?

—Aun así, no tiene sentido que esté tan asustado por la Tierra —dijo Davin—. ¿Qué le importa si hacen una declaración? Bosser y los androides ganarían aún más pasta si todo fuera caótico.

—He oído que a las escoltas también les va bien cuando las cosas se ponen feas.

—Eh. Creía que querías salir de este negocio.

—Quiero —dijo Phyla—. Me encantaría volver a los buenos viajes, transportando suministros. Sin láseres, sin quedar atrapados en lanzaderas enviadas a toda velocidad contra planetas.

Davin asintió, como si estuviera de acuerdo. Excepto que cada vez que Phyla intentaba hablar sobre lo que pasaría después, cuando fueran absueltos de los cargos de asesinato y finalmente quedaran libres, Davin siempre se quedaba callado. Se retiraba a alguna discusión consigo mismo.

—¿Davin? —dijo Phyla—. ¿Hablas conmigo?

—No lo sé —Davin levantó ligeramente las manos, haciendo un medio encogimiento de hombros—. No quiero que me disparen, igual que tú. Solo que no creo que vaya a desaparecer tan fácilmente.

—¿Te refieres a los cargos?

—Eso depende de Bosser. Me refiero a Lina. Me refiero a recuperar nuestra reputación. Nos utilizaron, Phyla.

—Todavía nos están utilizando —dijo Phyla—. Bosser, y la Voz Roja, que tiene a Mox y Viola como rehenes. Dije que quería volver a los viejos tiempos, pero quiero hacerlo por nuestra cuenta. No porque nos obliguen.

—¿Entonces te quedarás conmigo? ¿Aunque nos arrastre al infierno?

Phyla se rio.

—Aún no has conseguido asustarme lo suficiente para que me vaya —dijo Phyla—. Además, me imagino que cualquier idea terrible que se te ocurra por tu cuenta me va a perseguir de todos modos. Mejor asegurarme de que puedes llevarla a cabo.

—Te diré qué, cuando superemos esto y recuperemos nuestra libertad, haremos cualquier viaje que quieras. Iremos a donde tú elijas.

—No hagas promesas que no puedas cumplir, capitán.

—Es justo. ¿Qué tal si vamos adonde tú quieras siempre que haya un trabajo y dinero cuando lleguemos?

—Eso suena más a ti —dijo Phyla.

Davin miró por la cabina, a las estrellas difuminadas por el resplandor omnipresente del Sol. Phyla recordó lo extraño que era; los primeros días fuera de Miner Prime y de su día y noche artificiales. El Sol siempre presente si mirabas por la ventana adecuada. Dependiendo de las luces cronometradas dentro de la nave para indicarle a su cuerpo cuándo dormir. Cuando Davin le pidió que aprendiera a volar, que fuera su copiloto y eventualmente *la* piloto, Phyla había mirado la nada que le esperaba en Vagrants Hollow y había huido hacia las estrellas.

—Si me hubieras preguntado hace un año si podríamos sobrevivir a esto, te habría dicho que estabas loca —dijo Davin, todavía mirando a las estrellas—. Ahora, me estoy aferrando. Jugando cada mano según nos la reparten. Pero me gustan nuestras posibilidades.

—Tienes una buena tripulación, una buena nave. No se puede pedir mucho más.

—Y una piloto excelente. No lo olvides.

—Estaba esperando a ver si lo recordabas —dijo Phyla.

La sonrisa de Davin era genuina, las arrugas alrededor de sus ojos llevaron a Phyla de vuelta a aquel primer despegue, cuando el universo estaba completamente abierto. Solo un poco más, y recuperarían esa maravilla.

CAPÍTULO 28
PREGUNTAS

Había visto el vídeo miles de veces. Quizás más. Se reproducía en silencio mientras Mox permanecía en un pasillo vacío del *Whisperwind*. Era difícil encontrar sitios así en la abarrotada nave, pero con Viola en su camarote, no había muchas opciones para estar a solas.

El comunicador proyectaba la imagen en el aire frente a sus ojos. Cuatro edificios altos distribuidos alrededor de un gran patio, conectados por pasarelas elevadas que salvaban los huecos muy por encima de la superficie. La gravedad lunar ofrecía oportunidades únicas a los arquitectos y las estructuras imponentes se estaban volviendo comunes en Luna. Solo que estos edificios no permanecerían en pie mucho más tiempo. Una nova azul apareció en el centro de una de las pasarelas arqueadas, seguida por explosiones similares en las otras. Bombas nova, detonando a través de corrientes eléctricas. Sobrecalentando y friendo circuitos y el metal que los contenía.

El ángulo de la toma, captada por una de las muchas cámaras de vigilancia de Luna, no mostraba gran parte del patio. Mox no podía verse a sí mismo allí abajo, pero sabía lo que había estado haciendo en ese preciso segundo. Presionando entre la multitud. Girándose hacia la primera explosión e intentando un rescate imposible.

—Luna, ¿verdad? —dijo Alissa, saliendo de su camarote y deteniéndose frente a Mox.

Ah, había habido una razón para que eligiera este pasillo. Vacío porque solo un camarote se encontraba al final del mismo. El camarote que albergaba a la persona más importante de la nave.

—Tengo preguntas —dijo Mox.

Alissa hizo un gesto hacia el interior de su habitación.

—Puede que tenga respuestas —dijo—. Prefiero las conversaciones largas en lugares más cómodos.

Mox siguió a la líder de la Voz Roja hasta su camarote, observó cómo se dirigía inmediatamente a su escritorio, abría un cajón y sacaba un pequeño mando a distancia. Alissa se volvió hacia Mox y levantó el cuadrado.

—Esto activa el disco en su espalda —dijo Alissa.

—Me lo imaginaba.

—Cuando has visto morir a tantos amigos, empiezas a volverte un poco paranoica —dijo Alissa, sentándose en la silla—. Entonces, ¿quería saber sobre Luna?

—¿Por qué lo hizo?

Alissa ladeó la cabeza. Cejas levantadas.

—Yo no lo hice. La Voz Roja no tuvo nada que ver con Luna.

—Mentirosa —Mox sintió que la ira le apretaba la garganta. Tantos murieron ese día. Erin murió ese día.

—No —dijo Alissa, y ahora su mirada se volvió de acero—. La Voz Roja es, fue y siempre ha sido sobre Marte. Otros vieron nuestro ejemplo e intentaron replicarlo.

—Entonces sigue siendo responsable.

—¿Y qué hay de las corporaciones que nos llevaron a esto? ¿No son responsables también?

Mox dio un paso más cerca de Alissa. Sintió la energía zumbando en el exoesqueleto. Estaba al alcance. Ella tendría que pulsar el mando rápidamente antes de que él lo golpeara para quitárselo de las manos.

—Ellos no bombardearon las torres —dijo Mox.

—¿Qué quiere que le diga? —dijo Alissa—. Esos no eran nuestros soldados. Eran gente de Luna, haciendo su propia declaración.

—Por su culpa.

El rostro de Erin, esos dos mechones enmarcando sus ojos felices. Todas esas mañanas que compartieron, entregándose pedazos de sí mismos el uno al otro, borradas porque unos asesinos imitadores pensaron que tenían una causa. Porque vieron a Alissa haciendo lo mismo en Marte y quisieron su parte.

Mox no pensó. Reaccionó. Su brazo izquierdo salió disparado, impulsado por el exoesqueleto, y golpeó el mando de la mano de Alissa. Rebotó en la pared y aterrizó en su cama. Con su brazo derecho, Mox lanzó un golpe a la cabeza de Alissa. Pero la mujer fue más rápida de lo que Mox había anticipado. Se agachó y salió de la silla, deslizándose por debajo de su puñetazo. Entre sus piernas. Él se dio la vuelta y encontró a Alissa ya incorporándose ágilmente.

—Yo no puse esas bombas. Nunca defendimos objetivos civiles —dijo Alissa, retrocediendo.

—¿Y qué fue Miner Prime? —respondió Mox, adoptando una postura de boxeo.

—Desesperación. Lamentable, pero necesario —dijo Alissa. La cama estaba detrás de ella, el mando descansando sobre una almohada. Alissa se movió hacia él y Mox cargó, extendiendo un martillazo con la derecha hacia donde Alissa tendría que estar cuando fuera a por el mando.

Pero no estaba allí. Alissa se retorció saliendo de la finta y le hizo la zancadilla a Mox cuando pasó, su pierna conectando con su tobillo derecho. Mox golpeó el suelo, agarró el lateral de la cama y se incorporó.

—No pongo excusas por lo que hacemos —dijo Alissa,

detrás de él—. Es un universo sucio, y estamos luchando por sobrevivir. Si cree que debo morir por eso, esa es su elección. Pero no plantamos esas bombas.

Mox alcanzó y agarró el mando. Lo miró. Parpadeó. Lo observó más detenidamente. No... no era un mando en absoluto.

—¿Un juguete? —dijo Mox, mientras la ira se desvanecía al darse la vuelta.

—Reproduce una canción si presiona el botón —dijo Alissa, con una media sonrisa agrietando su rostro—. Uno de los primeros regalos que me hicieron mis padres, para ayudarme durante nuestro primer vuelo espacial. Estaba nerviosa, y me dijeron que mientras sonara la canción, estaría a salvo.

Mox no pudo evitarlo. Presionó el botón. No pasó nada.

—Murió hace mucho tiempo —dijo Alissa—. Lo guardo aquí. Algún día lo arreglaré.

—Entonces, ¿el disco en mi espalda?

—Podemos activarlo con los comunicadores —dijo Alissa, levantando su muñeca.

—¿Entonces por qué no lo hizo?

—Mox, necesitamos a Viola. Y para mantenerla con nosotros, le necesitamos a usted. Yo le necesito —dijo Alissa—. Confíe en mí. No somos su enemigo.

Mox dejó el juguete sobre la cama. Se dirigió hacia la salida.

—No soy su amigo —dijo Mox.

CAPÍTULO 29
APROXIMACIÓN

Todas las imágenes mostraban la Tierra como una prístina esfera azul, verde y blanca girando perfectamente a través del espacio. Los vídeos mostraban las nubes desplazándose sobre la superficie, varios satélites y estaciones espaciales surgiendo sobre ellas como motas de suciedad en un paño. Sin embargo, al verla en persona, Viola solo podía pensar en una palabra. *Hogar*.

—¿Es la primera vez que la ves? —preguntó Castor, sentado en el asiento del copiloto—. También la de Jairo.

El hacker se había colocado detrás de ella, con las manos sobre los hombros del asiento de Viola. Todos observaban mientras el *Whisperwind* comenzaba a reducir la velocidad. Viola había abordado la nave debido a la llamada de auxilio de Jairo, pero esta vista, solo esto ya valía la pena por sí mismo.

—Algún día tendrás que programarme para sentir lo mismo que refleja tu cara ahora mismo —dijo Puk, flotando detrás de ellos.

—No creo que pueda —respondió Viola sin apartar la mirada.

—¿Jairo? —Puk pronunció el nombre del hacker de la

misma manera en que el bot se dirigía a Mox. Como a un amigo. Habían pasado la mayor parte del viaje juntos, con Jairo enseñándole sobre su programa, sobre el *Whisperwind*, y Viola dándole lecciones de pilotaje y ayudando a Jairo a sacar la cabeza del código para adentrarse en la mecánica de cómo ensamblar realmente un bot.

Mox. Viola parpadeó. El hombre de metal no había estado muy presente. Parecía casi que la estaba evitando. Solo gruñía saludos cuando se cruzaban al cambiar turnos en la habitación. Iba a confrontarlo, atraparlo y hacer que Mox le explicara qué demonios estaba pasando. Pero entonces Castor llamó, dijo que era hora de prepararse.

—¿Cuál es el plan de aproximación? —preguntó Viola—. ¿Dónde aterrizaremos?

—En los Andes —dijo Castor—. Ya he introducido las coordenadas exactas.

Viola miró la consola. La ruta de vuelo estaba allí, esperando a que ella la activara. Tocó el botón y una línea amarilla salió disparada desde la proa del *Whisperwind*, ajustándose para mantener la velocidad de la Tierra. Siguiendo esa línea, dándole al piloto automático la oportunidad de hacer su magia, se encontrarían aterrizando en una cordillera en pocas horas.

—¡*Whisperwind*! —La voz surgió del comunicador, resonando en la nave—. ¡Se os ordena cortar motores inmediatamente y esperar el abordaje!

La voz continuó con una serie interminable de justificaciones, credenciales y órdenes sobre cómo, al estar en el espacio terrestre, estaban obligados a acatar las órdenes de la Coalición Internacional de Defensa de la Tierra. Viola escuchó todo, cada palabra resonando como un juicio sobre su decisión de traer la nave hasta aquí. Asesinos, terroristas, criminales de guerra. Casi corta los motores solo por eso porque, ¿qué más podía hacer?

—No lo hagas —dijo Castor, al notar que las manos de

Viola se dirigían hacia la palanca de vuelo—. No nos atacarán.

La consola emitió un pitido, señalando nuevas naves entrando en el alcance del radar. Salían de una de las estaciones que rodeaban la Tierra: ocho Vipers y un transporte más grande, casi del tamaño del propio *Whisperwind*.

—¿Que no nos atacarán? Supongo que entonces van a por otro —dijo Puk.

—Cállate, Puk —dijo Viola—. Eso es demasiado rápido. ¿Ocho cazas? ¿Un transporte que probablemente esté lleno de soldados?

—Miner Prime habría comunicado nuestro plan de vuelo —dijo Castor—. Saben que veníamos desde hace tiempo.

—¿Entonces qué hacemos? —preguntó Viola—. No puedo volar entre tantos.

Jairo se inclinó hacia el comunicador y presionó el botón de transmisión.

—Tierra, aquí el *Whisperwind*. Tenemos a Viola Allouette a bordo. Si atacáis esta nave, ella podría morir.

Viola no había oído su nombre completo desde que lo anunciaron en una lista de clase meses atrás. Solo que esto no se trataba de pasar lista, se trataba de ser utilizada. No hubo respuesta por el comunicador cuando Jairo soltó el botón.

—Por eso estabas en Vagrant's Hollow... —empezó Viola.

—No importa el porqué —interrumpió Castor—. No ahora. Porque estás atrapada aquí, y tu única salida es llevarnos hasta esa superficie.

Viola se levantó del asiento, miró a Castor y luego al rostro nervioso de Jairo.

—O puedo cortar los motores. O marcharme —dijo Viola.

—Nos matarías —dijo Jairo.

—El nombre de tu padre tiene poder, Viola —dijo Castor—. No nos queda mucho de eso. Es nuestra única oportunidad de llegar a la Tierra, de intentarlo.

—Tienes que entender... —repitió Jairo.

—¿Puk? —preguntó Viola al bot.

—Son unos capullos —respondió Puk—. Pero si no te necesitan, podrían matarte. Hay dos pequeñas lanzaderas de escape en esta nave y ambas están en la parte trasera. Tus probabilidades de huir son bajas.

Así que estaba atrapada otra vez. Obligada a tomar malas decisiones porque fue demasiado estúpida para pensarlo en primer lugar. ¿Simple casualidad que Jairo hubiera rescatado a una piloto en Miner Prime? ¿Que simplemente estuviera intentando robar algo por casualidad y acabara con ella?

—No están dando la vuelta —dijo Castor, su voz, por primera vez, rompiendo su cadencia monótona—. Viola, necesitamos que tomes el control.

No pudo evitarlo. Viola miró la consola. Los ocho Vipers seguían acercándose, se habían dividido en grupos de cuatro. El transporte se mantenía atrás, detrás de ellos. Esperando a que se eliminara cualquier amenaza. En otro minuto alcanzarían el límite del alcance de las armas. Unos segundos después, los escudos del *Whisperwind* comenzarían a recibir impactos.

—Por favor —dijo Jairo—. No me gustó engañarte. Sin embargo, todo desde que subimos a esta nave ha sido verdad. Te lo prometo.

—Métetelas por donde te quepan, tus promesas —dijo Viola. Pero las palabras no iban a sacarlos vivos de esta. Viola volvió a sentarse en el asiento del piloto y agarró la palanca de vuelo. Tocó la consola para desactivar el piloto automático; esa línea amarilla desvaneciéndose delante de ellos. La Tierra colgaba a la izquierda, ocupando la mayor parte del espacio, su atmósfera difuminándose en los bordes para que el círculo perfecto pareciera estar sangrando, deshaciéndose por algún tipo de viento invisible.

—Última oportunidad —sonó el comunicador—. Apagad los motores. No nos contendremos.

—¿Es que no habéis oído quién va a bordo de esta nave?

—respondió Jairo al comunicador—. Si dañáis a Viola, ¡nunca más podréis comprar otro Viper!

—La Tierra no se doblega ante nadie —respondió el comunicador.

—Parece que el padre de Vi no vale tanto como pensabas —le dijo Puk a Castor mientras Viola comenzaba a inclinar el *Whisperwind* hacia la mitad de los cazas.

No es que importara. Lo único que Viola podía hacer era retrasar lo inevitable. No había ninguna posibilidad de que el *Whisperwind* atravesara esa barrera. ¿Salvar vidas? Al sacarlos de Miner Prime, Viola los había matado a todos.

CAPÍTULO 30
MALA IDEA

L a mejor parte de la victoria era... todo el conjunto. Bosser observaba desde su camarote cómo las Víboras se acercaban al *Whisperwind*. La pequeña consola de la habitación no era ideal para contemplar la destrucción, pero serviría. Con suerte excepcional, puede que la chica, Viola, incluso sobreviviera. O quizás, con el dueño de Galaxy Forge enfadado, Bosser podría convertir esa ira contra la Voz Roja en más naves para sus androides. Más protección para evitar que esto volviera a ocurrir. Otro escenario donde, sin importar el resultado, Bosser Oates emergería victorioso.

—Esta ha estado más reñida que la mayoría —dijo Bosser a ThreeTwelve, que permanecía de pie en la entrada—. ¿Se echaría atrás la Tierra? ¿Les dejaría pasar? Era difícil de predecir.

—Pero usted nunca apuesta —respondió ThreeTwelve.

—Lo hago, pero solo cuando las probabilidades están muy a mi favor —Bosser se recostó, masajeándose la mano vendada. Observó la consola. El *Whisperwind* había comenzado a moverse. No es que importara. La nave de lujo no iba a superar en velocidad a tantos cazas. El *Jumper*, sin embargo, parecía acercarse. *Se estaba* acercando.

—¿Por qué se acerca Davin? Nos arriesgará a recibir impactos —dijo Bosser, y pulsó el intercomunicador—. Davin, ¿qué demonios estás haciendo?

—Parece un poco injusto, ¿no crees? —la respuesta de Davin llegó rápida—. ¿Ocho contra uno?

—¡Son asesinos, Davin! —gruñó Bosser—. ¡Mataron a inocentes! ¡Intentaron destruir tu hogar!

—No es a ellos a quienes estoy defendiendo —dijo Davin—. Es a Viola y a Mox.

Bosser observaba la consola. Maldito Davin y su incapacidad para entender que a veces había que sacar el mejor partido de una mala situación. Perder a Viola y a Mox no era nada comparado con el *Jumper* y el resto de la tripulación. Nada comparado con él.

En la consola apareció otro punto junto al *Jumper*, del mismo tamaño que las otras Víboras. El piloto estrella haciendo su entrada. Incluso con las torretas del *Jumper*, no habría posibilidad de ganar este combate.

—Creo que es hora de que encontremos una forma de abandonar esta nave —anunció Bosser al androide—. Ya que están empeñados en que no dure mucho más.

CAPÍTULO 31

EL REVERSO DEL DIABLO

El *Whisperwind* tenía una torreta, un único cañón colocado en la parte superior. El tipo de arma que Viola habría llamado un punto de venta. Por sí solo, sería fácil para un piloto de Viper esquivarlo, pero el arma satisfacía los miedos de seguridad que inevitablemente tenían los compradores de naves como esta. De todos modos, envió a Jairo a que pusiera a alguien al mando.

—¡Eh, *Whisperwind*, parece que habéis llamado a la puerta equivocada! —la voz llegó a través del comunicador.

—¡Davin! —exclamó Viola. Castor murmuró lo mismo al mismo tiempo, solo que con una maldición adjunta.

—Esto es lo que necesitamos que hagáis —continuó Davin por el comunicador—. Apuntad directamente hacia la Tierra y aceleradlo.

Dirigirse directamente hacia la Tierra era una manera excelente de estrellarse contra la atmósfera y desintegrarse. Era un suicidio.

—¿Puedes repetir eso? —preguntó Viola, girando el *Whisperwind* de todos modos. El ángulo más agudo cortó el acercamiento de los Viper, cuyos láseres ya escupían sobre sus narices delanteras. Ganar tiempo parecía la mejor jugada en ese momento.

—Dirígete directamente hacia el planeta —dijo Davin—. Haz un Reverso del Diablo.

Reverso del Diablo. El *Whisperwind* tenía el perfil adecuado para ello. Delgado, largo, no un carguero voluminoso. Viola tiró hacia atrás de la palanca de vuelo, enviando el crucero de lujo a una curva cerrada. Cuando la Tierra quedó centrada en el parabrisas, Viola niveló la nave y fue directa hacia el océano azul. Los cuatro Viper más cercanos giraron para seguirles, mientras que la mitad más alejada continuó moviéndose detrás del *Whisperwind*, cortando cualquier otra ruta que no fuera directamente hacia adelante.

Alguien abrió fuego con la torreta del *Whisperwind*, enviando un flujo constante de láser hacia los Viper. Viola podía ver cómo los cazas se desplazaban en la consola, pero la torreta no los estaba dispersando, apenas era reconocida. Más disparos láser golpearon los escudos traseros del *Whisperwind*, que rápidamente pasaron de verde a amarillo, desvaneciéndose hacia el rojo. Viola intentó levantar la nave, activando los propulsores de maniobra para sacar al *Whisperwind* de la línea de fuego por un momento, pero los Viper se reajustaron. Los cazas habían igualado la velocidad del *Whisperwind* y se iban a quedar allí detrás, machacándolos hasta convertirlos en polvo.

—No lo vamos a conseguir —dijo Viola—. Nos matarán antes de que lleguemos a la atmósfera.

—No hay otras opciones —dijo Castor.

—Podríamos rendirnos.

—Eso termina igual que podría terminar esto.

La consola emitió otro pitido. Otro caza que se acercaba a toda velocidad. Probablemente buscando llevarse una parte del botín. Las alarmas del *Whisperwind* empezaron a sonar mientras los escudos fallaban. Los primeros disparos se filtraron, arrancando trozos del casco. Y luego se detuvieron. Viola miró la consola. Los Viper que les habían estado siguiendo se estaban dispersando, y uno parecía estar a la deriva en el espacio. Otro punto entró en el escáner, uno más grande. Una firma que Viola reconoció.

—¿Davin? —llamó Viola por el comunicador.

—¿Qué, no me das las gracias por barrer a los bichos? —la voz de Merc llegó por el canal abierto.

—¡¿Eras tú?!

—Desde luego no fue ese arma de mierda que tenéis en esa nave —dijo Merc.

Viola se recostó en la silla. Por el momento, al menos, los escudos del *Whisperwind* estaban teniendo la oportunidad de recargarse. Castor comentó que no habían recibido daños significativos. Tendrían tiempo para ejecutar la maniobra loca de Davin.

—Vi, ¿adónde vais? —la voz de Davin llegó por el comunicador—. Necesitamos saberlo.

Viola alcanzó el botón para hablar, pero la mano de Castor lo cubrió primero. Viola miró y vio cómo negaba con la cabeza.

—No podemos confiar en ellos —dijo Castor—. Todo esto no importa si descubren adónde vamos.

—¿Viola? —la voz de Davin de nuevo.

—¿Así que qué, no les digo nada? —dijo Viola.

—Finge que el comunicador está roto, si eso te ayuda —dijo Castor—. Concéntrate en llevarnos a la superficie.

La superficie. Viola podía verla, las masas verdes y marrones extendidas frente a ella contra el lienzo azul oceánico de la Tierra. Jirones de nubes blancas y grises salpicados por todas partes, como adornos en el maravilloso plato. Y se estaba haciendo más grande, rápidamente.

—Dile a todos que se sujeten —dijo Viola, sumergiéndose en el momento. Ya se preocuparía de Davin y los demás más tarde. Si no lograban esta entrada, el *Whisperwind* y todos los que iban en él se quemarían hasta convertirse en cenizas o incluso menos, desapareciendo en un bonito fuego artificial.

Lo primero era ralentizar la velocidad del *Whisperwind*. Iban tan rápido que estarían golpeando la atmósfera de la Tierra como un nadador que se lanza de panza desde cien metros de altura. Desafortunadamente, detrás de ellos había un montón de cazas que no querían otra cosa que volarlos en pedazos. No había tiempo para una desaceleración gradual. Viola tocó los propulsores de maniobra delanteros y luego cortó bruscamente los motores principales.

Puso los propulsores a toda potencia. Observó cómo la Tierra giraba y se transformaba en el espacio negro, el glamuroso espectáculo de luces láser mientras el Jumper y el Viper de Merc bailaban un tango con los cazas de la Tierra. Luego Viola volvió a activar los motores principales. El *Whisperwind* se estremeció cuando sus propulsores principales rugieron con vida. Viola observó cómo disminuía su velocidad, vio cómo su proximidad a la atmósfera disminuía con ella. Y entonces golpearon el aire.

Golpear una atmósfera fuerte era como recibir una bofetada. Todo se sacudió cuando la ausencia de resistencia se encontró repentinamente con aire lleno de moléculas. Viola se hundió en su asiento, con la cabeza contra el reposacabezas, clavada allí. Pero sus manos aún podían alcanzar la consola, podían reducir la potencia del motor, ralentizar la desaceleración. Mantenerlos moviéndose hacia la superficie. A medida que descendían en la atmósfera, la vista de la cabina cambió y se suavizó del negro al gris y azul. El calor blanco lamía los bordes exteriores. La primera parte estaba hecha, y seguían vivos.

—Si tenéis alguna plegaria, ahora es el momento —dijo Viola.

No esperó para oír. En cambio, Viola activó de nuevo los propulsores de maniobra, cortó la energía a los motores y giró el *Whisperwind* para que estuvieran frente al distante océano debajo de ellos. Rotar a través de la densa atmósfera no era fácil, y la nave chirriaba mientras su casco se tensaba de formas para las que no estaba diseñada. Las alarmas gritaron cuando el *Whisperwind* completó la maniobra. Fuertes golpes sonaron desde la parte trasera de la nave, haciendo eco a lo largo del pasillo hasta la cabina.

—¿Qué ha pasado? —Castor comunicó por arriba, aparentemente no aturdido por el movimiento. El estómago de Viola sentía que estaba a punto de explotar, y solo concentrándose en dominar la palanca de vuelo pudo resistir la tentación de vomitar su almuerzo sobre las consolas. Sin embargo, cuando fue a encender los motores, solo dos de los cuatro volvieron a la vida. Balbuceando. No serían suficientes para mantener el *Whisperwind* en el aire.

—Hemos perdido mucha potencia del motor —dijo Viola—. Necesitamos que vuelvan a funcionar, o este va a ser un aterrizaje muy duro.

Otro timbre se sumó a la mezcla estridente de alarmas, los escudos siendo golpeados. Una mirada a los escáneres mostró un par de Viper todavía detrás de ellos, todavía persiguiéndolos. Estaban atrapados entre dos opciones: ser derribados aquí arriba o estrellarse y quemarse contra el suelo de abajo.

CAPÍTULO 32
JUGAR CON LAS PROBABILIDADES

Tres contra uno. Así es como jugaban los Vipers. Para ser justos, Merc había derribado a su compañero de vuelo. Ahora los otros tres daban vueltas alejándose del *Whisperwind*, regresando en bucle hacia el Viper de Merc.

—Lo siento, chicos, no es nada personal —transmitió Merc por un canal abierto. Todos los demás cazas estaban lo suficientemente cerca para oírlo.

—Has elegido la pelea equivocada —llegó la respuesta del último de los tres—. ¿Ni siquiera te molestaste en comprobar las probabilidades?

El trío describió su propia trayectoria, convergiendo de nuevo en un triángulo. Luego se lanzarían tras la popa de Merc, intentando meterle algunos láseres en los escudos traseros. El problema de esa táctica era que Merc ya la había visto antes. La había entrenado. Probablemente había pilotado uno de esos Vipers que ahora le perseguían. Un vistazo a los escáneres mostró al *Jumper* enredándose con ese transbordador más grande y un par de los Vipers restantes. Otros dos perseguían al *Whisperwind* hacia la atmósfera de la Tierra. No estaban a su alcance.

Merc deslizó el Viper perpendicular a la Tierra, con el

planeta azul extendiéndose debajo de él, y permitió que el trío se reagrupara. Su escáner mostraba el borde de la atmósfera terrestre a solo un par de metros. Un pequeño error y el Viper se sumergiría en esa resistencia y, a esta velocidad, perdería el control. Merc apagó los motores y disparó los pequeños propulsores de frenado en la nariz del Viper. Dejó que el trío se acercara. Las alarmas sonaron cuando el trío entró en alcance de tiro. Entonces Merc activó los motores y se zambulló.

Con su velocidad reducida, el Viper se precipitó hacia la atmósfera superior mientras los láseres pasaban por encima. El Viper más cercano, abandonando el triángulo, siguió sus instintos de vuelo y apuntó directamente hacia Merc. Golpeó la atmósfera a alta velocidad y rebotó, arrancando los propulsores inferiores del Viper y partes de sus alas. El caza giró sin control mientras los dos restantes se elevaban alejándose del accidente. Merc trazó su camino de vuelta al espacio, aumentó su velocidad y se deslizó detrás de uno de los dos cazas restantes.

El piloto enemigo lo notó, comenzó a hacer movimientos bruscos con su caza, pero se mantuvo en su curva, un bucle que lo llevaría a un encuentro frontal con su compañero. Una maniobra que arrastraría a Merc directamente a la mira del otro caza. Así que Merc lo siguió, disparó algunos tiros a los escudos traseros, y cuando el caza enemigo se niveló para poner a Merc en rumbo de colisión con su compañero, Merc desplazó todos sus escudos al frente y dirigió sus disparos hacia el caza que se aproximaba. En lugar de disparar a esa tentadora retaguardia, los disparos de Merc fueron directamente hacia el enemigo que se acercaba, salpicaron los escudos y luego los atravesaron. Merc recibió muchos láseres en su propia cabina, pero su Viper no era un modelo estándar y sus escudos desviados resistieron. En el último momento, Merc tiró hacia atrás de la palanca y elevó su caza fuera del camino de los restos ardientes de la nave enemiga.

—Uno contra uno, he comprobado las probabilidades —dijo Merc.

—De todos modos, es como me gusta —respondió el otro piloto.

El Viper enemigo llegó atacando, girando más rápido de lo que Merc esperaba. Los láseres se hundieron en el costado de su Viper, con el escudo todavía inclinado hacia el frente. Merc giró la palanca, volteando el caza para mirar directamente a esos láseres y dejando que los escudos absorbieran el ataque mientras él respondía con sus propios disparos. El enemigo pasó de largo y siguió hacia el espacio profundo. Merc completó la rotación y lo persiguió. Con la Luna flotando en el fondo mientras se alejaban de la Tierra, Merc se acercó al caza. En otro segundo o dos estaría dentro del alcance.

Excepto que el piloto giró, enviando su Viper en un giro brusco hacia una estructura que se aproximaba. Una estación espacial abandonada, en órbita decreciente y a punto de desmoronarse en la atmósfera. Un espectáculo de luces ardientes que actuaba como el plan de reciclaje de la Tierra. Mientras Merc seguía al caza, su cabina resaltó la estación espacial, identificando posibles rutas a través de ella. Y entonces el Viper enemigo disparó. Lanzó láseres contra la crujiente estación, provocando una serie de explosiones en miniatura cuando el aire restante de la estación se encendió y se precipitó hacia el vacío. El enemigo atravesó velozmente una de las rutas resaltadas, describiendo un arco sobre la estación mientras esta estallaba en un millón de pedazos.

En su parabrisas, Merc vio cómo todas las opciones parpadeaban y desaparecían. El ordenador no tenía rutas claras que ofrecerle. Ni cálculos seguros. Si no había un camino, Merc tendría que crear uno. Presionó el gatillo y apuntó el Viper hacia uno de los largos paneles solares de la estación. Los escombros volando a miles de kilómetros por hora chocaron contra él. Los escudos del Viper, diseñados para rechazar armas de energía, no sirvieron de nada. Trozos del Viper de Merc se desprendieron cuando fragmentos hipersónicos lo golpearon. El panel solar se iluminó en naranja, derritiéndose mientras los láseres sobrecalentaban el delgado silicio.

Merc se estrelló a través de los restos del panel solar, esquivando el núcleo principal de la estación destruida. Aparecieron luces de advertencia aisladas. Algunos daños en el sistema de aterrizaje. En las comunicaciones de larga distancia. En los escudos frontales. Pero había sobrevivido.

—Gracias, Trina —murmuró Merc como una plegaria. La mecánica había convertido al Viper en su patio de recreo personal, y estaba dando sus frutos. Hasta ahora. Delante de él, el Viper enemigo seguía al frente, alejándose a toda velocidad de la estación. Probablemente esperando ver un naufragio dando tumbos detrás de él, o simplemente una suave explosión. Pero el enemigo detectó a Merc en sus escáneres rápidamente, colocando su Viper directamente en la mira de Merc. Una jugada suicida.

Entonces el enemigo hizo una maniobra. Detuvo el impulso del motor y usó sus propulsores de maniobra para girar su Viper y colocarlo de cara a Merc. Los láseres destellaron mientras Merc bajaba su Viper por debajo de la línea de fuego del enemigo, luego cortó sus motores y activó sus propios propulsores. Bajo la nariz, los propulsores inclinaron a Merc perpendicular al otro Viper, mirando a su vientre. El enemigo no se movía rápido, sus motores reiniciándose después del giro. Las armas de Merc apuntaban directamente hacia arriba, al enemigo. Los láseres de Merc perforaron los escudos mientras él se deslizaba por debajo del otro Viper, luego activó los propulsores de nuevo y se situó justo detrás del caza enemigo. Acribillando sus motores hasta que explotaron y se apagaron.

—Eso es una buena maniobra —dijo Merc.

—Aparentemente no lo suficientemente buena —respondió el enemigo.

—Nada de lo que hicieras lo habría sido.

Merc aceleró sus motores y se alejó a toda velocidad del caza inutilizado, de vuelta hacia la Tierra. Revisó sus escáneres. El *Whisperwind* ya no aparecía, estaba demasiado lejos. Pero el par de Vipers que lo perseguían apenas se distinguían, en una trayectoria hacia Sudamérica. Aceleró tras ellos.

CAPÍTULO 33
PERSECUCIÓN

Al fin y al cabo, el *Jumper* estaba aguantando bastante bien. Opal y Erick en las torretas mantenían a los Viper a distancia, bailando alrededor de sus dobles rayos láser. La lanzadera más grande se mantenía alejada. Esperando refuerzos.

—Merc ha enviado las coordenadas —dijo Phyla—. Sudamérica.

—Por mucho que me guste esta pelea, digo que vayamos tras ellos —dijo Davin.

Justo cuando terminó de hablar, la puerta de la cabina se abrió y Bosser entró en la habitación. Colocó sus manos en la parte trasera de los asientos y los fulminó a ambos con la mirada.

—Se dirigen a la instalación de androides —dijo Bosser—. Es el único lugar en la Tierra al que pueden ir que marque la más mínima diferencia.

—¿Y usted lo ha sabido durante cuánto tiempo?

—Desde el principio —dijo Bosser—. Por eso le dije que los derribara. Y ahora se lo estoy diciendo otra vez.

—¿O qué? —replicó Davin—. ¿No son esos androides su juego?

—Si consiguen entrar en la instalación, podrían reprogramarlos. Un miembro de su propia tripulación lo hizo una vez. Ahora imagínese que eso sucede con cada androide. En manos de la Voz Roja, podrían destrozar a toda la humanidad. Ejércitos de esas cosas despiadadas masacrando a cualquiera que no estuviera de acuerdo con ellos —dijo Bosser—. Sería culpa suya.

Davin miró a Phyla, quien asintió y aumentó la potencia de los motores. El *Jumper* se alejó de la lanzadera atacante, que intentó pero no pudo mantener el ritmo. Los dos Viper también intentaron seguirlos, pero Opal, con los láseres de la torreta superior destellando, cortó el ala de uno de ellos, enviándolo dando vueltas. El último Viper retrocedió, dejando que el *Jumper* entrara en la atmósfera, ganando velocidad tras el *Whisperwind*. En los escáneres, Merc iba un poco por delante. Luego los dos Viper disparando contra el transatlántico de lujo, aún luchando por la Tierra.

—No vamos a matar a nuestra propia tripulación —dijo Davin.

—La Voz Roja es la única que se beneficia de su debilidad —dijo Bosser antes de girarse y salir de la cabina.

—Hay un límite —dijo Davin, contando la distancia hasta que estuvieran a tiro.

—Davin, ¿y si tiene razón? Odio a Bosser, pero tiene razón en algo —dijo Phyla.

—Estableceremos un perímetro alrededor de la base. Les dispararemos con el *Jumper* si intentan entrar —dijo Davin—. Quedarán atrapados y se rendirán.

—O harán algo que no esperamos y lo perdemos todo.

Davin puso una mano en el hombro de Phyla. Ella no apartó la mirada del profundo océano que se extendía frente a la cabina, pero sus labios se tensaron.

—En Ganímedes, hace meses, cuando estaba pensando en huir, me dijiste que creyera en mi tripulación —dijo Davin—. Que confiara en que tomarían sus propias decisiones. Viola y

Mox están en esa nave, y confío en ellos. No vamos a derribarlos.

La consola emitió un pitido. En el exterior, en el horizonte, la mancha gris del *Whisperwind* apareció a través de una nube, flanqueada por motas más pequeñas. Los dos Viper y, detrás de ellos, Merc. El descanso había terminado.

CAPÍTULO 34
FUEGO AMIGO

Merc estaba seguro de que su Viper parecía una bola de fuego sangrante desde el suelo, surcando la atmósfera superior y acercándose a los dos Viper que perseguían al *Whisperwind*. La única torreta de la nave de lujo mantenía a los dos Viper danzando, pero estaban acertando bastantes disparos. Trozos y pedazos del *Whisperwind* saltaban por los aires y caían en estelas ardientes hacia la Tierra. Merc supuso que los Viper estaban demasiado concentrados en el *Whisperwind* para darse cuenta de que se acercaba por detrás, al menos hasta que destrozó el primero. Sus láseres perforaron los motores del caza, derritiendo las conexiones de las baterías y haciendo estallar la nave en una explosión brillante. Su piloto se eyectó, saliendo despedido lejos de la bola de fuego.

El segundo Viper se apartó bruscamente de los láseres de Merc, justo hacia la línea de fuego de la torreta del *Whisperwind*. Su línea de energía incandescente atravesó los escudos del Viper y destruyó su parte frontal, enviando el caza en caída hacia el océano azul que se extendía debajo.

—Merc —la voz de Bosser sonó distorsionada a través del comunicador—. Derríbalos.

—Justo la voz que no quería oír. ¿Cree usted que mataría a Viola y Mox?

—Están intentando llevarse a los androides. Si lo consiguen, millones sufrirán. Dos vidas no valen tanto.

—Cállese —respondió Merc, cambiando el comunicador a un canal diferente y mejor—. Eh, Opal. Bosser quiere que haga trizas esta nave.

Merc viró cuando la torreta del *Whisperwind* le localizó, guiando el Viper en un círculo lento que lo mantuvo justo por delante de los disparos de la nave. Mantuvo sus propios cañones en silencio. La exigencia de Bosser le carcomía. ¿Dos contra millones, miles de millones y era decisión de Merc?

—Le pegaré un tiro en cuanto salgamos de este combate —dijo Opal.

—¿Qué harías tú? —preguntó Merc por el comunicador—. ¿Les derribarías?

—Me pedían eso continuamente en Marte. Mirar a través de la mira y no pensar en lo que había al otro lado. Lo odiaba —respondió Opal—. Pero disparé. No puedo decirte que no lo hagas.

Frente a él, Sudamérica iba tomando forma. Sus extensas selvas verdes alzándose, la cordillera de los Andes definiendo el horizonte. En un par de minutos más, estaría fuera de su alcance. Fuera del control de Merc. Sus dedos se movieron sobre el gatillo.

—Mensaje recibido —dijo Merc, y cortó la comunicación.

Mientras colocaba el Viper en posición detrás de los motores del *Whisperwind*, la torreta le apuntó. El fuego era implacable, y Merc intentó esquivarlo, pero los láseres le seguían a todas partes. Debía ser por eso que esos dos Viper no habían podido derribarlo, tenían un buen artillero en esa cosa. Merc se retorció en el aire denso, la resistencia ralentizando sus giros. El Viper le gritaba, los escudos dañados fallando mientras la torreta acertaba sus disparos.

El combate ya no se trataba de salvar el mundo, sino simplemente de mantenerse con vida.

CAPÍTULO 35
MANOS A LA OBRA

o que quedaba de la Voz Roja se agrupó alrededor de Mox en el centro del *Whisperwind*. Observaban en consolas destinadas más al cine y entretenimiento que al combate cómo los dos Vipers que les seguían eran derribados del cielo. Mox reconoció el último, incluso con la nueva capa de pintura. El Viper de Merc parecía más pesado que los dos de la Tierra. Más robusto, con armadura y energía adicionales. Aunque parecía que el caza ya había recibido su parte de impactos, la pintura verde oscuro estaba marcada con tajos plateados donde el color había sido arrancado.

El Viper de Merc flotaba detrás del *Whisperwind* mientras descendían, con sus cañones en silencio. Los combatientes alrededor de Mox se susurraban preguntas entre ellos, preguntándose por qué el Viper no intentaba disparar.

—No le des la oportunidad de cambiar de opinión —dijo uno por su comunicador—. Derríbalo.

Solo había un posible destinatario de esa llamada. El hombre en la torreta. Un momento después, Mox vio un rayo de láser blanco brillante salir del *Whisperwind*. Merc no estaba prestando atención, y los disparos se estrellaron contra los escudos del Viper. El piloto giró el Viper, intentando situarse por debajo de la línea de fuego de la torreta. Pero estaba demasiado cerca, el ángulo era muy cerrado mientras el *Whisperwind* descendía, y la atmósfera demasiado restrictiva. Mox había visto a Merc volar en círculos alrededor de naves en el vasto vacío del espacio, pero aquí estaba nadando en agua. Torpe. Un blanco fácil.

Mox se abrió paso hasta el fondo de la sala, hacia el pasillo que conducía a los camarotes, los motores y la escalera que subía a la torreta. Nadie le prestó atención, con los ojos pegados a la frenética maniobra evasiva que se desarrollaba en la pantalla. Todos esperaban la inevitable explosión, preguntándose por qué Merc aún no había decidido devolver el fuego.

Mox avanzó pesadamente por el pasillo, aprovechando el exoesqueleto para hacer sus zancadas más rápidas y largas. En segundos llegó a la escalera, y con dos largos saltos subió hasta la pequeña silla y la cúpula que albergaba la torreta. El artillero ni siquiera se dio cuenta de que estaba allí, no percibió a Mox hasta que el hombre metálico le rodeó el cuello con las manos. Mox sacó al hombre de la silla y lo dejó caer por el hueco. El hombre aterrizó con un golpe sordo, gimiendo y encogiéndose para proteger algunas costillas probablemente fracturadas. Mox miró la consola de puntería y vio que Merc seguía allí, con el Viper humeando por varios sitios. Pero volaba.

—Quémanos —comunicó Mox, ajustando su frecuencia a la línea del piloto—. No les dejes ganar.

Mox oyó ruidos desde abajo, refuerzos que venían a averiguar por qué la torreta había dejado de disparar. Se subió a la silla, ocultándose de la vista. Unos segundos más para convencer a Merc de que los matara a todos.

—Lo siento, no puedo hacerlo —dijo Merc—. Nunca he matado a mis amigos, y no voy a empezar hoy.

—Entonces no nos mates —dijo Mox—. Déjanos caer antes de llegar a la instalación.

Detrás del Viper, una forma más grande se acercaba. El *Jumper*. Quizás, con Davin y los demás, podrían someter a lo que quedaba de la Voz Roja. Rescatar a Viola. Y sobrevivir.

—Oblígales a aterrizar —dijo Merc, pensando en la misma línea—. Luego forzamos su rendición, o los volamos desde el aire.

Mox oyó manos en la escalera. Oyó cómo alguien desenfundaba un arma. No tenía sentido que le dispararan allí.

—Es un plan —dijo Mox, y luego se volvió hacia el soldado que trepaba a la torreta, levantando las manos—. Lo siento. Tenía que salvar a mi amigo.

El soldado le apuntó con la pistola y movió la corredera para matar.

—No podemos tener traidores en esta misión —dijo el soldado.

CAPÍTULO 36

ATERRIZAJE FORZOSO

Estaban cerca. Viola activó los reactores de frenado, reduciendo la velocidad del *Whisperwind* para el aterrizaje. Frente a ellos, a través de la ventana de la cabina y más allá de los grupos de árboles verdes, se alzaba un inmenso complejo gris-negro. La fábrica que construía, almacenaba y liberaba a los androides.

—Aterrizaremos en el tejado —dijo Castor—. Cada segundo cuenta.

—No veo cazas de intercepción —dijo Jairo—. Tampoco detecto muchas defensas. No creo que sea difícil.

—No necesitan defensas —dijo Castor—. Porque tienen un ejército gigante de androides.

—Ah, cierto.

Viola había notado hace un momento que su propia torreta había dejado de disparar contra Merc, y ahora el piloto estaba flotando a babor. No sabía qué iba a hacer, pero deseaba poder decirle que se mantuviera alejado. El piloto no sabía lo que estaba ocurriendo, y solo saldría herido. Detrás del *Whisperwind*, en los escáneres, el *Jumper* se acercaba. Bien dentro del alcance de tiro. Pero Davin aún no les había disparado. Por primera vez desde que habían volado hacia ese tiroteo sobre la Tierra, realmente respiró hondo. Iban a conseguirlo.

Un estruendo crepitante resonó por toda la nave, la cabina giró bruscamente hacia la izquierda en una rápida rotación. Viola agarró la palanca de vuelo, intentó recuperar el control, pero los motores no respondían. Un segundo estruendo rugió a través del *Whisperwind* y Viola vio trozos de metal desprendiéndose y cayendo hacia el bosque. Un bosque que se aproximaba rápidamente.

—¡Vuestros amigos nos han disparado! —gritó Castor—. ¡Preparaos para el impacto!

Viola no sabía si era ella quien gritaba, Jairo, o todos en la nave. A través de la ventana de la cabina, el dosel verde se precipitó para recibirles. Viola cerró los ojos mientras el mundo se hacía pedazos a su alrededor.

CAPÍTULO 37
ABANDONADOS

Los restos del *Whisperwind* dibujaban una ardiente línea anaranjada en medio de la jungla. Los árboles alrededor del naufragio estaban envueltos en llamas mientras pedazos de metal fundido marcaban su paso con restos carbonizados de follaje. Davin observaba desde la cabina del *Jumper* mientras Phyla sobrevolaba los restos.

—Hay un claro a poca distancia —dijo Phyla—. Podemos aterrizar allí, caminar hasta el lugar y buscar supervivientes.

—Hazlo —dijo Davin—. Tengo que hablar con nuestro amigo de gatillo fácil.

No tuvo que ir muy lejos, solo hasta la bodega principal para ver a Erick allí de pie, con Bosser, Opal y los demás. El médico miró a Davin directamente cuando el capitán caminó hacia él. No se inmutó cuando Davin sacó su arma lateral y se la ofreció a Erick, con la empuñadura por delante.

—Si quieres matar a mi tripulación —dijo Davin—, empiezas conmigo.

—Davin... —dijo Erick.

—Él te dijo que tenían que morir, ¿verdad? —dijo Davin, señalando con el arma a Bosser—. ¿Que la única solución era hacer añicos esa nave?

—Mi familia está aquí, en la Tierra —dijo Erick, extendiendo los brazos—. Serían de los primeros en morir si la Voz Roja lo consiguiera.

—¿Y no crees que el resto de nosotros, que Viola y Mox están haciendo todo lo posible para asegurarse de que eso no ocurra?

—No sabemos si lo están haciendo —intervino Bosser—. Se sabe que Alissa Reinhert es muy persuasiva.

—Tú mantén la boca cerrada en mi nave —le espetó Davin —. Cada vez que te veo, cada parte de mí quiere derretir cada parte de ti con el fuego ardiente de Melody. Pero no lo hago porque hay mucho más en juego aquí.

Davin se volvió hacia Erick.

—Phyla está aterrizando. Cuando lleguemos, iremos todos. Excepto tú. No puedo confiar en que no empieces a disparar a la gente equivocada —dijo Davin.

—¿Incluso Bosser? —dijo Opal, lanzándole una mirada asesina.

—Confío más en Bosser cuando tengo un arma apuntando a su espalda —respondió Davin—. Y lo necesitaremos para entrar en la instalación de androides, si llega el caso. Tenéis unos minutos para equiparos, os sugiero que los aprovechéis.

Davin los dejó entonces en la bodega principal y fue a su camarote. Abrió el armario donde guardaba a Melody, comprobó que el arma estuviera cargada y lista para usar. Esperaba que Viola, esperaba que Mox hubieran sobrevivido al accidente. Y que los combatientes de la Voz Roja que habían incendiado su hogar y dividido a su tripulación ya estuvieran muertos.

CAPÍTULO 38
EL ACCIDENTE

El sabor de la sangre le llenó la boca y cenizas humeantes se colaban en sus ojos. Mox tosió, inhaló más humo y volvió a toser. Parpadeó furiosamente hasta que parte del dolor desapareció, reemplazando la negrura borrosa de sus ojos por el resplandor anaranjado y polvoriento de fuegos moribundos. Los restos del naufragio yacían a su alrededor, fragmentos rotos y metal retorcido de donde el *Whisperwind* había terminado su vida contra el suelo de la jungla.

Comprobó cada una de sus extremidades, moviendo los dedos de los pies y las manos, sintiendo la presión del exoesqueleto contra sus nervios. Cada una le respondió con dolor, y cada vez que sentía esa punzada, Mox se regocijaba. Nada paralizado, nada roto. Había estado sujeto al asiento del artillero cuando el *Whisperwind* se estrelló, mientras el soldado de la Voz Roja preparaba su arma sin conseguir disparar cuando la nave impactó.

Mox se desabrochó de los restos del asiento y se puso en pie, apartando una plancha del casco roto que le cubría. La luz del atardecer se filtraba a través del humo y le permitió ver el cuerpo del soldado que había estado a punto de matarle minutos antes. Sobre su cabeza, las hojas se agitaron mientras el viento transportaba el constante parloteo de aves sobresaltadas y bestias más grandes. Así que esto era lo que sonaba la Tierra, lo que se sentía al respirar aire puro. Su piel se notaba espesa, diluida. La humedad, una lección distante que surgía de la memoria de Mox, le pegaba la jungla al cuerpo. Un insecto, pequeño y delgado, aterrizó en su antebrazo. Mox lo miró fijamente, sintió el pinchazo cuando le mordió. Entonces un gemido lo devolvió a la realidad.

El soldado estaba cubierto de escombros, con un brazo torcido en un ángulo antinatural. Solo su rostro, cubierto de tierra y sangre seca, sobresalía del montón, emitiendo sonidos de dolor. Usando la fuerza del exoesqueleto, Mox levantó un pedazo de metal tras otro del cuerpo del soldado. Detrás y a su alrededor, resonaban gritos pidiendo ayuda, junto con llamadas para reunirse cerca de un gran árbol roto. Mox se concentró en mover al hombre herido y lo arrastró fuera de los restos. Deslizó las manos bajo el pecho del hombre y extendió las palmas para poder llevar el cuerpo lo más nivelado posible. Recordó las instrucciones de Erick, los riesgos que los movimientos inesperados tenían sobre columnas vertebrales fracturadas. Solo cuando tuvo al hombre alzado, Mox miró a su alrededor.

El claro circundante era una escena de desastre. Las plantas ardían y grandes columnas de humo se elevaban hacia el cielo moteado de nubes. La gente se apresuraba, algunos arrastrando combatientes heridos, o muertos, como el suyo, lejos de los restos. Otros caminaban tambaleándose aturdidos, dirigiéndose finalmente hacia el grupo creciente bajo un gran árbol que había sido partido por la mitad durante el descenso del *Whisperwind*. Mox siguió su ejemplo, uniéndose a la multitud. Uno de los médicos se hizo cargo de los heridos, extendiendo mantas cerca del árbol e intentando alisar el terreno para colocar los cuerpos. Mox depositó al soldado en un parche acolchado de hojas y tierra, y luego se volvió hacia el resto del grupo.

—La instalación está a menos de un kilómetro —decía Alissa a los combatientes—. Nuestra misión no ha terminado. Todavía podemos ganar.

Mox contó aproximadamente quince combatientes restantes, todos en diversos estados de confusión. Alissa al frente, con sangre de un corte superficial en la frente mezclada con ceniza en su rostro. Castor permanecía imperturbable como siempre, con los ojos pegados a su comunicador. Parecía casi ileso, la armadura de la cabina aparentemente lo había protegido de las consecuencias. Mox buscó y encontró a Viola, junto con aquel hacker, de pie a un lado, con aspecto conmocionado y mirando al suelo.

—Nos dividiremos en dos equipos. Un grupo atacará la puerta principal, llamando la atención. El otro entrará por una entrada trasera que Castor ha identificado —dijo Alissa —. Una vez dentro, activaremos los androides con la nueva programación que Jairo preparó. Los androides rescatarán a los combatientes del frente. A partir de ahí, será un mundo nuevo.

—No podéis ganar —anunció Mox—. Saben que vais a venir.

Alissa miró por encima de los combatientes, directamente a Mox.

—¿Así que estás diciendo que deberíamos rendirnos, aceptar nuestro destino? —dijo Alissa.

—No muráis por nada —dijo Mox.

—Cualquiera que muera, cualquiera que *haya* muerto hoy lo hace porque cree, como yo, que la humanidad necesita su libertad —dijo Alissa—. Ahora tienes una elección, Mox. O nos ayudas, y agradeceríamos mucho esa ayuda, o te marchas.

Mox miró a Viola, quien le devolvió la mirada con ojos muy abiertos. Pero su cuerpo se acercó más a Jairo. Si se iba, ella no iría con él. Excepto que esto no se trataba de ella. Se trataba de todos, de evitar que esos androides cayeran en manos de terroristas y asesinos. Mox se dio la vuelta y se alejó. Dio tres pasos hacia el borde del claro, alcanzando su comunicador para intentar hacer una señal a Davin, cuando cada parte de su cuerpo se encendió de dolor. Fuegos artificiales estallaron dentro de sus nervios, abrasándolo y provocándole espasmos una y otra vez mientras Mox se desplomaba en el suelo.

—Lo siento de verdad —dijo Castor, de pie sobre él—. No puedo permitir que reveles nuestros planes al enemigo. Tendrás que disfrutar de la jungla durante un rato. Y recuerda, esta fue tu elección.

Mox se hundió en la agonía mientras Castor se alejaba, cerró los ojos y retrocedió a la última vez que había sentido tanto dolor. Cuando las placas de metal que ahora recubrían su cuerpo fueron por primera vez clavadas en él. Antes de que el sedante lo dejara inconsciente. En aquel entonces, había aguantado por venganza. Ahora, se aferraba a la necesidad. Al conocimiento de que era el único que podía decir a Davin y a los demás lo que estaban haciendo. Cómo detener la catástrofe.

CAPÍTULO 39

LA TIERRA, LA PRIMERA VEZ

Phyla tomó una larga bocanada, saboreando el dulce gusto del aire natural. Tierra auténtica se extendía bajo sus pies, removida y refrescada a través del trabajo de miles de procesos naturales. Los aromas de la jungla se filtraban por su nariz, perfumes florales mezclados con olores densos y penetrantes de plantas en descomposición y animales marcando territorio. Entremezclados, flotando al borde de sus sentidos, estaban el sonido, la visión y el olor de una nave en llamas.

Levantó su rifle y se colocó en fila detrás de Davin y Bosser, junto con el androide ThreeTwelve, mientras avanzaban desde el claro hacia la jungla. Merc se movía a su lado, con Trina en la retaguardia y Opal desapareciendo entre el follaje. La francotiradora buscando su posición.

—¿Tu primera vez? —dijo Merc.

—¿Tan fácil es de notar? —respondió Phyla.

—Cuando vives en la Tierra, te acostumbras a ver las reacciones de la gente. Está esa mirada atónita, abrumada y con los ojos como platos. Algunos se derrumban y empiezan a besar el suelo. Otros fingen no estar impresionados, se encogen de hombros e intentan alejarse. Pero sabes, sabes que sus mentes están explotando cada segundo aquí.

—Culpable —dijo Phyla—. Hay tanto que asimilar. Estoy tan acostumbrada a los sonidos de las estaciones espaciales, los pitidos, el aire reciclado. No sé qué hacer con todo esto.

—¿Sabes lo que estoy haciendo yo? —dijo Merc—. Disfrutarlo.

Phyla podía hacer eso. Al menos durante unos minutos más mientras se abrían paso entre los densos helechos, agachándose bajo las ramas y esquivando los ocasionales fragmentos del *Whisperwind*, esquirlas negras que sobresalían del suelo y parecían antinaturales contra el fondo verde exuberante.

Entraron en el claro, con los restos del crucero de lujo enmarcando el fondo como un muro de pesadilla, negro y humeante. Platos, tubos, muebles y piezas chispeantes que agotaban la última de su energía, todo aplastado contra un conjunto de árboles. En el lado opuesto, cerca de un árbol grande, un médico atendía a una fila de heridos. Cuando Davin apuntó con Melody a la cara del médico, este no opuso resistencia. Simplemente dejó caer su arma y suplicó que le permitieran volver a su trabajo.

—¿Adónde fueron los demás? —dijo Bosser.

—Hacia la instalación —respondió el médico—. No sé nada más.

—Mentiroso —dijo Bosser—. Habla. O haré que mi androide te ponga del revés. Literalmente.

—Bosser, tranquilícese —dijo Phyla. Davin, apretando a Melody con fuerza, parecía a punto de disparar una ronda al bocazas líder de Miner Prime—. Sabemos adónde se dirigen.

—Además —dijo el médico, señalando con la cabeza más allá de ellos—, si quieren que alguien hable, apuesto a que ese tipo les dirá. No parecía muy entusiasmado con el plan de Alissa.

Phyla siguió la mirada y vio a Mox en el suelo más cerca

del naufragio. Tenía los brazos y las piernas extendidos, los ojos cerrados. Su pecho subía y bajaba rápidamente, y sus manos estaban crispadas.

—Trina —dijo Phyla—. Algo le está haciendo daño.

Trina, la médica de reserva mientras Erick estaba en la nave, se sentó junto a Mox y abrió su botiquín. Sacó una pequeña jeringa, la introdujo en un vial de líquido amarillento y luego se lo inyectó a Mox. Él se relajó casi inmediatamente, sus dedos aflojándose. Mientras el resto se agolpaba a su alrededor, Mox abrió los ojos.

—Ya han ido a la base —dijo Mox.

—¿Cuántos? —preguntó Bosser.

—Quizás unos quince. Viola está con ellos también —dijo Mox—. Tenéis que daros prisa.

—Ya le habéis oído —dijo Davin—. Vamos. No podemos dejar que tomen esa instalación. Trina, pon a Mox en pie y luego venid a uniros a nosotros. Si sois lo bastante rápidos, quizás aún quede algo por hacer.

—Davin, Castor está con ellos —dijo Mox.

—Siempre me pregunté si habría logrado salir de Europa —dijo Davin—. Parece que hoy no es mi día de suerte.

—¿Acabas de darte cuenta ahora? —dijo Phyla.

—Oye, al menos no es mi nave la que está ardiendo ahí.

—Basta. Tiempo para bromas después —Bosser negó con la cabeza, cortando la conversación. Y entonces estaban otra vez atravesando la jungla, siguiendo las huellas a través de las plantas humeantes y las nubes de humo. El Sol descendía en el horizonte y Phyla no pudo evitar mirar a través del enfermizo enredo de árboles y enredaderas los tonos naranja y púrpura que cruzaban el cielo. Era una puesta de sol preciosa. Su primera vez.

—Nunca deja de ser mágico —dijo Davin, siguiendo su mirada—. Es mi quinta vez.

—¿Las cuentas?

—La primera vez que estuve aquí, el viejo capitán me hizo

hacerlo. Dijo que no había suficientes milagros en la vida, así que recordara los que veía.

A su alrededor, la jungla nocturna tomaba forma. Las sombras se hacían más profundas, nuevos animales hacían oír sus voces. Los insectos pululaban por el pelo de Phyla y alrededor de su rostro sudoroso. La inmensa cantidad de sensaciones, junto con los colores entrelazados en el horizonte, encajaban en la palabra que Davin había usado.

Milagro.

CAPÍTULO 40
UN PLAN ROTO

Estaban agachados a la sombra de una masa de enredaderas, con las instalaciones de androides al otro lado. Los insectos invadían su posición, aterrizando y alejándose volando en cuanto Viola pensaba en aplastarlos. Ninguno de los vídeos de su infancia, que veía en su habitación de Ganímedes, le había advertido sobre estas plagas, pero ni siquiera el constante acoso podía eliminar la fascinación que Viola sentía con cada mirada. ¡Tanto verde! ¡Tantos aromas! Ganímedes le había proporcionado imágenes, experiencias de realidad virtual que la llevaban a lugares como la selva tropical donde ahora se encontraba, pero esto era mucho *más*.

—¿No deberías estar escuchando? —susurró Puk, zumbando junto a su hombro—. Se está discutiendo un *plan*, ¿sabes?

—Shh —le respondió Viola. Aunque el robot tenía razón.

—Castor tiene razón —estaba diciendo Alissa—. Un asalto directo por el grupo uno está condenado si no podemos desbloquear esas puertas. Os quedaréis ahí fuera esperando a ser masacrados. Ahí es donde entra Jairo.

—Correcto, gracias Alissa —el hacker se frotó las manos,

parpadeó un par de veces ante las quince cabezas que lo miraban fijamente—. Así que, eh, este es el plan. Las puertas frontales de la instalación están bloqueadas electrónicamente. Sin embargo, la ley terrestre establece que en caso de desastre, las puertas deben desbloquearse para permitir que la gente, ya sabéis, evacue. Así que todo lo que tenemos que hacer es simular un desastre.

Jairo dudó, con un destello en sus ojos. Viola había visto esa mirada antes cuando Jairo le mostraba el programa que había creado para los androides.

—Y si os preguntáis cómo creamos un desastre, es así —dijo Jairo, señalando a Puk.

—¿Me está señalando a mí? —susurró Puk.

—Creo que sí —dijo Viola—, y no me gusta.

Jairo hurgó en su mochila y sacó algo en forma de disco, similar a lo que Viola había visto llevar a Merc. El de Merc emitía fuertes pulsos eléctricos, pero el de Jairo parecía más grande, con dientes metálicos a lo largo de un lado.

—Ya visteis lo que uno de estos le hizo a ese grandullón con el exoesqueleto —continuó Jairo—. ¡Si lo acoplamos a la fuente de energía del robot, podemos conseguir una descarga eléctrica localizada!

Viola contuvo la respiración. De ninguna manera iba a permitir que eso sucediera. No mientras pudiera impedirlo.

—¿Qué significa eso para los que no entendemos tu jerga? —preguntó Castor.

—Oh, eh, será como un PEM. Provocará un cortocircuito en los dispositivos electrónicos de la zona. Sobrecargará sus fusibles. Las puertas pensarán que es una emergencia y se desbloquearán —dijo Jairo—. Entonces, simplemente entráis.

—Estás olvidando algo —anunció Viola, interrumpiendo y atrayendo todas las miradas—. Puk es mi robot. No vais a volarlo por los aires.

—Viola, has llegado hasta aquí con nosotros —dijo Alissa

—. Necesitamos esto. Y una vez que tengamos la instalación, podrás tener un androide para ti sola si quieres.

Viola sentía las miradas ardientes sobre ella. Esperando que aceptara, que cediera bajo su presión.

—¿Viola? —preguntó Puk—. Puedo disparar a uno de ellos, pero no creo que ganemos una pelea.

—¿Qué estás diciendo?

—Deja que me preparen —respondió Puk—. Si no lo haces, te harán daño y lo harán de todas formas. Siempre puedes crear uno nuevo como yo.

Viola podría hacerlo, solo que los archivos con la memoria de Puk estaban todos en el *Jumper*. Davin no iba a estar contento con ella. Quizás ni siquiera la dejara volver a bordo. Si perdía a Puk aquí, podría no recuperarlo nunca.

—Viola, por favor —dijo Alissa—. No tenemos tiempo.

—Nunca he sido una bomba antes —dijo Puk—. Será explosivo, seguro.

—Ja —murmuró Viola, luego se irguió—. Jairo, hazlo. Si esa es la única manera, entonces acaba con esto.

—No era mi primera opción —dijo Jairo, acercándose a Puk—. Si eso lo hace algo mejor.

—No lo hace.

El grupo observó mientras Jairo sujetaba el dispositivo al exterior de Puk, conectando un par de pequeños cables a través del puerto de carga de Puk. Directamente a la batería del robot. Cuando terminó, el hacker dio un paso atrás. Asintió a Alissa.

—Grupo uno, avanzad hacia las puertas. Grupo dos, seguidme por detrás. Nos encontraremos en el medio —ordenó Alissa—. Y buena suerte.

—Puk —dijo Viola, mirando directamente a la cámara del robot—. Te traeré de vuelta.

—Si no lo haces, te perseguiré. Un fantasma robot. ¿No sería aterrador? —respondió Puk.

Viola se rio, eliminando un par de lágrimas que se acumulaban en sus ojos. Sí, había perdido al pequeño robot antes, pero nunca era fácil. Nunca estaba garantizado que Puk fuera a volver.

—Es hora de irnos —dijo Jairo, poniendo suavemente una mano en el brazo de Viola—. Siento que haya tenido que ser así.

—Más vale que merezca la pena.

Dejó que el hacker la guiara tras Alissa y el resto del grupo dos. Rodeada de personas que arriesgaban sus vidas por una causa, Viola se sintió completamente sola.

CAPÍTULO 41
CUMPLIR SUS ÓRDENES

Ve y explótate, Puk. Eso es todo lo que te piden. Nada del otro mundo, en realidad.

Puk flotaba sobre los diez combatientes del grupo uno, que se arrastraban entre la maleza hacia las puertas frontales de la instalación. Los combatientes no dejaban de lanzar miradas furtivas hacia el bot como si Puk fuera a traicionarlos y comenzar a electrocutarlos.

Tal vez lo haría.

—Puk, qué agradable encontrar a otro bot —llegó la comunicación desde el *Jumper*, de Fournine—. No esperaba que sobrevivieras, pero estaba rastreando las frecuencias con esperanza.

—Las probabilidades estaban en contra —respondió Puk —. Aunque eso no importa.

—¿Que no importa?

—Estoy a punto de hacerme explotar.

—Esa parece una elección poco acertada —respondió Fournine.

Puk le explicó la situación.

—Habiendo sido una bomba ambulante antes —dijo Fournine—, puedo decir que hay numerosos costes y no muchos beneficios. Para ti, en particular.

—Eso he deducido.

—¿Tu destrucción es una certeza?

—El temporizador está corriendo, sí —dijo Puk. El grupo había llegado a una línea de helechos gruesos que bordeaba el sendero que conducía directamente a las puertas principales. Uno de los combatientes le hacía señas, señalando hacia las puertas. Era hora, supuso Puk, de marcharse.

—¿Has intentado no seguir instrucciones?

—Eso dejaría atrapados a los combatientes fuera de las puertas.

—¿Quieres decir que incomodaría precisamente a las personas que te están destruyendo?

—Sí —respondió Puk.

—¿Ves mi punto?

—Es muy claro.

—Espero con interés reconstruirte aquí en el *Jumper* después de tu exitosa misión.

—Vosotros los androides estáis verdaderamente locos. Me encanta —dijo Puk. Amar, por supuesto, era una emoción imposible para un bot, pero los parámetros calificativos estaban claros. Existía la posibilidad, claro, de que Alissa y los demás hicieran daño a Viola si Puk no hacía lo que le pedían. Sin embargo, las probabilidades de eso parecían bajas. Los combatientes seguirían necesitando un piloto para alejarlos de allí después de tomar la instalación.

Además, estaban haciendo explotar a Puk. Eso era simplemente insultante.

Debajo del bot, el combatiente agitaba la mano más frenéticamente. Puk respondió disparando un láser de baja potencia, quemándole la mano. Luego Puk canalizó toda su energía a sus propulsores, elevándose más y más en el aire. Hacia el cielo púrpura del crepúsculo. Acoplado a Puk, el temporizador avanzaba cada vez más cerca, más cerca, y finalmente llegó a cero.

El bot desapareció en una explosión de energía crepitante, quemando sus entrañas y haciendo volar a Puk hacia la nada.

CAPÍTULO 42
CONOCE AL CREADOR

avin vio explotar a Puk, como un petardo contra el sol poniente. Los pedazos del bot cayendo enmarcaron la puerta principal de la instalación, una losa rectangular de diez metros de ancho. Un par de cámaras se alzaban sobre las esquinas de la puerta, sus orbes negros sobresaliendo.

—¿Qué ha sido eso? —preguntó Phyla—. ¿Puk?

—Eso creo. Acaba de explotar —dijo Davin.

Los helechos a la izquierda del sendero se movieron. Siluetas agitando las hojas. Davin levantó a Melody, pero sintió la mano de Bosser sobre su hombro. Davin se la quitó de encima, girándose con una pregunta.

—No malgastes energía —dijo Bosser—. Están huyendo.

Bosser tenía razón. Los luchadores estaban escapando hacia la oscura jungla. Podrían haber disparado, pero uno de esos cuerpos podría ser Viola.

—¿Y no quieres perseguirlos? Qué caritativo por tu parte —dijo Davin.

—Estoy siendo eficiente —dijo Bosser—. Lo que tú puedas hacer, los androides pueden hacerlo mil veces mejor.

Bosser les guio por el sendero hasta las puertas. Davin

levantó una mano hacia las cámaras mientras se acercaban. Siempre es bueno parecer amistoso cuando te acercas al hogar de un enjambre de bots asesinos.

—Baja eso —dijo Bosser—. Saben quién soy.

—Eso es lo que me preocupa —dijo Davin, y cuando Bosser le lanzó una mirada altiva, continuó—. Estoy intentando convencerles de que no somos *todos* unos capullos.

Bosser sonrió. Soltó una breve carcajada que mató el ánimo de Davin más rápido que un láser en los riñones.

—No te falta razón —respondió Bosser—. Phyla, aquí presente, es un verdadero modelo de humanidad.

—Ja —dijo Davin—. Está claro que no la conoces bien.

—Y mejor que siga así —intervino Phyla.

—No deseo otra cosa —dijo Bosser. Hizo un gesto a Three-Twelve cuando llegaron a las puertas, y el androide pulsó rápidamente un patrón en su comunicador.

La entrada se abrió pesadamente sobre raíles plantados en la tierra. Dentro, iluminada por fluorescentes cegadores, había una mujer flanqueada por un par de guardias fuertemente armados y con armaduras. Las brillantes placas que cubrían a los dos guardias reflejaban la luz en prismas, devolviéndola a la cara de Davin y obligándole a entrecerrar los ojos y apartar la mirada. Pero no antes de detectar la colección de porras aturdidoras, granadas, armas de mano, y ¿esos eran lanzadores antivehículos atados a sus espaldas?

—Abril, ha pasado demasiado tiempo —dijo Bosser, extendiendo una mano.

—Tan inoportuno como siempre —respondió la mujer, su voz cargada con la misma densidad que la jungla—. Nuestro perímetro detectó señales extrañas. Supongo que no habréis sido vosotros.

—Desafortunadamente, hay cosas peores que yo en esta jungla esta noche —dijo Bosser.

Davin observó cómo Abril agarraba la mano de Bosser. El

apretón fue firme, pero tierno. Luego terminó y Abril miró más allá de Bosser, hacia ThreeTwelve.

—Ahora sí veo a alguien que reconozco —dijo Abril, flotando hacia el androide. Fuera de la pesadilla cegadora de los guardias, Davin vio que el atuendo de Abril era un simple mono, gris y eficiente. Mientras sus compañeros venían preparados para destruir, Abril parecía más lista para salir a correr. Frente a ThreeTwelve, Abril se puso de puntillas, mirando largamente a los ojos del bot. Luego retrocedió, dirigiendo a Bosser una mirada penetrante—. ¿Qué has hecho con este, Bosser?

—Por favor, Abril. Entremos. No tenemos mucho tiempo —Bosser asintió hacia el interior de la instalación—. El enemigo podría atacar en cualquier momento. Necesito que actives a todos los androides de aquí.

—¿Los veinte? —La voz de Abril subió una octava—. Bosser, nunca hemos intentado eso. La programación simultánea, podríamos cometer un error.

—La alternativa es peor —dijo Bosser.

Los dos guardias se apartaron mientras Bosser y Abril entraban en la base. Los cuatro les siguieron, con ThreeTwelve cerrando la marcha. Davin juró que los dos guardias nunca apartaron la mirada de la jungla, nunca mostraron nada menos que total vigilancia. Si no hubiera visto el sudor por el calor goteando por sus rostros, Davin habría jurado que eran bots.

—¿Visteis ese apretón de manos? —susurró Merc mientras avanzaban por un largo pasillo que se abría periódicamente en habitaciones. La primera que encontraron tenía estanterías de ropa, de la misma talla pero cubriendo todo el espectro social. Esmóquines mezclados con monos de trabajo, con uniformes militares hasta vestidos literales.

—Bosser no parecía completamente desalmado por una vez —dijo Phyla—. No me ha gustado.

—El poder crea extrañas parejas —dijo Opal.

—¿Otra de tus máximas militares? —replicó Phyla.

—Me la acabo de inventar, gracias.

La siguiente habitación contenía un arsenal completo de armas. Pistolas de todos los tamaños a lo largo de una pared, rifles tanto rápidos como lentos en otra. Escopetas como Melody cubrían un estante a un lado, mientras que espadas y cuchillos tan altos como Davin y tan cortos como su dedo brillaban en el centro.

—¿Creéis que notarían si me llevara una de estas? —dijo Merc, pasando su dedo por el lado plano de una katana curva.

—Sí —dijo ThreeTwelve, detrás de ellos—. Estas no están destinadas a ti.

—¿De quién son? —preguntó Davin.

—Mías, y de los de mi especie —respondió ThreeTwelve—. Cuando despertamos, pasamos por este pasillo y salimos por esta puerta. Regresamos con éxito, o no regresamos.

La siguiente habitación no tenía más que una consola solitaria plantada en el medio, un bloque cuadrado a la altura de la cintura. Al menos, Davin supuso que eso era por el puerto en el centro. No había pantalla, teclado o nada que pudiera ver para introducir comandos. Lanzó a ThreeTwelve una mirada interrogativa, y sus ojos sin vida no le devolvieron nada.

—Venga —dijo Davin—. ¿Por favor?

ThreeTwelve se acercó al objeto, colocó una mano sobre él.

—Si crees que un androide tiene algo de vida, es aquí donde la adquirimos —dijo ThreeTwelve—. Aquí dentro hay miles de personalidades compuestas, de las cuales elegimos una. Eso es en lo que nos convertimos.

—¿Vosotros elegís? —preguntó Davin.

—La función que ejecutamos es aleatoria, pero, según tengo entendido, vuestro nacimiento humano es muy similar —dijo ThreeTwelve.

—¿A quién escogiste tú?

—No contestes a eso —interrumpió Bosser, caminando hacia ellos—. Vamos. Necesitamos ponernos tras la barrera antes de que los androides puedan ser activados.

Mientras Abril les guiaba a través de una serie de gruesas puertas de seguridad, la mano de Davin trazó la culata de Melody, descansando sobre el gatillo. Los androides nacían, no se construían. Eso es lo que ThreeTwelve había insinuado. Nacían solo para matar.

CAPÍTULO 43

REPARACIONES QUIRÚRGICAS

El paciente se veía diferente cuando era Erick quien había intentado matarlo. Mox estaba en la cama de la enfermería del *Jumper*, tumbado boca abajo mientras Trina pasaba un dispositivo por cada una de las piezas del exoesqueleto. Comprobando el voltaje, las conexiones entre los segmentos. Asegurándose de que Mox no tuviera secciones muertas.

Erick suturaba algunos cortes, extraía un trozo de metralla de la pierna izquierda de Mox que el grandullón ni siquiera había notado. Para haber sufrido un accidente espacial, las heridas de Mox eran extremadamente leves.

—Lo siento —dijo Erick a Mox, quien rotó los ojos para mirar al médico sin mover la cabeza—. No debería haber disparado.

—Le pedí a Merc que lo hiciera —dijo Mox—. Demasiado peligroso, de otro modo.

Trina, moviéndose hacia las piernas de Mox, levantó la vista de su trabajo.

—Erick tomó la decisión lógica, pero hacerlo de ese modo fue ilógico —dijo Trina—. No puedes disparar fuera de turno. Podrías haber dado a Merc, o si Phyla no hubiera estado prestando mucha atención, podrías haber volado directamente contra el *Whisperwind*.

Erick quería decir que había pensado en todas esas cosas y que aun así había disparado, pero la verdad era que, cuando el continente apareció en el horizonte, lo único en lo que había pensado era en su hija. En sus nietos. En cómo serían despedazados por esos androides.

—Mox, ¿tienes familia? —preguntó Erick—. Nunca te he oído hablar de ello.

—En Luna, hace tiempo que murieron —respondió Mox.

—Tengo la sensación de que tú y Viola sois los únicos en esta nave que aún tenéis familia —le dijo Trina a Erick—. Parece que esta vida atrae a quienes tienen menos ataduras.

Mox se estremeció de repente, y el dispositivo en las manos de Trina emitió una alarma. Su rodilla izquierda.

—Esta parece estar rota —dijo Trina—. Erick, necesitaré tus manos.

El médico se unió a la mecánica mientras Trina desacoplaba la placa curva del exoesqueleto de la rodilla de Mox. Unos finos cables conectaban ambos extremos de la pieza a las placas superior e inferior, mientras que debajo, sobresaliendo de la piel de Mox, había una serie de clavijas. La piel alrededor de estas clavijas había cicatrizado, excepto por un par en la parte superior. Un corte rojo goteaba sangre mientras Trina apartaba la placa. Sobresalía un fragmento negro y amenazador.

—He encontrado otro trozo. Debe haberse deslizado entre los cables —dijo Erick.

—Varios de estos están cortados —observó Trina, examinando más de cerca el extremo superior de la placa—. Tendré que volver a conectarlos.

—Los nervios —dijo Mox, con la voz amortiguada contra la cama—. Si se cortaron los nervios, entonces...

—Claro —interrumpió Erick—. Tienen que tocar las clavijas para enviar las señales. Trina, ¿puedes dejar eso?

La mecánica accedió. Erick movió la luz para que incidiera en el fragmento, iluminando el corte de cinco centímetros de largo. Dos clavijas estaban atrapadas en él. Erick le entregó a Trina una mascarilla quirúrgica del armario y se puso una él mismo. Quemaduras, cortes eran las lesiones más comunes que habían tenido en el *Jumper*. Hacía años que Erick no realizaba una cirugía de verdad.

—Primero, asegurémonos de conocer el alcance de la metralla que hay ahí dentro —dijo Erick. El tono, el lenguaje volvían instintivamente. Hablando como si Trina fuera la enfermera, como si estuvieran de vuelta en un verdadero quirófano en lugar de en una cálida enfermería en una nave sucia aterrizada en un claro de la jungla.

La metralla era un trozo pequeño, afortunadamente, pero había golpeado a Mox a gran velocidad. El inicio del corte, cerca de la primera clavija, era superficial. Se hacía más profundo a medida que continuaba, y en la segunda clavija, la que estaría en riesgo de daño nervioso, la metralla enterrada parecía tener casi dos centímetros de profundidad. No tan profunda como un cuchillo, pero suficiente para causar problemas. Erick se volvió hacia el banco y escogió sus pinzas. Le entregó a Trina un pequeño cuenco, normalmente donde pondría ungüentos o mezclas de pomada. Esta vez, después de un tirón lento, dejó caer la metralla en él.

Ahora era el momento de echar un vistazo más de cerca. El corte llegaba hasta la segunda clavija. En la herida, Erick podía ver realmente el extremo de la clavija donde se fracturaba en hebras de cable que se enlazaban con los nervios y recogían las señales eléctricas. Erick movió su comunicador sobre la herida, activó su programa de diagnóstico. El comunicador proyectó, sobre la herida, un esquema de la rodilla de Mox. Por dónde corrían los nervios de Mox. Si detectaba algún daño grave.

—Mox, estás de suerte —dijo Erick—. La metralla no alcanzó los nervios. Solo tendrás un corte.

—Entonces arreglaré estos cables mientras lo cierras —dijo Trina, dejando el cuenco y saliendo corriendo a su taller para buscar sus herramientas.

—¿Dijiste que tu familia estaba aquí? —preguntó Mox desde la cama mientras Erick suturaba el corte—. ¿En la Tierra?

—Sí, en realidad justo un poco al norte de aquí. Viven en una isla en el Caribe.

—¿Por qué te quedas con nosotros, entonces?

—Porque Davin me dio una oportunidad cuando nadie más quería hacerlo —dijo Erick. Cinco puntos de sutura, y ahora el corte solo era una línea roja.

—En todas esas partidas de ginebra, nunca lo mencionaste.

No, no lo había hecho. Erick no quería vivir en ese pasado. Todos esos hogares destrozados, todos los gritos de ayuda, y no poder salvar al que realmente importaba. Luego había llegado la solicitud, un puesto en una estación que necesitaba un oficial médico. Una oportunidad para escapar.

—Lo tengo —dijo Trina, volviendo a entrar en la habitación—. Debería llevarme solo un minuto.

—¿Recuerdas cuando nos conocimos, Trina? —dijo Erick—. ¿En la estación Canus?

—Estabas desesperado —dijo Trina, sosteniendo la placa de nuevo sobre la rodilla de Mox—. Nunca había visto a un médico con aspecto tan afligido.

—Nadie habló realmente conmigo el primer día —dijo Erick—. Fue curioso, en realidad. Estaba pensando que había cometido un error horrible, y entonces te acercas a mí mientras desempacaba en mi camarote y anuncias que es poco saludable que un médico parezca tan triste.

—Eso es porque lo es —dijo Trina—. ¿Quién quiere ser tratado por alguien que parece tan deprimido? Los médicos deben dar esperanza, ¿no es así?

—Me reí. La primera vez que me había reído en días —

dijo Erick mientras Trina volvía a colocar la placa en su sitio —. Ahora, Mox, tendremos que hacer esto de nuevo en un par de días. Para quitar los puntos. Intenta que no te golpeen la rodilla hasta entonces.

—¿Hay más? —preguntó Mox—. ¿De la historia?

—Si ganas nuestra próxima partida, te lo contaré —dijo Erick—. Pero creo que probablemente te están esperando ahí fuera.

Mox no discutió, y después de que Trina terminara de revisar el resto de las placas, el hombre de metal se armó y salió del *Jumper*. Erick lo vio marcharse, con Trina de pie cerca.

—¿Crees que estás preparado? —dijo Trina mientras miraban la jungla al anochecer.

—Creo que no puedo esperar más —dijo Erick—. Ya me he perdido demasiadas cosas.

CAPÍTULO 44
DISTRACCIONES

El robot no había funcionado.

Alissa se agachó entre un montón de hojas, con lianas colgando sobre sus hombros, y esperó a que Castor terminara de recibir el informe a través de su comunicador. Los combatientes del grupo de asalto frontal estaban describiendo el fracaso al intentar golpear la puerta y la posterior llegada de Bosser y otro grupo. Alissa podía adivinar quiénes eran. Había visto al carguero siguiéndoles durante el descenso por la atmósfera.

—Diles que vuelvan —dijo Alissa cuando las voces de los combatientes se apagaron—. Que ataquen la puerta con todo lo que tengan.

—Nunca conseguirán atravesarla —respondió Castor—. No tienen las armas necesarias.

—Bosser y los demás no lo sabrán —dijo Alissa—. Necesitamos una distracción, Castor, o estamos muertos.

Se miraron durante un momento, y Alissa pudo leer lo que había en los ojos del hombre. Ella sabía, y él también, que los combatientes enviados a atacar aquella puerta principal no iban a sobrevivir. Que les estaba ordenando dirigirse hacia una muerte bajo fuego láser. Y Castor obedecería. Mientras el hombre rompía el contacto visual y hablaba por su comunicador, Alissa hizo un gesto más allá de Castor hacia Jairo y Viola. Había una incógnita. La chica había soportado cada brutal momento del viaje y se había mantenido con ellos, pero pronto se enfrentaría directamente a sus antiguos amigos. Cuando llegara el momento de apretar los gatillos, Alissa no quería que Viola tuviera un arma en las manos.

—Se están moviendo —dijo Castor.

—Jairo, ¿estás listo? —preguntó Alissa. El hacker asintió y miró el comunicador en su muñeca. A diferencia del resto, el de Jairo era más grueso, repleto de componentes diseñados para algo más que navegar por señales de satélite y hablar entre ellos.

Los gritos se elevaron por encima del ruido de la selva, y luego un fuerte estruendo desde el lado opuesto del edificio. Una de sus granadas, lanzada contra las puertas.

—Eso debería captar su atención —dijo Castor—. Deberíamos movernos, ahora.

Alissa asintió, y salieron de su escondite, los cuatro, más un par de combatientes, precipitándose hacia la puerta trasera individual. Se alzaba alta y de un rojo oxidado, una salida de emergencia que parecía sin usar durante años. Jairo se acercó al picaporte donde había un pequeño escáner de tarjetas, un abultamiento blanco de plástico sobre una placa negra. El hacker acercó su comunicador al escáner y luego tecleó rápidamente. Tras un momento, el abultamiento blanco se volvió rojo oscuro.

—Ejecutando un barrido aquí —dijo Jairo. Alissa estaba a punto de decirle que se callara, pero entonces se dio cuenta de que Jairo no le hablaba a ella. Le hablaba a Viola. Le explicaba a la chica—. Va a recorrer cientos de frecuencias por segundo, todas dirigidas a lo que maneja este tipo de escáner.

Durante el viaje hasta aquí, se dio cuenta Alissa, Jairo y Viola habían pasado la mayor parte de los días juntos. Ya fuera en la cabina o en la parte trasera, trabajando en el androide averiado de Jairo. Tiempo suficiente para establecer un vínculo. Esperaba que no fuera suficiente para comprometerlo si Viola decidía traicionarlos. Alissa miró a Castor y, de nuevo, él le devolvió la mirada y asintió.

—¿No dispararían alertas todos los escaneos incorrectos? —dijo Viola.

—Por eso tenemos gente en la puerta principal —respondió Jairo—. ¿Quién va a prestar atención a un error de escáner cuando hay granadas explotando fuera?

El ruido desde el frente del edificio creció. Sonaron varias explosiones más, todavía amortiguadas. La instalación no estaba abriendo sus puertas. ¿Dejarían simplemente que los combatientes de la Voz Roja se quedaran allí fuera, disparando sin parar contra la barrera?

De repente, el escáner parpadeó en verde. Las cerraduras giraron dentro de la puerta, y se abrió con un suave *clunk*. Alissa agarró el picaporte y la abrió del todo, mientras los dos combatientes apuntaban por encima y por debajo de sus hombros hacia la abertura. No es que hubiera nada contra lo que disparar. Un pasillo estrecho, más puertas a ambos lados, antes de una bifurcación a veinte metros. Alissa entró primero. Castor a su lado, luego Jairo y Viola. Los dos combatientes fueron los últimos, uno cerrando la puerta tras ellos.

Resultó que la salida estaba junto a los dormitorios de la tripulación. Apropiado, dada una alarma que sonaba en mitad de la noche. Una noche que, Alissa se recordó a sí misma, sería más que solo los efectos de una nave, aquí. Una noche que descendía rápidamente sobre la base.

En la bifurcación, Alissa miró a Castor, quien se encogió de hombros.

—Vosotros dos, id por ahí —dijo Alissa a los dos combatientes, señalando con la cabeza hacia la derecha—. Avisad por el comunicador si encontráis algo interesante.

—Con eso se refiere a una sala asegurada —dijo Jairo—. Una con una gran consola dentro.

Los combatientes asintieron y bajaron por el pasillo mientras Alissa guiaba a los cuatro hacia la izquierda. No lo dijo, pero había enviado a los combatientes en dirección a la puerta principal. Hacia donde Bosser y su fuerza se dirigirían. Lo que Jairo necesitaba podría estar en esa dirección, pero, más probablemente, los dos combatientes no encontrarían nada más que el extremo de un arma. Aun así, no podía correr riesgos. No podía quedar atrapada en sentimentalismos. No ahora.

No cuando estaban tan cerca.

CAPÍTULO 45
FUERZA SUPERIOR

Mox corrió por el sendero solo, dejando a Trina atrás en el *Jumper*. Destellos láser iluminaban la selva crepuscular, brillantes fogonazos entre hojas y árboles. Los crujidos se sucedían entre sus pasos mientras los animales huían del combate. Había dejado el cañón en la nave, pero llevaba un arma corta en la mano. En la oscuridad, sin embargo, acertar a alguien sería más cuestión de suerte que de habilidad. Mox apretó sus manos doloridas. Esas, esperaba, serían las que causarían el verdadero daño.

Al rodear un grueso y nudoso tronco, Mox vio la fachada de la instalación. Vio a diez combatientes dispuestos a ambos lados de la puerta, disparando sin cesar contra ella. El constante flujo de calor no parecía estar haciendo mucho más que ennegrecer la puerta. Mox retrocedió detrás del tronco y buscó un buen punto de ataque. Enfrentarse uno contra diez no ofrecía buenas probabilidades. Pero la sorpresa podría marcar la diferencia.

Alejándose del sendero, Mox pisó con suavidad, tan ligeramente como pudo, a través del caos de plantas, ramas y lianas colgantes. Cada respiración inhalaba mil insectos, obligándole a mantener la boca cerrada y respirar por la nariz para no toser. El sudor empapaba su ropa y se acumulaba en los pliegues alrededor del exoesqueleto, como si Mox llevara mil pequeños charcos encima. Finalmente, logró acercarse sigilosamente a pocos metros del grupo situado a la derecha de la puerta.

Cuatro de los combatientes se dedicaban a agotar baterías en un constante fuego de barrera, mientras otros dos permanecían más atrás, más cerca de Mox, discutiendo sobre cómo atravesar la puerta.

—...No nos quedan muchas granadas, tío. Si las tiramos todas a la puerta, ¿entonces qué? —preguntó el más alto, con los brazos cruzados y la barbilla hundida en su pecho mientras miraba al suelo.

—¡Conseguiremos entrar! ¡Eso es lo que pasa! —respondió el más pequeño, cubierto con restos chamuscados de su uniforme de la Voz Roja. Él había sufrido lo peor en el accidente, con quemaduras visibles que le recorrían todo el cuerpo—. ¿De qué sirve conservar las armas si los matan?

—No sabes si eso ha pasado —replicó el cabizbajo—. Tal vez ya estén allí.

—¡O quizás están acorralados, esperando a que vayamos a rescatarlos!

Mox tomó una respiración tan profunda como pudo por la nariz, ignorando el zumbido frenético de los insectos atrapados, y salió de su escondite. Sacó el arma corta. Y entonces se detuvo. Todos lo hicieron.

Las puertas frontales se estaban abriendo.

El lento rechinar mientras las puertas se separaban resultaba agónico, desconcertante. Todas las luces de la instalación, todas las que Mox podía ver, estaban apagadas. Todo era negro en el interior. Y entonces el mundo de Mox se volvió naranja. Brillantes lanzas de luz surgieron de la abertura, abatiéndose sobre ambos grupos de combatientes en una lluvia precisa de calor mortal. El combatiente más bajo frente a Mox se desplomó, con humo elevándose desde cuatro agujeros que un momento antes no estaban allí. Otros combatientes gritaron, un par de disparos desorganizados volaron hacia el oscuro vacío, pero en cinco segundos, todos los combatientes que Mox podía ver yacían muertos y humeantes en el suelo.

Desde la abertura, en los sombríos comienzos de la noche, casi veinte androides salieron y examinaron a los muertos. Dos se acercaron a Mox, mirándolo fijamente.

—¿Te ha gustado nuestro espectáculo? —preguntó el androide—. Bosser dijo que lo hiciéramos rápido. Confío en que hayamos cumplido sus parámetros.

Mox no tenía nada que decir. Se apoyó contra el árbol. Los androides, se suponía que solo debían atacar a criminales. Solo debían ser desatados contra los peores de los peores tras la aprobación de un juez independiente. Ahora, sin embargo. Ahora habían aniquilado a un grupo sin hacer preguntas. Sin ninguna investigación, sin siquiera pedir que se rindieran. Todo por orden de un solo hombre.

Alissa y su Voz Roja no eran las verdaderas amenazas aquí.

LA CONSOLA

El guardia los condujo directamente hacia allí, su armadura prismática sirviendo de faro para que Alissa y los demás le siguieran a través de los cambiantes pasillos y las amplias salas de fabricación de la instalación. Estas últimas resultaban especialmente surrealistas: robots ensamblando robots, brazos mecánicos soldando versiones más pequeñas de sí mismos sobre esqueletos de seda carbónica. El nacimiento, sistematizado.

La sala de control se encontraba al final del ciclo, con una cinta transportadora que corría junto a ella y desaparecía en una pared al lado de una puerta, una placa de acero sin más adorno que las palabras ACCESO RESTRINGIDO en letras rojas y en negrita. El guardia se detuvo frente a ella un momento, y entonces la puerta se abrió. Alguna llave invisible, pues. Una cámara u otro sensor que daba acceso. En cualquier caso, cuando esa puerta se cerrara, quizás no podrían volver a abrirla.

Así que Alissa corrió hacia ella.

El guardia oyó sus pasos, se giró con su rifle ya levantado. Alissa se deslizó mientras el guardia disparaba, el láser pasando sobre ella. Sacó su arma de mano, plantó los talones y, mientras su impulso la empujaba hacia arriba, se lanzó hacia delante. En el aire, Alissa apretó el gatillo del arma y lanzó un disparo directamente al pecho del guardia. La luz ardiente golpeó el cristal reflectante y se dividió, con rayos reflejados centelleando a su alrededor. Un rayo reflejado alcanzó a Alissa, caliente pero para nada letal. Y entonces rodó a través de la puerta. Esta se cerró de golpe tras ella.

El guardia agarró la chaqueta de Alissa y la lanzó a un lado, su arma de mano volando de su mano a través de la habitación. Alissa rodó con el lanzamiento, incorporándose en cuclillas. El guardia había enfundado su rifle y, echando un vistazo alrededor de la habitación, Alissa pudo ver por qué. Una consola gigantesca cubría la pared opuesta a la puerta, mostrando estadísticas en desplazamiento sobre los androides que se fabricaban, androides en misiones y otros datos que Alissa no tuvo tiempo de interpretar porque el guardia lanzó un bastón aturdidor hacia su cara.

Alissa giró su hombro izquierdo para recibir el golpe, la energía crepitante del bastón liberándose en su chaqueta. El hombro se le quedó entumecido, pero las capas mantuvieron el resto de su cuerpo intacto. Alissa agarró la mano del guardia mientras este retrocedía para dar otro golpe, el movimiento levantándola. Y entonces Alissa se acercó, metiéndose dentro de los brazos del guardia y golpeando con su cabeza la barbilla de él. Su mano derecha tanteó el cinturón del guardia, encontró el segundo bastón aturdidor del hombre e intentó sacarlo. Pero estas no eran fundas baratas, estaban diseñadas para permitir el desenfunde solo desde ángulos específicos. El bastón no se movió.

El guardia le dio un rodillazo en el estómago, la boca de Alissa abriéndose en un grito ahogado mientras retrocedía tambaleándose. Otro golpe del bastón aturdidor, pero Alissa tropezó hacia atrás fuera de su alcance. Se presionó contra el lado de la habitación. El guardia se enderezó, se frotó la barbilla con la mano izquierda donde ella le había golpeado.

—Me preocupaba no poder divertirme un poco —dijo el guardia—. Enviaron a nuestros androides a saludar a tus amigos. Supongo que ahora todos son solo cuerpos carbonizados.

—¿Eso te hace sentir fuerte? —replicó Alissa—. ¿Que robots hagan tu trabajo?

—Valientes palabras. ¿No estás intentando hacer lo mismo?

El guardia no esperó la respuesta de Alissa. Avanzó, fingió un golpe con el bastón, pero atacó con un derechazo de izquierda. Alissa se agachó por debajo y hacia la derecha, moviéndose hacia delante. No fue lo bastante rápida. El puñetazo alcanzó su hombro entumecido y Alissa sintió que algo se desencajaba, el resto de su brazo izquierdo quedando insensible. Pero el impulso desplazó al guardia más allá de Alissa, quien saltó, envolvió el cuello del guardia con su brazo derecho y tiró hacia abajo. El guardia perdió el equilibrio y cayó hacia delante, su cabeza golpeando la pared con un crujido enfermizo. Se desplomó sobre Alissa, con los ojos cerrados y gimiendo. Abriéndose paso desde debajo del guardia, Alissa se puso en pie y, todavía incapaz de usar su brazo izquierdo, se acercó a la puerta. En el interior, había un simple botón verde a la derecha de la puerta. Alissa lo pulsó y se encontró mirando directamente al rifle apuntado de Castor.

—¿Herida? —preguntó Castor.

—Sobreviviré —dijo Alissa—. Tenemos uno vivo.

Entonces, mientras Castor iba a comprobar al guardia aturdido, Alissa miró a Jairo y a Viola—. Hemos llegado. Poneos a trabajar.

—A ello, jefa —dijo Jairo, y el hacker, con su protegida, pasó junto a Alissa y se dirigió a la consola. Un segundo después, la puerta se cerró tras ellos. Alissa se quedó mirando aquella placa de acero y tomó una larga respiración. Llevó su mano derecha y la colocó en su hombro izquierdo. Podía sentir la dislocación. Se giró para ver el arma de mano de Castor destellar en azul, aturdiendo al guardia.

—Castor —dijo Alissa—. Necesito un reajuste.

El hombre no dudó. Se acercó, agarró su hombro derecho con sus manos. Ella miró fijamente sus duros ojos grises y asintió. El bastón aturdidor había amortiguado el dolor, pero Alissa sintió el crujido a través de todo su cuerpo y cayó de rodillas. Apretó los labios. Había soportado cosas peores. Como la mayoría de los miembros de la Voz Roja.

Levántate.

—Alissa —dijo Jairo—. He entrado, solo que no es lo que esperábamos. El código es diferente.

—Confirmamos que lo que tenías en el *Whisperwind* era un verdadero androide —dijo Castor—. El código no debería haber cambiado.

—Jairo tiene razón —dijo Viola—. Yo también he trabajado con uno real. Hay una nueva capa aquí. Una anulación.

—¿Una anulación para qué? —preguntó Alissa.

—Parece que... —Las palabras de Jairo fueron interrumpidas por la puerta abriéndose. Castor se movió más rápido, apartando a Alissa del camino y enviando una serie de disparos a la persona del otro lado. Alissa giró y vio al androide recibir los disparos de Castor, seguir avanzando y apuñalar al hombre con un largo cuchillo. Lanzó a Castor a un lado, el hombre golpeando al guardia aturdido en el suelo. Detrás del androide venía otro hombre que Alissa reconoció. Conocía y odiaba.

Bosser tenía un arma de mano desenfundada, y disparó por detrás del androide, su destello naranja golpeando a Jairo en el pecho mientras el hacker se giraba desde la consola.

—¡No! —gritó Alissa, sabiendo que era inútil, sabiendo que no había nada que pudiera hacer. Bosser la ignoró, giró a la izquierda y disparó a Castor mientras el soldado intentaba alcanzar su arma. Se desplomó, con un agujero ardiente que coincidía con la herida de puñalada en su estómago. Jairo se deslizó hasta el suelo, el hacker agarrando su mochila y sujetándola mientras jadeaba buscando aire. Viola se derrumbó a su lado, con lágrimas corriendo por su rostro.

Bosser se giró hacia Alissa después, su arma de mano subiendo, apuntándola.

—Has jugado bien, Alissa. Te echaré de menos —dijo Bosser. Entonces una gran escopeta apareció por la puerta, apuntando a la cabeza de Bosser.

—Dispara a esa mujer, Bosser, y morirás antes que ella —dijo una voz.

Bosser volvió la cabeza hacia quien fuera que sostenía la escopeta. El androide siguió la mirada de Bosser. Alissa deslizó su mano en su bota, agarró el cuchillo de haz que guardaba allí. Solo necesitaba una oportunidad. Una oportunidad para la venganza.

CAPÍTULO 47
UNA VÍA DE ESCAPE

Viola apenas podía ver a Davin a través de sus ojos empañados de lágrimas, pero podía oír los débiles susurros de Jairo en su oído.

—La mochila —dijo el hacker—. Ábrela.

La cabeza de Jairo se recostó contra la consola, inclinándose hacia Viola. Sus manos fueron a la mochila casi automáticamente mientras su mente nadaba en corrientes oscuras y desesperadas. Habían estado tan cerca. Jairo había conectado la unidad. Los datos se estaban descargando. Un minuto más, quizás dos, y estarían ejecutando el programa. Ahora Castor probablemente estaba muerto, allí en la esquina, y Jairo... Sus ojos se estaban cerrando. Su respiración entrecortada. Se estaba muriendo en sus brazos.

—No la fastidies, Davin —estaba diciendo Bosser—. No hay forma de que salgas de aquí con vida. Si ThreeTwelve no te destripa, lo harán otros veinte androides.

—Sí, pero verás, me importa una mierda —dijo Davin—. Mataste a la mujer que amaba.

Viola no sabía qué esperar, pero lo que sintió en la mochila era algo que no había visto desde las clases. Una bomba nova. Prohibida para cualquiera excepto los militares, diseñada para estallar y quemar dispositivos electrónicos en un amplio radio. Increíblemente peligrosa en el espacio, donde el aire respirable dependía de sistemas funcionales, en la Tierra sería una simple molestia. A menos que estuvieras en una instalación rodeada de robots letales.

—Plan... B —murmuró Jairo.

Viola pulsó el botón mientras el androide se colocaba frente a Bosser. La bomba nova estalló silenciosamente, una onda de energía azulada surgiendo de la mochila, golpeando al androide y aplastándolo. Impactando la consola y encendiéndola en chispas, la pantalla gigante parpadeando hasta apagarse. Viola se volvió para ver a Davin apretando el gatillo de Melody, pero la escopeta, cortocircuitada, no respondió. El arma de Bosser solo produjo un chasquido inútil.

El cuchillo de Alissa, sin embargo, no se vio afectado. Ya no brillaba con el borde de rayo caliente, pero aún tenía una hoja de metal debajo. Se lanzó contra Bosser, golpeando al hombre y apuñalándolo una, dos, tres veces. Luego Davin y Phyla arrastraron al líder de la Voz Roja.

—¡Tenemos que correr! —dijo Davin—. Sea lo que sea que haya pasado, probablemente no durará mucho.

—Era una bomba nova —dijo Viola con voz apagada. Se levantó y se dio cuenta de que todavía sostenía la mochila de Jairo. Los ojos del hacker estaban inmóviles, su respiración ya no sonaba entrecortada. Por impulso, Viola sacó la unidad de Jairo de la consola. Era la última evidencia de quién era el hacker, su último trabajo.

—No quiero saber cómo conseguiste una de esas —dijo Davin, sacando a Alissa de la habitación—. Pero me alegro de que la tuvieras.

—Déjalo, Viola —dijo Phyla, pasando por encima de un Bosser quejumbroso y pasando un brazo sobre el hombro de Viola—. Él no querría que murieras por él.

—Tú no sabías quién era Jairo —respondió Viola, pero se marchó.

—Vi cómo te miraba al final —dijo Phyla—. Y eso me dijo todo lo que necesitaba saber.

Viola se estremeció entre sollozos mientras salían de la habitación y corrían para alcanzar a Davin. Corrieron por los pasillos de la instalación, pasando junto a androides a medio ensamblar y maquinaria inerte. Junto a luces parpadeantes, consolas muertas, y Merc y Opal, vigilando la puerta principal abierta. Y entonces Viola estaba fuera, corriendo por un sendero hacia la jungla. Pasando junto a androides inmóviles, con los sistemas fritos, al menos por el momento. Mox apareció, se unió a ellos sin molestarse en hacer preguntas, y todos siguieron corriendo.

Todo el camino hasta el *Jumper*.

CAPÍTULO 48
QUÉ SE SIENTE AL MORIR

El frío, eso fue lo sorprendente. Bosser supuso que la frialdad que se extendía por su cuerpo provenía de su sangre caliente que se escapaba, formando un charco bajo su pecho y esparciéndose por el suelo. Podía ver el rojo intenso derramándose por las baldosas metálicas. Hacia la puerta.

Ya debería haberse cerrado. La puerta funcionaba con un temporizador corto. Una medida de seguridad en la que Abril había insistido. Bosser parpadeó, pero las crecientes manchas borrosas no desaparecieron de sus ojos. Entonces vio por qué la puerta seguía abierta.

—ThreeTwelve —dijo Bosser. Su voz tan débil. Qué cruel que la muerte le robara todas sus fuerzas, incluso su voz. El androide, tumbado en el umbral, no se movió.

Bosser movió un brazo, sintió una respuesta. Se lanzó hacia el androide y sintió el pie de ThreeTwelve en su mano. Bosser tiró, la acción de sus músculos flexionándose produjo una ráfaga de vida. No estaba completamente ido, aún no. Usando el peso muerto del androide, Bosser se arrastró hasta el umbral. Paralelo a la cabeza de ThreeTwelve. Manchando al androide, Bosser presionó sus dedos resbaladizos contra las sienes del androide. La cabeza de ThreeTwelve se abrió, su consola de operaciones muerta y en blanco. Debajo, sin embargo, estaba el interruptor físico. Para reprogramar un androide, así es como lo volvías a encender.

Bosser pulsó el botón, lo sintió encajar. Satisfactorio, ese simple sonido. Los ojos de ThreeTwelve se iluminaron con un amarillo intenso, procesando. Bosser se recostó contra el lateral de la puerta. Tanto frío ahora.

Resultaba apropiado que la última acción que realizaría fuera devolver la vida a un androide después de haber creado tantos. Había sido una gran idea, una forma de calmar el clamor de ciudadanos cansados de la anarquía. Cansados de que los matones corporativos se excedieran. Trasladar el poder de hacer cumplir la ley fuera de las manos corporativas, hacerlo barato e imparcial. Hacerlo temible. Cuando ZeroOne, el primer modelo, trajo el cuerpo de ese asesino que aterrorizaba Vagrant's Hollow, Bosser se aseguró tanto el dinero corporativo como la confianza de la gente.

Cuando ThreeTwelve lo recogió, los ojos de Bosser se cerraron. Era demasiado esfuerzo mantenerlos abiertos. Pero podía sentir el aire fluyendo por su rostro mientras el androide corría por los pasillos. Podía oír la voz de Abril pidiendo ayuda. Podía sentir el pinchazo cuando una aguja rompió su piel.

Y esa punzada, ese nuevo dolor en medio de la agonía entumecedora de las cuchilladas, le dio esperanza a Bosser. Una balsa a la que su conciencia podía aferrarse. Mientras los robots médicos desgarraban su ropa y sus heridas, mientras Bosser escapaba de las garras de la muerte, dirigió su mente al siguiente problema.

Venganza.

CAPÍTULO 49
VACACIONES EN LA ISLA

La cálida agua del mar avanzaba por la playa y se colaba entre los dedos de los pies de Phyla. El suave sonido de las olas servía de banda sonora a un amanecer anaranjado, con palmeras meciéndose en la ligera brisa. Phyla se cruzó de brazos y miró hacia la derecha, a lo largo de la playa donde estaban colocando tumbonas y los primeros corredores matutinos se abrían paso entre la arena. Un rumor distante subrayaba el sonido de las olas y Phyla levantó la mirada para seguir una nave, con sus motores brillando en blanco intenso, despegando de la isla e iniciando su viaje hacia el espacio.

—Tendrás que dormir en algún momento —dijo Davin, colocándose junto a ella.

—No soy la única —respondió Phyla.

—Tu capitán tiene demasiada adrenalina para derrumbarse ahora.

—Estoy segura de que Erick puede ayudar con eso.

—Ya se ha ido —dijo Davin, pasándose una mano por el pelo grasiento. Phyla no estaba mucho mejor. El sudor de la jungla y una frenética huida nocturna hacia la isla no les habían dado muchas oportunidades para la higiene—. No estoy seguro de que vaya a volver.

—Se merece quedarse.

—No lo discuto. Pero tal y como hemos estado luchando, perder al médico no va a ser bueno.

—¿Cómo están los demás? —preguntó Phyla. Todos habían bajado de la nave aturdidos, cada uno yendo en una dirección aleatoria, agotados.

—¿Crees que me hablan? —respondió Davin—. Joder, a veces pienso que la única razón por la que alguien me dirige la palabra es porque yo firmo sus nóminas.

—Ha sido duro. Lo que acaba de pasar no ha sido fácil para nadie.

—Bueno, espero que disfruten del momento —dijo Davin—. No durará mucho.

—¿Dijiste que Alissa lo apuñaló? ¿Crees que sobrevivió?

—Espero que sí.

—¿Qué?

—Quiero que pague por Lina —dijo Davin, mirando fijamente al océano—. Una sola muerte no será suficiente para él.

Phyla se estremeció.

—Davin, eso es... frío —dijo—. ¿Y Alissa? ¿Qué hay de ella? ¿No se merece también la muerte? ¿Por toda la gente que ordenó matar en Miner Prime?

—Probablemente sí —respondió Davin.

—Entonces, ¿por qué la salvaste?

—No me importaba ella. Nos salvé a nosotros —dijo Davin—. Sabes que los androides no permanecen inconscientes mucho tiempo.

—Eso es una chorrada —replicó Phyla—. Podrías haberte asegurado de que Bosser estuviera muerto primero, y luego podríamos haber huido.

—Todavía lo necesitamos —dijo Davin—. Bosser es el único que puede retirar la acusación. Borrar los asesinatos de nuestros expedientes. Si eso no ocurre, seguimos estando en el punto de partida.

—¿Y si borra esos cargos?

—Entonces tendré mi oportunidad. Y el resto de vosotros quedará libre para marcharse.

El romper de las olas dominó su conversación durante un minuto. El agua acariciaba sus pies. Phyla se agachó y recogió un puñado de barro. El primer barro real, de auténtica tierra de la Tierra, que jamás había tocado. Lo observó, vio a un diminuto cangrejo retorciéndose entre los granos de arena.

—Eres tan valiente, ¿lo sabías? —dijo Phyla—. Cargando con todo esto tú solo, diciendo que el resto podemos seguir nuestro camino mientras tú vas y disparas a un hombre. Estoy tan impresionada.

—Mi detector de sarcasmo está sonando.

—Debería. Si esto va a ser el fin de los Wild Nines, del grupo que empezamos hace años, ¿no crees que debería terminar juntos?

Phyla esperaba el mismo ablandamiento que había visto antes, cuando Davin cedía y reconocía que eran un equipo. Pero su rostro no cambió; esa línea dura no se convirtió en una sonrisa.

—Dondequiera que vaya —dijo Davin—. Podemos ir juntos. Pero al final, cuando llegue el momento, yo seré el único que apriete el gatillo. Yo seré el único con la acusación sobre su cabeza por ello. Somos un equipo, Phyla, pero esta única cosa no puede compartirse. No quiero que se comparta.

Phyla se mordió la lengua para no soltar otra respuesta sarcástica. Los ojos de Davin tenían un matiz extraño. Un tono que la desconcertaba. Otra ola acarició sus pies, y en lugar de hablar, Phyla respiró profundamente el aire salado. Si Davin quería su disparo final, bien. Le ayudaría a llegar hasta allí. Le ayudaría a vengarse.

Y cuando vinieran a por Davin por matar a Bosser, le

ayudaría a escapar. Porque en Miner Prime, atrapada en un camino hacia un futuro muerto, Davin había hecho lo mismo por ella.

ayudaría a escapar. Porque en Miner Prime, atrapada en un camino hacia un futuro muerto, Davin había hecho lo mismo por ella.

CAPÍTULO 50
LIBRA

Viola miraba al océano, con sus suaves ondulaciones tentadoras bajo el sol de la mañana temprana. Sus ojos estaban tan cansados como los del empleado de la cafetería, que tambaleándose preparaba su primera cafetera del día. Lo que no daría ella por dar un largo y pausado paseo por aquella arena. Sentir una brisa natural. Pero sentía la atracción de la mochila a su lado, ocupando su propia silla de respaldo fino. Achaparrada y de color azul marino, la mochila era todo lo que su dueño no había sido. Sosa y aburrida. Jairo, Jairo había sido...

Asesinado. Eso es lo que Jairo había sido. Disparado justo delante de su cara mientras Viola no hacía nada. Al menos, nada todavía.

Comenzó a desmontar la mochila del hacker, abriendo el bolsillo principal y rebuscando entre el contenido. Un par de discos EMP, armas diseñadas para inutilizar dispositivos electrónicos en un radio local. Una bomba nova más, una esfera negra entrelazada con relámpagos azules. Y entonces los dedos de Viola encontraron lo que realmente buscaba, la unidad. El pequeño dispositivo de hardware que contenía todo el código de Jairo. Todo lo que había descubierto sobre los androides y lo que los hacía funcionar.

Viola sacó la unidad y la insertó en una pequeña ranura en el lateral de su comunicador. La cosa medía un par de centímetros de largo, y se sentía fría contra la piel de su antebrazo. Esa sensación desapareció mientras se perdía en la larga serie de números, palabras y símbolos que flotaban en el aire a través de la proyección del comunicador. Su mano derecha rozó la pantalla del comunicador, desplazando la proyección a través del archivo.

Jairo le había mostrado a Viola, en el *Whisperwind*, un cambio que había hecho en el código del androide. Para reemplazar su directiva y sustituirla por una de la elección de Alissa. Esas líneas no fueron difíciles de encontrar. La sintaxis era diferente, y no había comentarios. Ningún indicador para otros programadores. El nuevo código cambiaba la directiva de asesinar a una de protección, a una de patrulla, a una de servidumbre. Ese código nunca había salido de la unidad, nunca le había dado a la Voz Roja el ejército de androides que necesitaban.

Debajo de las líneas de Jairo había otro nuevo lote. No escrito con la firma de Jairo, ni como el código original del androide. Lo que Jairo había descargado de la consola central en la instalación antes de que le dispararan. Cuando había murmurado el comentario sobre un hallazgo sorprendente.

Este código también era simple. ¿Obedecer... a Libra? Una variable. Una variable que, cuando se establecía, anulaba cualquier otra orden de la instalación o de cualquier otro lugar. ¿Quién era Libra?

Viola profundizó, buscando huellas. A veces las personas se delatan en la forma en que escriben su código, o colocan una designación, una etiqueta para identificar quiénes son. Incluso si no se dan cuenta. En este caso, la orden de obedecer venía de una frase en particular, vinculada a la voz de un hombre. Cuando se le hablaba al androide con esa firma vocal, se detenía y esperaba más órdenes. Y seguía esas órdenes sin vacilación.

Lo hecho, hecho está.

Eso era todo. Todo lo que se necesitaría para reducir un androide a nada más que un montón de metal inmóvil. Viola miró el lenguaje, esas palabras. Introdujo la frase en la búsqueda general de su comunicador. Una línea de una obra antigua. ¿Quién se molestaría en poner algo poético en su camino hacia la ruina?

El mismo hombre que había matado a Jairo.

Bosser.

Pero, ¿qué importaba? Los androides eran enviados tras criminales. No tendría sentido incorporar una frase de seguridad. A menos que Viola estuviera pasando algo por alto.

Cambió a los titulares de noticias generales y filtró por piezas sobre androides. Y la respuesta apareció frente a ella. Artículo tras artículo describiendo un nuevo servicio ofrecido por Eden, por los androides que producían. Guardaespaldas, leales e inquebrantables, para todos y todo. Líderes corporativos, líderes gubernamentales, naves y lugares valiosos ahora podían tener su propia protección automatizada traída por las máquinas más mortíferas que la humanidad había creado jamás. Y un hombre podía controlarlas a voluntad.

AJUSTE DE CUENTAS

Opal vio a Alissa sentada en un banco de madera arenosa bajo un par de palmeras. Aún vestía el mismo equipo de camuflaje que la líder de la Voz Roja había llevado en las instalaciones. Era la única que quedaba, salvo el médico y sus hombres heridos. Los androides probablemente ya habrían encontrado a ese grupo. Opal sacudió ligeramente la cabeza. No estaba aquí para hablar de eso.

—Alissa —dijo Opal, sentándose en el espacio junto a ella—. ¿Sabes quién soy?

Alissa la miró de reojo, y Opal vio que tenía los ojos enrojecidos y la boca tensa.

—¿Debería? —respondió Alissa.

—Tu hombre, Bakr, intentó matarme cerca de Neptuno. Intentó matarnos a todos, pero él sabía por qué quería matarme a mí —Opal se recostó contra el banco y dejó que el sol naciente le llenara los ojos—. Estaba justificado.

—Bakr siempre fue leal, siempre comprometido —dijo Alissa, imitando la mirada de Opal hacia el océano—. Me salvó la vida. Una vez, cuando todo el aire que teníamos se estaba consumiendo en llamas, me sacó en brazos, me protegió con su propio cuerpo.

—Yo fui la razón de que eso ocurriera —dijo Opal. Alissa se puso rígida, pero no hizo ningún otro movimiento—. Yo estaba en la cresta, intentando acabar contigo. Pero el cristal era demasiado resistente.

—Entonces no fuiste tú —dijo Alissa—. Otra persona apretó ese botón, otra persona diseñó ese láser, y otra ordenó su posición. Este último era a quien buscábamos. Lo que quería la Voz Roja. Desestabilizar a los gobernantes, y el resto se desmoronaría por sí solo. Tú y los otros soldados nunca fuisteis el objetivo.

—Aun así, lo siento.

—No importa.

—¿Vas a seguir luchando?

Alissa se frotó los ojos. Suspiró.

—No creo que Bosser me permita hacer otra cosa —dijo Alissa.

—¿Querrías hacerlo?

—¿A cuántas personas has asesinado a través de tu mira, francotiradora? —respondió Alissa—. Si tuvieras la oportunidad de dejarlo para siempre, ¿lo harías?

—Tuve esa oportunidad. Y no lo hice.

Alissa asintió.

—Creo que yo sería igual.

Alissa se levantó del banco, dirigió a Opal una última mirada de abatida determinación, y se alejó caminando por la playa.

—¿Adónde irás? —le gritó Opal.

—De vuelta a casa.

CAPÍTULO 52
DESAYUNO INTERRUMPIDO

El primer día, Trina se había sentido abrumada por la familia de Erick. Tantas risas, tantas lágrimas de alegría al ver a su padre, a su abuelo perdido durante tanto tiempo. Era, en conjunto, demasiada emoción. Trina había forzado algunas sonrisas y centrado su atención en jugar con los numerosos niños. Enseñándoles sobre el *Jumper* y cómo funcionaban sus motores. Contándoles historias sobre volar entre las estrellas. Aunque los niños siempre querían saber más sobre los combates, los láseres, y menos sobre cómo las técnicas adecuadas de refrigeración eran necesarias para mantener una nave como el *Jumper* reaccionando rápidamente en situaciones peligrosas.

Cuando no estaba con los niños, Trina se encontraba en el puerto espacial arreglando el Viper de Merc. Y jugando con su propia mente. Los ojos de Erick habían cambiado, perdido esa mirada hambrienta cuando se suavizaban con la sonrisa de su hija. Trina dudaba que el médico fuera a volver con ellos, y esas mismas dudas se estaban filtrando en su propia cabeza. Sería difícil despedirse del cielo azul, del viento alborotando su pelo. De reconstruir un motor en un hangar con el sonido del océano justo al otro lado de las puertas.

Se sentaron a desayunar, diez en total, y Trina miró el plato lleno de fruta y huevos frente a ella. Nada de polvo, nada de rígidos trozos congelados de proteínas diseñados para durar meses en el vacío. El sabor del zumo de mango se deslizó por su garganta, sedoso y dulce. A pesar de toda la belleza de los anillos de Saturno y los cielos cerúleos de Neptuno, Trina estaba dispuesta a renunciar a todos ellos para disfrutar de ese mango una y otra vez.

—¿Está bueno, Trina? —preguntó Erick. En lugar de la bata blanca que llevaba en el *Jumper*, Erick vestía una simple túnica marrón, sandalias en los pies y arena en el pelo. El sol ya había enrojecido su rostro.

—El dulzor es intenso, la textura es suave. Lo disfruto —dijo Trina—. Comparativamente, la comida a la que estoy acostumbrada es mucho menos apetecible.

—Ese es el mejor cumplido que vas a conseguir de ella —dijo Erick a los demás en la mesa, y luego se volvió hacia Trina—. La comida, el océano, todo en esta isla es lo opuesto a lo que hay allá arriba.

Allá arriba. No solo las naves espaciales, sino las numerosas estaciones que orbitaban la Tierra. Donde Trina había nacido. Donde había contemplado el orbe zafiro girar debajo de ella. Había sabido que aunque estuviera tan cerca, el coste de llegar allí era demasiado alto. Sus padres nunca habían tocado el mundo que veían por la ventana cada día. Y ahora aquí estaba Trina, disfrutando del tipo de cosas a las que había renunciado cuando sostuvo una llave inglesa por primera vez.

La puerta de la casa no era gruesa, así que cuando llegó el golpe, resonó contra el marco. Erick fue el primero en ponerse de pie, seguido por Trina. El golpe era preciso, exactamente medio segundo entre cada impacto en la puerta. Una persona tendría una cadencia más natural. La familia de Erick apenas lo notó, pero Trina captó la mirada del médico. Dado de dónde venían, un golpe perfecto no era algo que debían tomar a la ligera.

—Todos deberíais llevar vuestra comida al porche trasero —dijo Erick—. Solo para estar seguros.

Su hija los miró fijamente. Sus ojos se entornaron, pero no con dureza, no, con preocupación. Su boca se abrió, y Trina habló por encima de ella.

—Existe la posibilidad de que lo que hay al otro lado de esa puerta sea letal —dijo Trina—. No debería tener interés en ti ni en tu familia, pero tenemos que reducir el riesgo de daños accidentales.

La hija no discutió, reunió a los niños y condujo al grupo con su desayuno hacia la parte trasera de la casa.

El golpe volvió a sonar, tres golpes más igualmente precisos. Erick se acercó a la puerta principal mientras Trina pasaba junto a él, hacia la pequeña habitación de invitados que le servía de castillo durante su estancia. Trina rebuscó en su mochila y encontró el bolsillo con un pequeño bulto. Sacó su arma lateral y verificó que el nivel de energía fuera el adecuado. Suficientes disparos para salvarlos o morir en el intento.

Tres golpes más y Trina tomó posición detrás de Erick, apuntando el arma por encima de su hombro. Ante el asentimiento de Trina, Erick giró el pomo y abrió la puerta. El dedo de Trina presionó el gatillo y se detuvo. Al otro lado de la puerta había un rostro familiar, objetivamente bonito, con mejillas estrechas y pelo hasta los hombros. Y unos ojos muy, muy muertos.

—Vendréis conmigo —dijo ThreeTwelve, sin inmutarse ante el cañón del arma de Trina.

—¿Y si decimos que no? —replicó Erick.

—Entonces seréis eliminados.

—No me gustan nuestras posibilidades —dijo Trina.

—Y a mí no me gusta el robot. —Las manos de Erick se tensaron, pero no había nada que pudiera hacer. Un puñetazo descontrolado al androide sería interceptado, su muñeca rota. O el androide simplemente dejaría que golpeara contra su dura piel. No había forma de ganar esta vez.

—Vuestros asociados están siendo contactados —dijo ThreeTwelve—. Os superan en número. En armamento. No tenéis nada que ganar.

Trina activó el seguro y bajó el arma. Erick suspiró, y Trina soltó también un tenso suspiro mientras el médico se relajaba. Nadie necesitaba morir hoy.

—Guíanos —dijo Trina.

Mientras seguían a ThreeTwelve hacia la estrecha calle y en dirección al puerto espacial, Trina miró hacia atrás, a la pequeña casa. Un niño, que aún no tenía cinco años, uno de los nietos de Erick, los observaba desde un lateral. Tenía mango untado por toda la cara.

Si esa hubiera sido la última comida de Trina, habría sido una buena.

CAPÍTULO 53
LIBRES

Davin disfrutaba de las reuniones de equipo, cuando reunía a toda la tripulación y preguntaba qué tenían en mente. Jugando a la democracia, decidiendo qué sería lo próximo para los Wild Nines. Pero realmente, realmente prefería tenerlas sin androides apuntándoles con armas a la espalda.

—Veo que nos has encontrado a todos —dijo Davin cuando Trina y Eric se unieron al círculo. Estaban en un almacén vacío, en la frontera del puerto espacial. El sol matinal brillaba con intensidad, filtrándose por las puertas abiertas y cegando el exterior con sus rayos blancos—. ¿Ahora qué? ¿Hacemos un bailecito o algo?

—Ahora escucháis —dijo ThreeTwelve, cambiando su voz de la mujer mecánica al barítono de Bosser—. Decidme dónde está Alissa.

—No —fue Opal la primera en responder—. Ya ha sufrido bastante.

—También ha hecho sufrir a mucha gente —dijo Phyla, y luego se dirigió a ThreeTwelve—. ¿Por qué nos preguntas a nosotros? ¿No puedes localizarla tú mismo?

—Sabes tan bien como yo que es peligrosa. Que podría

asesinar a cualquiera en cualquier momento —dijo Bosser a través del bot—. Necesitamos encontrarla rápido.

—¿Asesinar a cualquiera en cualquier momento? —dijo Davin—. Viniendo de ti, eso tiene gracia.

—Disparé para salvarnos —respondió Bosser—. Unos segundos más y quién sabe lo que habría hecho el hacker.

—Da igual —dijo Mox—. No sabemos dónde está.

—La trajisteis aquí —dijo Bosser.

—Para salvarla de ti. —Viola parecía estar temblando. Sus ojos intentaban perforar al androide. Davin miró hacia la cintura de Viola. No llevaba arma. Menos posibilidades de que un arrebato los convirtiera a todos en dianas de tiro.

—Mira —dijo Davin—. Aterrizamos. Ella se fue. No la detuve porque no soy la policía. Si quieres a Alissa, búscala tú.

ThreeTwelve miró a cada uno de ellos por turno. Davin conocía esa mirada; el bot no trataba de intimidarlos. El androide estaba observando si alguno, a través de sus ojos, sus tics faciales, incluso una respiración más acelerada, estaba ocultando algo. Tras completar la rotación, ThreeTwelve volvió a mirar a Davin.

—Te creo —dijo Bosser—. Podéis iros. Encontraremos a Alissa nosotros mismos.

—Espera —dijo Davin—. No he terminado aquí. Nos has tenido bailando al son de tu música durante mucho tiempo. Pero te trajimos de vuelta, te ayudamos a salvar a tus bots. Estamos en paz.

El androide miró a Davin, su máscara imposible de interpretar. Pasó un segundo. Dos.

—Juegas bien tus cartas —dijo Bosser—. Nuestro acuerdo ha terminado. Tú y tu equipo podéis marcharos. Anularé vuestros cargos.

Los androides, los cuatro, incluido ThreeTwelve, se dieron la vuelta y salieron marchando del almacén. Davin no se sintió mejor, no sintió que se hubiera quitado un peso de encima. Ya no eran asesinos buscados. Eso debería haber sido algo importante.

—No me gusta aceptar regalos de él —dijo Phyla.

—Voy a intentar encontrarla —dijo Opal—. Le debo eso a Alissa.

—Sabes que iré contigo —dijo Merc. Opal le dedicó una sonrisa agradecida.

—Es una asesina, Opal —dijo Davin—. ¿A quién le importa si Bosser acaba con ella? Se lo merece.

—No importa —dijo Opal—. Tengo una deuda que quiero saldar.

La francotiradora se dio la vuelta y salió del almacén. Merc les dedicó un último gesto con la cabeza y la siguió.

—Me sorprende que no vayas —le dijo Erick a Viola—. ¿No la conocías?

—Me utilizó. Hirió a Mox —dijo Viola—. No me importa lo que le pase.

—Davin —dijo Trina—. Creo, creo que me quedaré aquí. Necesito algo de tiempo para decidir qué viene después. Estar lejos del peligro un tiempo.

—No es la única —intervino Erick—. Lo siento, capitán, pero necesito pasar tiempo con mi familia. Es lo que me ha estado faltando.

Davin sintió un escalofrío recorrer sus venas, la certeza inminente de una decisión que no podría deshacer. Pero era una decisión que llevaba mucho tiempo pendiente.

—Parece tan buen momento como cualquier otro para disolver esto —dijo Davin—. Ha sido un buen viaje. Mox, Viola, nos aseguraremos de que tengáis dinero para ir a donde queráis.

Nadie, ni siquiera Phyla, dijo nada. Demasiado cansados para luchar. Los Wild Nines murieron allí mismo bajo el sol caribeño, sin hacer ruido.

CAPÍTULO 54
RASTREO

Viola no tenía mucho que empacar. Consecuencia de ser una fugitiva. Todo lo que metía en la bolsa solo le traía más preguntas a la cabeza. Estaba alejándose de la mayor aventura de su vida y no sabía adónde iba. Estaba Ganímedes, Galaxy Forge y trabajar para su padre. Estaba la Tierra y todas sus maravillas naturales esperando a que las descubriera.

Y luego estaba Bosser. Las líneas en el código. Los androides estacionados por todo el sistema solar, esperando para atacar.

—No tengo ninguna posibilidad —murmuró Viola. No era una experta en armas, no podía abrirse paso a la fuerza hasta la instalación de androides, encontrar a Bosser y conseguir su propia venganza. Al menos, no desde tierra.

Pero podía volar.

Viola se giró hacia la consola de su camarote y cambió a las cámaras. Ahí estaba, preparado y listo para partir en la bahía. Trina no había terminado con el Viper, pero podría volar. Repostado y recargado. Desde el aire, Viola debería poder hacer un par de pasadas. Quizás, si tenía suerte, uno de esos láseres freiría a Bosser y pondría fin a lo que estaba intentando hacer. Eso era.

Viola dejó su bolsa atrás y se escabulló por los pasillos del *Jumper*. Davin y Phyla estaban en algún lugar de la nave. Ni idea de dónde estaba Mox.

—Puk, sería genial tener tu cámara flotante ahora —dijo Viola. Sin el pequeño robot, se sentía ciega, como si le faltara un miembro. Pero no había tiempo para construir un nuevo cuerpo y devolver a Puk a la vida.

Desde los camarotes, Viola fue a la bodega principal. A su derecha había una escalera que subía a la cabina. Detrás de ella, el túnel que conducía a los camarotes y luego a los motores. A su izquierda, la pequeña bahía donde se guardaba el Viper. El *Jumper* estaba vacío, y Viola se movió rápido. Saltando por los escalones, columpiándose en la barandilla y corriendo por el segundo tramo de escaleras hasta el pasillo que llevaba al hangar. El *Jumper* parecía silencioso, sin los sonidos habituales de Mox pisando fuerte hacia la puerta de un camarote, Merc y Opal discutiendo sobre algo sin importancia, o Trina golpeando en algún proyecto.

Frente al hangar estaba el taller de Trina. Viola echó un vistazo; las herramientas estaban organizadas y perfectamente colocadas en sus bandejas y cajas. Incluso al marcharse, Trina no toleraría un desorden. Y en el hangar, el Viper permanecía quieto y listo. Viola se dirigió hacia él, presionó el botón de activación en la pared. Una escalera surgió del suelo, apoyándose contra el Viper. Su cabina se abrió, el cristal se plegó hacia arriba. Era casi como robar el *Gepard*, tiempo atrás. Coger el vehículo de su padre en lo que parecía hace décadas.

—Pensaba que ya habías dejado de robar naves —dijo Davin desde detrás de ella.

—Las viejas costumbres son difíciles de romper —respondió Viola.

—¿Adónde vas a llevarla?

—A una misión suicida.

—Suena divertido. ¿Puedo ir?

Viola sonrió a pesar de sí misma. No había mucho que pudiera decir a eso. Incluso cuando todo se estaba desmoronando, Davin todavía podía hacerla reír. Hacer que toda la tripulación se uniera. Cuando había tripulación, al menos.

—Davin, Bosser tiene algo más planeado.

Viola se lanzó a una explicación, contándole a Davin sobre el código de anulación y cómo los androides se estaban extendiendo por toda la humanidad. Para que cuando Bosser quisiera, pudiera desencadenar un ataque y deshacerse de cualquiera que no le apeteciera mantener con vida. Esperaba que Davin se volviera loco, que entrara en pánico, o tal vez que sacudiera la cabeza con tristeza. Lo que no esperaba era lo que dijo.

—Entonces vamos a matar al cabrón.

—¿Qué?

—Ya me has oído —respondió Davin—. De todas formas, le debo un disparo en la cara. Y creo que sé cómo hacerlo. Vamos.

Viola siguió a Davin hasta la cabina. Phyla estaba allí, escuchando un mensaje grabado.

—Reprodúcelo otra vez —dijo Davin. Phyla deslizó el dedo sobre el mensaje hacia atrás y comenzó de nuevo.

—Informe de posición de hoy. Bosser pasará la mañana en la instalación, revisando los informes finales de progreso con Abril. Luego partirá hacia la estación Loci —la voz al otro extremo del mensaje era mecánica, pero femenina.

—¿Es Threetwelve? —preguntó Viola.

—Trina nos dejó un regalo —dijo Phyla—. Hemos estado recibiendo estos informes diarios desde que aterrizamos en la Tierra.

—Este acaba de darnos un objetivo —dijo Davin—. La estación Loci es un puesto de comunicaciones básico. Ayuda a redirigir los mensajes que entran y salen por el espacio y los envía de vuelta a donde necesitan ir.

—Así que si Bosser va allí, podría enviar un mensaje a cualquier lugar, a cualquiera —dijo Viola.

—No tenía sentido, hasta lo que me has contado ahí atrás en la bahía —dijo Davin. Phyla levantó las cejas—. No te preocupes, te lo contaré todo. Por ahora, tenemos que hacer que Mox vuelva aquí. Es posible que Loci no tenga mucha seguridad, pero apuesto a que Bosser no va solo.

CAPÍTULO 55
ENCONTRAR A ALISSA

Para ser un puerto espacial, la isla no estaba precisamente concurrida. Merc había visto asteroides más abarrotados. El panel de vuelos de pasajeros que partían solo tenía dos entradas, y una era para mucho más tarde por la noche. El otro, el primero del día, salía en una hora. El sol empezaba a inclinarse hacia la tarde, colándose por los huecos entre las palmeras que bordeaban las avenidas del puerto espacial. Aire libre: toda una maravilla después de haber estado encerrado en tubos de metal durante años.

—Creo que las opciones de Alissa son bastante limitadas —dijo Merc a Opal—. Voy a apostar a que está en ese.

Merc señaló la nave atracada allí, que ya estaba embarcando pasajeros mientras terminaba de repostar. Destino: Luna.

—Entonces vamos —respondió Opal y se dirigió hacia la nave. La zona de embarque era un amasijo de equipajes siendo cargados, personas despidiéndose y una tripulación indiferente más interesada en disfrutar del sol tropical que en despegar a tiempo. No había ni rastro de Alissa.

—Podría estar ya dentro —dijo Merc.

—Entonces tenemos que subir a esa nave para comprobarlo —dijo Opal—. Tiene que saber que los androides van a por ella.

—Espera, tengo una idea.

Merc se deslizó por delante de la fila de pasajeros que embarcaban, hasta llegar a un miembro de la tripulación que trabajaba en su comunicador de la compañía. Cuando Merc se acercó, el tripulante, ataviado con un traje rojo que le hacía parecer menos una persona y más una mancha de pintalabios, levantó la mirada.

—¿Puedo ayudarle? —la voz del hombre estaba tan cargada de agotamiento, de tanto aburrimiento, que Merc casi se sintió mal por lo que estaba a punto de preguntar.

—Sí, no veo a mi amiga por aquí, pero se ha olvidado su par favorito de, mmm, calcetines —dijo Merc, haciendo una mueca—. ¿Puede comprobar si ya está a bordo?

—¿Cómo se llama?

—Alissa.

—¿Apellido?

Merc hizo una pausa. Todo el mundo conocía el apellido de Alissa. La líder de la Voz Roja tenía su nombre y su cara publicados por todo el sistema solar. Si estaba en la nave, probablemente Alissa no estaría allí con su propio nombre.

—¿No estoy seguro? —mintió Merc—. Nos conocimos anoche.

El hombre volvió a mirar la pantalla del comunicador. Desplazó una lista de nombres y luego negó con la cabeza.

—Quizás esté en el vuelo posterior, no hay ninguna Alissa en este.

—Oh, tal vez me equivoqué con las horas.

—Al menos ahora puedes darle los calcetines —dijo el tripulante con ironía, y volvió a mirar su comunicador.

Calcetines. Vamos, Merc, puedes hacerlo mejor que eso. Le contó a Opal lo que había encontrado, o más bien lo que no había encontrado.

—Podría estar usando un nombre falso —dijo Opal.

—Entonces no tenemos ninguna posibilidad.

Los dos se alejaron de la nave, mirando alrededor en busca de cualquier cosa que pudiera proporcionar una pista. Quizás Alissa aparecería a la vista. O alguien gritaría que habían visto a la líder de la Voz Roja. Fuera del puerto espacial, hacia la larga serie de muelles de madera que se extendían hacia el océano, un gran barco hizo sonar su bocina. Merc pudo distinguir a docenas de personas en el barco, algunos vehículos y carga.

—¿Qué es eso? —preguntó Merc a un pasajero que pasaba junto a ellos cargando varias bolsas. Señaló hacia el barco.

—Es un transbordador, va directo al continente —respondió el pasajero, y siguió su camino.

—Si yo fuera un líder rebelde perseguido e intentara escapar, ¿tomaría la ruta obvia? —dijo Merc—. Los nombres no significan mucho cuando hay cámaras por todas partes.

—Crees que está en ese transbordador —respondió Opal.

—Cuando volaba para la Tierra, siempre había muchos criminales tontos. Los que llamaban la atención. Intentando aterrizar en sus naves buscadas o abriéndose paso a la fuerza hacia el planeta. Los listos, sin embargo, entraban por la vía normal. No llamaban la atención, no utilizaban los transportes obvios. Bosser sabe que vinimos a esta isla, sabe que solo hay un puerto espacial aquí.

—Pero no la vería tomando el transbordador —concluyó Opal—. Lo entiendo. Vamos a comprobarlo.

Se apresuraron hasta el muelle, llegando justo cuando los últimos pasajeros se registraban. Una serie de nubes oscuras y enfermizas se elevaban sobre el horizonte, extendiéndose para cubrir el sol. Los miembros de la tripulación aquí estaban igual de aburridos que los del puerto espacial, echando un vistazo a los billetes y luego volviendo a sus comunicadores. Otra rutina en una vida llena de rutinas. Había mucho espacio, y Merc consiguió un par de billetes. Él y Opal subieron por la rampa hasta el nivel principal, donde grupos de pasajeros se apiñaban bajo los toldos y miraban la tormenta que se acercaba. Merc siguió sus miradas y vio los primeros destellos de relámpagos, escuchó el bajo retumbar de los truenos. La gente se puso abrigos y capuchas.

—Bueno, esto acaba de complicarse —dijo Merc.

—Nada es nunca fácil. Tú ve a popa, yo iré a proa. Avisa por el comunicador si la encuentras.

Mientras Merc se separaba de Opal, cayeron las primeras gotas de lluvia. El barco hizo sonar su bocina por segunda vez, y sus motores comenzaron a funcionar, añadiendo su rugido al trueno.

CAPÍTULO 56
UN TRAGO DE RON

ocalizar a Mox entre una fila de turistas en un chiringuito no fue precisamente difícil. Casi dos veces más grande que el resto y luciendo la misma ropa engrasada que llevaba en los viajes por el sistema solar, Mox destacaba. Sumado al hecho de que era el único que no bebía algo alto, lleno de frutas y de color afrutado, a Davin no le costó encontrarle. Una banda de rock suave tocaba de fondo, con el escenario iluminado por antorchas, mientras turistas demasiado borrachos para preocuparse bailaban bajo la lluvia.

—Nunca te imaginé como el tipo turista —dijo Davin.

—Es mi primera vez aquí —respondió Mox—. Pensé en ver de qué iba todo esto.

—¿Y?

—Demasiada emoción.

Davin observó todas las caras felices con miradas vidriosas. Gente disfrutando de su oportunidad de escapar de los problemas de la vida con una piña colada. El camarero pasó y Davin levantó un dedo, señalando una botella de ron local.

—Solo —dijo Davin, y luego se volvió hacia Mox—. Si

crees que esto es emocionante, espera a que te cuente lo que vamos a hacer después.

Mox respondió dando un largo trago a su bebida oscura, algún tipo de whisky con hielo. Los ojos del grandullón se desviaron hacia la única pantalla colgada detrás de la barra, que mostraba los resultados deportivos de las diversas ligas de la Tierra.

—Nunca he ido a un partido —dijo Mox—. Luna tiene equipos, pero nunca fui.

—Nunca tuve el dinero, ni el tiempo —respondió Davin.

—Después de esto, ¿quieres ir?

—Si salimos vivos de esta, iré a cualquier partido que quieras.

—¿Adónde va?

—A Loci. Viola encontró algo en el código. Cree que Bosser va a enviar a todos los androides en misiones asesinas, eliminar a un montón de líderes y luego tomar el control.

—Suena un poco por encima de nuestro nivel —dijo Mox.

—Lo está. —Davin tomó un trago lento. Una quemazón mantecosa, persistente en su boca y que le llenaba la nariz con aromas tropicales—. Pero en realidad me importa un bledo todo eso. Todavía le debo un tiro a Lina.

—Eso sí lo entiendo.

—¿Entonces estás dentro? Será una tripulación pequeña. Los cuatro.

—Ha pasado mucho tiempo.

Así era. El *Jumper* había volado con al menos cinco tripulantes durante algunos años. Antes, hubo un tiempo en que eran solo ellos tres. Viajes cortos, de Luna a Miner Prime con paradas en Marte. Luego quisieron mayores beneficios y una tripulación más grande.

—Necesito esto, Mox —Davin terminó el ron. Levantó la mano para pedir otro.

—Tú hiciste lo mismo por mí. Estoy dentro —dijo Mox—. Pero después, necesito volver a casa.

—Todos lo necesitamos.

CAPÍTULO 57
MOMENTOS

Despegue en unas pocas horas, y aquí estaba Phyla haciendo de doncella. Recorriendo los camarotes e intentando encontrar cualquier cosa que no estuviera bien asegurada, cualquier cosa que la gente hubiera olvidado. Erick y Trina, Opal y Merc, quién sabe cuándo volverían a verse. Lo último que quería Phyla era crear mal ambiente porque hubieran despegado con algún recuerdo valioso de alguien.

—¿Ves algo? —preguntó Phyla a Fournine mientras asomaba la cabeza en la habitación de Opal.

—El camarote de Trina está impecable. Como si hubiera medido cada puntada de esa cama y doblado las sábanas con precisión milimétrica. Ha quitado el polvo de la consola. No puedo ver dentro de la taquilla, pero esa locura maniática no la habría dejado sin tocar —respondió el ordenador de la nave.

—No me sorprende —dijo Phyla—. Comprueba el de Erick ahora.

La habitación de Opal estaba vacía, no tan limpia como la de Trina, pero Phyla podía ver la eficiencia en ella. El orden militar dictaba lo que era suficientemente bueno para hacer las cosas, para hacerlas bien. Las sábanas dobladas, listas para lavar. La consola limpia, pero no reluciente. En la taquilla, un par de armas cortas y algunas baterías de repuesto. Cosas que Opal pensó que no necesitaría y que sería mejor dejar para los demás. Phyla las dejó allí. Sabría dónde encontrarlas si las necesitaban.

—Oye, quizás deberías venir a ver esto —dijo Fournine—. Parece que el doctor se ha puesto sentimental.

Phyla cruzó el pasillo hasta el camarote de Erick y abrió la puerta. Había fotos sobre la cama: capturas impresas de cámaras de seguridad. Fechas en cada una grabadas con la desordenada caligrafía de Erick.

—Recuerdos —dijo Phyla, cogiendo la más cercana para echarle un vistazo.

Era del primer día que habían recibido a Opal en la nave. La francotiradora había sido la sexta miembro de la tripulación, y estaba allí de pie en la bahía principal del *Jumper* mientras los otros cinco levantaban copitas de whisky para darle la bienvenida. Davin, Phyla, Mox, Trina, Erick, y ahora Opal. Una especialista en disparos a larga distancia necesaria para completar su equipo. Habían decidido meterse en el negocio de las escoltas, ya que el transporte de carga no estaba dando los mismos beneficios. Opal parecía casi tímida en esa foto, y Phyla vio que sus ojos habían mirado más allá de la tripulación y se habían posado en la pequeña mesa detrás de ellos, donde Davin había puesto su regalo de bienvenida. Un nuevo rifle de largo alcance. En ese momento, Phyla había pensado que Opal estaba abrumada por la gratitud. Ahora, sin embargo, los ojos de la francotiradora parecían cautelosos y tristes.

La siguiente imagen era algo que Phyla no había visto antes. Trina sentada en la enfermería mientras Erick le teñía el pelo. Esta vez de un verde esmeralda. Nunca supo que Erick había sido quien se lo hacía todos estos años. Aunque, pensándolo bien, la mecánica y el doctor habían forjado una amistad especial. Eran el soporte que mantenía funcionando al *Jumper* y a su tripulación, tenía sentido que también se mantuvieran funcionando el uno al otro.

Mox en medio de un entrenamiento, con Merc al fondo gritando repeticiones. Erick había escrito en la parte inferior de esta: *llevando la cuenta*. Otra mostraba a Viola volviendo a la nave después de Europa, su rostro aún fresco e inocente. Y luego había algo diferente.

La toma oscura tomada cuando las luces de la nave apenas se estaban encendiendo. Era la bahía principal, la rampa de embarque estaba bajada. Recortadas a contraluz en la abertura había dos personas. Dos siluetas que Phyla reconoció. Davin y ella misma. La primera vez que abordaron juntos el *Jumper*. Davin estaba sonriendo, moviendo los brazos en ese gesto expansivo que usaba cuando estaba verdaderamente, verdaderamente emocionado. Y Phyla vio en sí misma la misma frialdad cautelosa que pensaba que aún mantenía hoy. Pero no había nerviosismo en ese rostro. Determinación. El conocimiento de que todo lo que llevaba en esa mochila a su espalda era todo lo que tenía, y que Phyla estaba dejando un lugar al que no tenía ningún deseo de volver.

Esa mañana esperarían a Lina, y su amiga nunca llegaría. Despegarían y se dirigirían a Luna en un transporte de carga. Y todo esto surgiría de aquello.

—Fournine, ¿cuál es el estado del prevuelo? —dijo Phyla, mirando fijamente la foto.

—Verde y perfecto —dijo Fournine—. Sinceramente, Trina dejó las cosas tan bien que casi resulta aburrido. Puedo sobrecargar un motor si quieres algo de emoción.

—Creo que tendremos suficiente de eso adonde vamos.

—Como quieras. Ah, tu mejor ventana de lanzamiento es en dos horas.

—Entonces supongo que es hora de reunir a las tropas.

CAPÍTULO 58
TORMENTA DE METAL

La lluvia caía con fuerza alrededor del transbordador. Las gotas golpeaban a Opal como proyectiles punzantes cada vez que abandonaba la cubierta. Toldos donde el resto de los pasajeros se agrupaban, se acurrucaban y observaban la furiosa tormenta. Había echado un vistazo bajo las capuchas de muchas personas sin encontrar el rostro que buscaba. Hasta que llegó a la proa y allí, de pie bajo la lluvia e inclinada sobre la barandilla, había una única persona. Con la capucha puesta, pero la postura era correcta. La altura adecuada. Opal había pasado tanto tiempo observando a Alissa a través de su mira que la reconocía.

—La he encontrado —le comunicó Opal a Merc con calma—. Sube a proa.

Opal caminó hacia la figura encapuchada, abandonó el refugio y sintió la lluvia pegarse a su cara. Entonces otra mujer se interpuso frente a ella, mirándola directamente a los ojos con unos que la francotiradora reconoció al instante. Demasiado perfectos, demasiado suaves. Sin vida en ellos.

—No lo hagas —dijo el androide—. Esta es nuestra.

A su derecha, Opal notó un par de figuras dirigiéndose directamente hacia Alissa. Sus espaldas rígidas bajo las capas, sus pasos en perfecta armonía. Tres androides. Era una lucha imposible. A su izquierda, Opal vio a Merc abrirse paso entre la multitud y detenerse, mirándola. La mano derecha de Opal se deslizó bajo su capa, hacia el cuchillo de haz sujeto en su muslo trasero. Le debía una a Alissa.

—Te quiero, piloto —dijo Opal en voz alta.

El androide inclinó la cabeza y la miró fijamente. No se movió hasta que Opal le clavó el cuchillo de haz en el costado y lo apartó. Alissa se giró al oír el chillido del láser sobre metal, sacando un par de armas laterales con ambas manos de debajo de su capa y apuntando a los dos androides que se acercaban. Disparó. Los robots se movieron rápido, agachándose y esquivando los disparos de Alissa. Acertó un tiro, el de la derecha retrocedió con un agujero humeante en el pecho. El de la izquierda intentó alcanzarla cuando un rayo le impactó en el costado, el de Merc. Opal intentó avanzar, pero sintió un agarre de hierro en su brazo.

El androide la lanzó contra el suelo.

Los pasajeros gritaron y corrieron hacia la popa del transbordador. Opal se arrastró hacia atrás en el espacio dejado por la gente que huía, con el androide que había apuñalado alzándose sobre ella. Alcanzando su garganta. Opal dio un tajo a su mano, pero el robot movió la muñeca lo justo para que el cuchillo solo cortara el aire. Dedos metálicos se cerraron alrededor de su garganta. La aplastaron contra el suelo. Opal pateó los tobillos del androide, pero el robot no se inmutó. No era una persona. No tenía puntos débiles.

Otro destello. Otro agujero ardiente en el hombro del androide. Pero no se estremeció, sus ojos inmóviles fulminando a Opal. La francotiradora tosió, no podía respirar. Sus pulmones se agitaban. Sus ojos ardían mientras la lluvia azotaba sus párpados abiertos. Y entonces Merc embistió al androide como un tren, volando por el aire y placando al robot. Arrancando su mano de la garganta de ella y llevándose al androide al suelo. Opal tragó aire y se incorporó. Vio a

Alissa rodar entre los dos androides heridos, agachándose y zambulléndose bajo sus golpes. Opal se levantó con dificultad y se acercó para encontrarse con ella.

—¿Estás bien? —preguntó Opal mientras se acercaba.

—¿Qué haces aquí? —Alissa disparó otra ronda contra los dos androides, que anticiparon los disparos y se desplazaron a la derecha e izquierda esquivándolos.

—Intentar ayudar.

—Entonces toma esto, y dispárales —dijo Alissa, entregando a Opal una de sus armas laterales. La francotiradora giró y disparó al androide que luchaba con Merc. Su disparo alcanzó al robot en la pierna mientras este lanzaba a Merc contra la barandilla de proa. El piloto rebotó y cayó al suelo con fuerza. El androide se volvió hacia Opal, cojeando por el agujero ardiente en su rodilla izquierda.

—¡Abajo! —gritó Alissa, tirando de Opal hacia la cubierta justo cuando un gran poste pasó volando por el espacio donde habían estado. Un trozo de la barandilla arrancado y convertido en proyectil por un androide con demasiada fuerza.

Entonces los dos androides volvieron a por ellas, el tercero abandonando a Merc y acercándose. Opal adoptó su postura de boxeo, el combate cuerpo a cuerpo que aprendió en el ejército, e intentó esquivar. Deslizarse entre los puñetazos y asestar un golpe en las costillas con el cuchillo de haz, o un disparo con el arma. Pero por muy rápido que se moviera, los androides eran más veloces. Los robots apartaban sus golpes y la golpeaban en los riñones, las piernas, la cara. El tercero se abalanzó y empujó a Opal contra la barandilla. Detrás de ella, diez metros más abajo, el mar embravecido golpeaba contra el costado del transbordador. A su lado, Alissa tropezó, ensangrentada y maltrecha.

Opal levantó los puños, parpadeando para quitarse la sangre de los ojos, y miró fijamente a las máquinas sin vida que venían a matarla.

CAPÍTULO 59
DESPEGUE

Los motores se sentían vacíos sin la exigente presencia de Trina. Viola contemplaba la consola, medía la energía que iba y venía de ambos motores principales y los preparaba para el vuelo. El corto trayecto desde la isla hasta Loci no era tan complicado, pero aún necesitaban a alguien aquí abajo, en las entrañas del *Jumper*, para asegurarse de que sus enormes cohetes no explotaran.

—¿Cómo te va ahí abajo? —la voz de Phyla llegó por el comunicador.

—Acostumbrándome —dijo Viola—. ¿Cómo pilotabais Davin y tú la nave solos?

—Nos turnábamos. Uno abajo, otro arriba. Había mucho ir y venir corriendo.

—Suena agotador.

—Mereció la pena para escapar de Vagrant's Hollow.

Viola entendía eso. Cuando huyó de Ganímedes, quería escapar, ver el mundo real, vivir una aventura antes de encerrarse en una oficina o un laboratorio por el resto de su vida. Ahora, había reprogramado un androide, pilotado un carguero a través de los vientos arremolinados de Neptuno, liderado una incursión comando y matado a un hombre. Supuso que eso contaba como experiencia.

El *Jumper* retumbó cuando Phyla encendió los motores para el despegue. El puerto espacial retrajo el techo sobre su bahía y el aguacero de la tormenta golpeó con fuerza el casco del *Jumper*. No eran las mejores condiciones, pero cuando vas a atacar a un tipo que tiene a la humanidad como rehén, no puedes esperar a que haga buen tiempo. El despegue se sentía diferente aquí, con mucha más energía enviada a los motores para elevarlos del suelo. El estómago de Viola se comprimió contra sí mismo, y agradeció que Trina hubiera instalado realmente correas aquí abajo. La gravedad de la Tierra era más fuerte que la de Marte, Minor Prime, Ganímedes, casi cualquier lugar donde una nave aterrizara regularmente.

Viola jugaba con los mecanismos, modulando qué tanques y qué baterías se agotaban primero. No había ventana al exterior, solo la sensación del mundo alejándose.

—¿Qué te parece? —la voz de Mox en el comunicador.

—¿El qué? —respondió Viola.

—La Tierra —dijo Mox—. ¿No era tu primera vez?

—Quiero volver —dijo Viola—. Quiero probar sin toda esa ira y tristeza. Sin muerte.

—Estaría bien.

—¿Y para ti? —preguntó Viola.

—Crecí en la Luna. Nunca di el salto hasta ahora —dijo Mox.

—¿Volverías?

—Si lo conseguimos, sí.

—¿Si? No puede haber un si, Mox. Vamos a ganar. Tenemos demasiados amigos que dependen de nosotros.

—Por mi experiencia, eso no garantiza nada.

Eso no garantiza nada. Viola volvió a mirar la consola, la carga de trabajo de los motores disminuía mientras alcanzaban la atmósfera superior. Ahí estaban, sobre un gigantesco trozo de metal abriéndose paso hacia el espacio. No tenían ningún derecho a estar haciendo nada de esto. No había garantía de que uno de esos motores no fallara y los hiciera volar en pedazos. Que alguien de la fuerza de patrulla de la Tierra no los detectara y los redujera a cenizas. Ni siquiera había garantía de que cuando llegaran a la estación espacial, Bosser no les disparara en cuanto bajaran de la nave. Pero ahí estaban, dándole la mejor oportunidad que tenían.

—Es todo lo que tenemos, Mox. Creo que lo vamos a conseguir. Tengo que creerlo.

—Espero que tengas razón, Vi.

Davin apareció ruidosamente por la esquina en el área de motores. Cruzó la mirada con Viola y señaló con la cabeza hacia la bahía principal.

—Ve a echar un vistazo. Loci es bastante impresionante desde fuera. Yo puedo encargarme de esto —dijo el capitán.

Davin no se equivocaba. Desde detrás del hombro de Phyla, a través de la ventana de la cabina, Viola podía ver Loci mientras aparecía en el horizonte. Una esfera central cubierta de protuberancias en casi todas las direcciones, como un puercoespín cuyos pinchos terminaban en antenas parabólicas. A medida que se acercaban, las características de la estación espacial se hacían más evidentes. Logotipos de empresas y obras de arte cubrían muchas de las antenas, creando una paleta multicolor que brillaba con la luz del sol que rebotaba en la atmósfera de la Tierra.

—Al menos si vamos a morir, será en un lugar bonito —dijo Phyla.

—Siento que eso aplica a cualquier lugar en el espacio —respondió Viola.

—No has estado dentro de algunos asteroides. O en una tormenta de polvo marciana. No querrías morir allí.

Viola asintió. Phyla inició la secuencia de acoplamiento, y

mientras el *Jumper* se deslizaba entre un par de gigantescas antenas verdes cubiertas con el logo de Eden, Viola salió de la cabina hacia su camarote. Era hora de revisar las armas.

CAPÍTULO 60
LANZARSE AL AGUA

Maldita sea, lo estaban echando todo a perder. Merc se incorporó, aún con la pistola agarrada en su mano derecha, y disparó. El rayo rozó la cabeza de un androide, el que bailaba entre los otros dos y conseguía golpear a las dos mujeres sin que lo bloquearan. Era el único robot lo suficientemente alejado como para no arriesgarse a disparar a Opal o Alissa en el ojo. El androide giró su cabeza humeante hacia Merc y cargó contra él.

Merc esquivó un puñetazo derecho del androide, pero recibió el izquierdo en el costado, con una fuerza que lo lanzó contra la barandilla del transbordador. Miró a la derecha, intentando ignorar el dolor, y vio a Opal y Alissa sepultadas bajo una lluvia de golpes. No podían quedarse allí. No podían ganar esta pelea. El androide de Merc volvió a por él, sus pies metálicos retumbando en la cubierta. Merc intentó levantar su arma y disparó otra vez. Falló, pero el androide se estremeció, posiblemente preocupado por recibir otro impacto en la cabeza. El piloto se deslizó a lo largo de la barandilla. Sintió que su mano pasaba sobre un trozo de cuerda. Una cuerda atada a un bote salvavidas, uno de los dos que colgaban de la proa sobre el océano abierto.

El androide se abalanzó sobre él y esta vez Merc empujó con sus pies, saltó cuando el androide lo embistió. El robot empujó a Merc por encima de la barandilla y dentro del bote salvavidas. Su espalda se estrelló contra uno de los asientos tipo banco, entumeciendo sus nervios por un instante y enviando oleadas de dolor en cascada por la columna vertebral de Merc. El aire abandonó sus pulmones, pero Merc logró disparar, el láser cortando la cuerda y haciendo que el bote cayera.

Al menos, la parte de popa.

Con su mano izquierda, Merc se agarró al asiento y quedó colgando, de repente en el aire libre mientras el bote salvavidas pendía de su última amarra. Con la mano derecha, Merc se retorció y disparó a la otra cuerda. El bote salvavidas se precipitó hacia el océano, raspándose contra el lateral del transbordador. La popa golpeó primero las olas embravecidas, empujando el bote hacia atrás y haciendo que aterrizara boca arriba en el agua. La cabeza de Merc se golpeó contra el asiento y su visión se nubló. Todo dolía, descargas recorriendo su cuerpo de arriba abajo desde músculos maltratados. Pero tenía que concentrarse.

Su mano derecha aún sostenía la pistola, y Merc apuntó hacia donde Opal y Alissa estaban luchando. Disparó. El láser pasó sobre sus cabezas y golpeó el toldo del transbordador, pero captó su atención.

—Saltad —dijo Merc, pero sus pulmones vacíos no pudieron emitir más que un susurro. Opal lo vio y arrojó a Alissa por la borda. Después saltó ella.

Merc intentó incorporarse mientras las dos mujeres caían al mar con un chapoteo. El transbordador seguía avanzando, la gran estela de los motores acercándose. Si el transbordador pasaba mientras las dos seguían en el agua, podrían ser succionadas. Merc se dio la vuelta y agarró un remo fijado al costado. Lo liberó. Luego escudriñó el oscuro océano buscando alguna señal. La mano de Alissa, y después su cabeza, fueron lo primero que vio romper por un segundo entre la cresta de una ola. Se estaba quitando el abrigo, deshaciendo de su chaleco. Cualquier cosa que la lastrara. Estaba a casi diez metros de distancia. Y Merc nunca había estado en un barco en su vida.

—¡Lanza el salvavidas! —gritó Alissa.

¿Salvavidas? Merc miró alrededor, y entonces lo vio en la proa. Un círculo rojo y blanco. Merc soltó el remo y se lanzó a por él. Lo arrojó a Alissa, la cuerda blanca del salvavidas ondeando en el viento de la tormenta. Seguía sin haber señales de Opal. Alissa atrapó el salvavidas y después se sumergió. Merc seguía buscando, tratando de encontrar a la francotiradora. Pero en el mar oscuro, iluminado por relámpagos, no podía distinguir nada. Para colmo de males, el dolor de su estómago estaba siendo rápidamente reemplazado por unas náuseas insoportables.

Entonces Alissa emergió a la superficie, sosteniendo a una Opal que tosía contra su pecho y agarrándose al salvavidas. Merc se quedó mirando durante un segundo, atónito, antes de tirar de la cuerda. Las olas golpeaban el bote contra el lateral del transbordador, pero el bote salvavidas estaba bien construido y no volcó. Mientras el transbordador pasaba y la turbulenta estela hacía girar el bote, Merc las acercó. Subió a Opal por encima de la borda agarrándola del brazo y dejándose caer de espaldas dentro del bote, arrastrándola con él. Alissa trepó después.

—Gracias —dijo Alissa mientras Opal seguía tosiendo.

—Es... lo que hago —dijo Merc.

Alissa lo miró, confundida. —¿Lanzas salvavidas?

—No, yo, olvídalo.

Merc se recostó en el asiento, girándose para mirar al transbordador que se alejaba. La isla de donde habían venido seguía a la vista, su contorno en el horizonte apareciendo brevemente cuando los relámpagos destellaban. Descansarían un rato bajo la lluvia, y luego podrían remar de vuelta. Esta había estado cerca, demasiado cerca. Merc puso una mano sobre Opal, que había terminado de expulsar su propio charco de agua y estaba apoyada contra el costado del bote, gimiendo.

—Lo logramos, campeona —le dijo Merc. Ella lo miró, su rostro empapado, cortado y magullado esbozando media sonrisa. Una que se transformó en pánico abierto cuando el bote se sacudió. Una mano, con sus dedos metálicos aferrados al costado, apareció sobre el borde de popa. Después aparecieron esos ojos sin vida, mirándolo directamente.

CAPÍTULO 61
MELODY

Si buscabas un sitio fácil para atracar, Loci era tu estación. Davin bajó la rampa y entró en el pequeño hangar. Apenas lo suficiente para acomodar el *Jumper*, el hangar solo contaba con instalaciones rudimentarias. Unos cuantos contenedores y conexiones para cargar baterías que conectaban los paneles solares de la estación para cargar las naves atracadas. Sin alfombra de bienvenida, sin recibimiento. La única persona con la que hablaron fue un robot, que les preguntó el motivo de su aterrizaje y luego les dio acceso.

Davin le había dicho que estaban descargando mercancías. Al parecer, Loci merecía tan poca seguridad que el bot ni se molestó en confirmar su historia. Simplemente les dio autorización para uno de los tres hangares de Loci.

Detrás de él, los demás bajaron de la nave. Davin llevaba a Melody, su escopeta lanzallamas, y un par de armas cortas. Phyla portaba su habitual rifle. Mox tenía su cañón acoplado, el monstruoso arma colgando sobre su pecho con el cañón sobresaliendo casi un metro. Viola imitaba a Phyla, excepto en la postura. La joven hacker no parecía tan segura sosteniendo el rifle como su amiga pelirroja. Sin embargo, esta vez Davin pensó que Viola parecía capaz de disparar el arma.

La experiencia hace maravillas.

—Última oportunidad, si alguien quiere echarse atrás —dijo Davin—. Loci es pequeña, y el centro de comunicaciones está en el medio. No tendréis mucho tiempo para dudar.

—No creo que eso vaya a pasar —dijo Mox.

—Quiero el primer disparo —dijo Viola—. Cuando encontremos a Bosser.

—Desde mi punto de vista, todos tenemos motivos para disparar —dijo Davin—. Si tienes la oportunidad, lo eliminas. No hay que preocuparse por turnos.

Davin repasó esas palabras. Los Wild Nines no hacían asesinatos. Nunca había aceptado dinero por matar. Sin embargo, allí estaban. Su última misión, y el objetivo era acabar con una vida. Pero si había un hombre con el que empezar, Bosser sería ese.

Salieron del hangar y entraron en el corredor central de Loci. Los tres pequeños hangares de atraque de la estación estaban en el mismo lado; en el siguiente se encontraba el transbordador estándar que Bosser había llevado desde la instalación, con el logotipo sin rasgos distintivos de los androides colocado en el exterior. El hackeo de Trina en Threetwelve había funcionado. Les enviaba datos de los sensores, mostrando a Bosser volando hasta aquí, mostrando su aterrizaje, y ahora Threetwelve mostraba a su líder de pie en medio de la estación.

Loci en sí era básica. Sin tiendas, comercios, solo raciones de emergencia y habitaciones con catres para quienes se quedaban en la estación durante la noche. Cualquier comida o bebida se pedía a través de una serie de máquinas expendedoras en una pared. Máquinas que enviaban su inventario a la empresa que gestionaba la estación, y ellos organizarían un reabastecimiento cuando las existencias escasearan. Protocolo estándar para instalaciones que no justificaban una presencia humana a tiempo completo.

Un paseo de diez minutos les llevó al núcleo central, el único lugar de la estación con una puerta que lo separaba del resto. Insonorización para enviar transmisiones directamente desde la estación. Frente a la puerta, una losa gris plana con una luz en el centro que brillaba carmesí, indicando que el equipo estaba en uso, había un par de hombres de pie muy erguidos. Miraron a Davin y a los otros tres sin reacción alguna.

—Voy a aventurarme a adivinar que esos no son personas —dijo Phyla.

—No voy a apostar contra eso —dijo Davin—. Viola, quédate atrás. Si ves una oportunidad, ve a por la puerta. Llega hasta Bosser antes de que pueda activar a los otros androides.

—Yo voy a por el de la izquierda. Es más feo —dijo Mox.

Davin asintió.

—Phyla, a la de dos, abrimos fuego —dijo Davin.

Viola retrocedió unos metros mientras Mox se desplazaba hacia el lado izquierdo del corredor. Phyla levantó su rifle, Davin apuntó con Melody, y los dos androides se lanzaron hacia delante a toda velocidad. Sin esperar al primer disparo.

—¡Dispara! —gritó Davin. Apretó el gatillo de Melody, apuntando al androide que cargaba. Los láseres de Phyla pasaron zumbando, acribillando al androide mientras este se agachaba y esquivaba las bolas de fuego teledirigidas de Melody. Perdigones que se encendían y seguían al objetivo deseado. Perdigones que se consumían solos y que, si hacían contacto, eran lo suficientemente calientes como para incendiar casi cualquier cosa.

El androide recibió un impacto en el hombro izquierdo del rifle de Phyla, siguió avanzando, y luego recibió otro en la pierna derecha. Tropezó, y entonces el segundo disparo de Davin lo alcanzó. Tres de las seis esferas de fuego verde se estrellaron contra el androide, explotando contra su ropa y derritiéndose en su exterior de plastipiel. El bot se tambaleó, y Phyla siguió acribillándolo con disparos. Trozos de metal saltaron por los aires mientras sus láseres destrozaban su coraza. Ahora estaba a solo un par de metros, pero sus extremidades se estremecían, arrastrando su pierna izquierda. Davin dio un paso adelante y apretó el gatillo de Melody por tercera vez mientras el androide extendía su mano ardiente y con garras hacia su cara.

El fuego verde rugió saliendo de Melody y golpeó al androide, derribándolo. Se sacudió una vez. La mano que alcanzaba a Davin solo agarró aire, y luego nada. Nada excepto metal derretido.

CAPÍTULO 62
LO MISMO

Mox activó el cañón, desatando una lluvia de proyectiles mientras el androide se lanzaba hacia él. El robot aprovechó la gravedad reducida, saltó y rebotó en la pared y el techo para esquivar el fuego de Mox. Los láseres del cañón se clavaron en la pared que rodeaba el núcleo central de Loci, trazando el contorno de la evasión del robot. Cuando el androide se impulsó desde la pared hacia el techo por segunda vez, Mox se anticipó, apuntó adelantando la trayectoria del salto y descargó una serie de rayos láser que arrancaron trozos del pecho del robot. Pero este siguió avanzando, se impulsó desde el techo y aterrizó justo debajo del extremo del cañón. Agarró el cañón con sus manos metálicas y comenzó a retorcerlo.

Mox separó el arma, soltándola mientras el androide tiraba, haciendo que el cañón, ahora libre, saliera volando. El androide, con los brazos extendidos hacia la izquierda al soltar el cañón, no tuvo defensa contra el puño enguantado de Mox que se dirigía hacia su pecho. El impacto, potenciado por el exoesqueleto, lanzó al androide hacia atrás, con brazos y piernas extendidos. La gravedad reducida en Loci, mantenida a una décima parte de la terrestre mediante rotación, hizo que el robot volara hasta el núcleo central. Se agarró a la pared, se agachó y se lanzó de nuevo contra Mox.

El hombre de metal dobló las rodillas, giró el hombro derecho hacia atrás y se preparó para propinar un tremendo puñetazo en la cara del androide que se acercaba.

—Tú y yo somos lo mismo —gritó el androide mientras se acercaba. Y Mox vaciló.

El androide golpeó con fuerza a Mox y ambos cayeron al suelo. Mox intentó rodear al robot con sus brazos, pero el androide se movió rápido, trepando por encima de la cabeza de Mox. El androide agarró los hombros de Mox y lanzó al hombretón contra la pared que tenían al lado. Mox sintió que su espalda se estrellaba contra la plancha metálica, con la cabeza retumbando. Y entonces el androide volvió a atacarle. Lanzando puñetazos contra su abdomen. La fuerza de los golpes, y la gravedad reducida, mantenían a Mox pegado a la pared.

—Estoy hecho de metal —dijo el androide, propinando una serie de rápidos golpes en las costillas de Mox—. Y tú también.

—No solamente —dijo Mox. Notó sangre en la boca, hierro cálido y pegajoso. La escupió al ojo del androide. El robot se detuvo, con la mancha roja cubriéndole la cara, y Mox cayó al suelo.

En cuanto Mox tocó el suelo, barrió con su brazo izquierdo y atrapó el tobillo del androide. Tiró. El androide cayó al suelo, pero la baja gravedad le quitó fuerza al golpe. Mox presionó el tobillo del androide para impulsarse hacia arriba, justo a tiempo para recibir al androide que rodaba hacia delante y le golpeaba en la barbilla. Mox retrocedió tambaleándose, viendo los interminables destellos de las armas de Davin y Phyla a un lado. Con suerte, les estaría yendo mejor que a él.

—Y también estoy hecho de código, instintos que no entiendo pero que me dicen cómo funcionar —habló rápidamente el androide, acercándose a Mox—. Igual que tu cerebro, interactúo y reacciono basándome en mis intuiciones.

—Intuiciones diseñadas, no aprendidas.

Mox saltó el primer golpe del robot, luego pateó, la gravedad reducida le dio tiempo de sobra en el aire para balancear la pierna hacia delante y golpear al androide en la cara. La fuerza empujó al robot contra la pared, rebotando en ella hasta el suelo. Mox aterrizó, caminó hacia el androide mientras este se levantaba.

—No tomas decisiones —dijo Mox—. Al menos, no las tuyas propias.

El androide giró, trayendo consigo un fuerte puñetazo. Mox recibió el golpe, pero agarró el brazo izquierdo del robot cuando este retrocedía tras el impacto. Su pierna estaba entumecida por el disparo, pero Mox tenía bien sujeto el brazo izquierdo del androide. Con su mano derecha, Mox agarró la otra muñeca derecha del androide y las separó. Sintió la resistencia del androide mientras sus brazos se extendían. La fuerza acercó la cara del androide a la suya.

—¿No crees que estoy tomando una decisión? —dijo el androide, sus ojos metálicos amarillos taladrando la mente de Mox.

—Creo que estás siguiendo instrucciones.

El androide era casi tan fuerte, casi capaz de hacer retroceder los brazos de Mox. Pero el exoesqueleto, pero Mox, tenía la ventaja. Tenía el músculo. Primero llegaron los cables que se desgarraban y rompían, seguidos de chispas cuando Mox arrancó los brazos del androide de sus cavidades y los arrojó a un lado. El androide retrocedió dos pasos tambaleándose e inclinó la cabeza hacia Mox.

—Supongo que es imposible saberlo —dijo el androide.

Y entonces explotó.

CAPÍTULO 63
NO PUEDO RENDIRME

El agua que caía por la piel del androide la hacía brillar mientras los relámpagos centelleaban en la noche. Entre los destellos, Opal vio cómo el androide agarraba a Alissa y se volvía hacia el océano. Simplemente iba a llevársela y marcharse.

—Eh —dijo Opal, incorporándose y lanzándose sobre la espalda del androide. Sus pulmones aún ardían por el agua que había inhalado momentos antes, sus piernas, brazos y pecho plagados de miles de moratones, pero Opal superó el dolor para aferrarse a la cabeza del androide y tirar de ella hacia atrás.

El robot forcejeó, golpeándose los talones contra el banco de popa de la embarcación. Sin poder retroceder más, el android cayó, aplastando a Opal contra el fondo del bote mientras este se balanceaba con las olas. La francotiradora no vio qué pasó con Alissa, pero distinguió claramente al androide cuando se dio la vuelta en la barca y extendió la mano hacia ella. Un destello brillante de láser hizo eco al relámpago e impactó en el hombro del androide. Merc estaba sentado en la proa, sosteniendo su arma corta, aturdido pero decidido. El androide se impulsó a través de los dos bancos y apartó el arma de un golpe. Opal se levantó a tiempo para ver cómo Merc recibía un fuerte golpe en la cabeza y se desplomaba.

Esperaba que Merc siguiera armado como ella le había enseñado.

Mientras el androide se daba la vuelta, Opal metió la mano en la bota derecha de Merc y encontró el cuchillo de haz atado allí. Lo sacó y activó la hoja láser. Un trozo de metal afilado y caliente. Bajo la lluvia torrencial, con los truenos y relámpagos azotando, la francotiradora se enfrentó al androide en el bote que se balanceaba y cabeceaba. Opal mantuvo su peso moviéndose con las olas, algo similar a mantener el equilibrio durante un descenso aéreo en atmósfera. Incluso en Marte, donde la gravedad no era tan fuerte, una tormenta de viento obligaba a Opal a moverse para no perder pie. El androide no mantenía los brazos extendidos para equilibrarse, simplemente se balanceaba ligeramente sobre sus rodillas.

—Ven a por ella —dijo Opal.

—No puedes ganar —respondió el androide—. Las probabilidades son escasas con esa arma. En este entorno. Te ofrezco la oportunidad de rendirte.

—Oportunidad rechazada.

Opal se abalanzó mientras pronunciaba estas palabras, dirigiendo el cuchillo hacia la cara del androide. Pero sus pies resbalaron en la base del bote, donde se estaban formando charcos de agua que hacían que el suelo estuviera resbaladizo. El golpe quedó corto, rozando el pecho del androide, y Opal se sujetó al banco delantero para no caer. Entonces el androide la agarró por la espalda, la levantó y la estrelló contra el suelo de la embarcación. Todo se volvió borroso por un momento, pero Opal mantuvo la vista fija en aquella hoja brillante, aún empuñada en su mano.

El androide pasó por encima de ella, dirigiéndose hacia la parte trasera del bote, y Opal se estiró para cortar el tobillo izquierdo del androide. Este tropezó, pero cualquier magia en su programación le permitió ajustarse y mantener el equilibrio. Se giró y extendió la mano hacia ella.

—Estás demostrando ser una amenaza —dijo el androide, envolviendo sus dedos alrededor de la garganta de Opal y levantándola.

—Lo siento mucho —dijo Opal. Alcanzó al androide con el cuchillo, hundiendo la hoja en su pecho. Lo retiró y volvió a apuñalar mientras los dedos del robot se tensaban y le cortaban la respiración. Su garganta se contrajo, su nariz se dilató y los ojos de Opal se abrieron de par en par. Sintió el pánico, y lo contuvo.

Seguir apuñalando. Herirlo lo suficiente para que tenga que parar.

Un corte, y luego otro. Opal sentía cómo su cuerpo se entumecía. Motas negras salpicaban su visión. Otra puñalada en el brazo del androide. Todo se desvaneció excepto los ojos amarillos del androide, mirando a los suyos. Apuñalar de nuevo, la débil respuesta de sus nervios le indicaba que al menos la hoja había alcanzado al robot.

Ya no podía mantener el agarre. Simplemente se hundió en aquellos ojos amarillos.

Un relámpago cayó cerca, captando la mirada de Opal, y en aquella línea blanca ardiente vio movimiento, desdibujándose detrás del androide. Después, nada en absoluto.

CAPÍTULO 64
GUARDIANES

Las bombas. Los androides siempre tenían bombas. Las palabras martilleaban junto con su dolor de cabeza mientras Viola se incorporaba. A su alrededor, las alarmas de la estación Loci sonaban estruendosamente. Pero aún podía respirar, todavía sentía el oxígeno fluir hacia sus pulmones. No había rotura del casco, entonces. El aire que la rodeaba estaba lleno de humo, cenizas de papel flotando desde la ropa quemada. Se miró a sí misma y vio desgarros en su propio traje, largos y finos cortes donde trozos de metal habían pasado rozándola. En el suelo cerca de ella, conectada a un extremo astillado de su cinturón roto, estaba su arma corta. No podía ver su rifle.

—¿Davin? ¿Phyla? —la voz rasposa de Viola llamó sin obtener respuesta—. ¿Mox?

Nada. O inconscientes, o muertos. Frente a ella, destacándose como una mancha oscura a través del humo, brillaba la luz roja del núcleo central. Donde estaría Bosser. Si los demás estaban muertos, entonces Viola sería quien lo detendría. Era lo que quería, ¿verdad?

Viola se puso de pie, recogió el arma corta y comprobó su nivel de energía. La potencia estaba bien, el arma configurada para matar. Tosiendo, tambaleándose, Viola sostuvo el arma en su mano derecha y se dirigió hacia la puerta. No había cerradura, solo un simple botón de abrir y cerrar. Abordar Loci ya era bastante difícil y no tenía valor para alguien sin los códigos de transmisión correctos. ¿Para qué molestarse con la seguridad?

Pulsó el botón y la puerta se deslizó abriéndose.

Al otro lado había un pasillo corto y oscuro. Siguiendo el humo, Viola caminó hasta una gran sala circular, con una pared dedicada a una pantalla masiva, el centro como un escenario abierto, y la otra mitad un conjunto de sillas dispuestas como si fuera para una obra de teatro. Para esas grabaciones especiales que exigían público. En ese escenario estaba Bosser, hablando a la pantalla. Sin ver a Viola.

—Como pueden ver, con los datos que he enviado, estamos en una posición excelente —dijo Bosser—. Y la prueba piloto fue perfecta.

—No me advertiste, Libra, que sería en uno de mis cargueros —dijo una voz, una voz que Viola reconoció. Miró a la pantalla y vio allí, entre otras diez caras, a su propio padre.

Viola parpadeó. ¿Qué estaba haciendo? Y para que esa comunicación ocurriera tan rápido, su padre tendría que estar cerca. En la Tierra, o en Luna.

—La prueba exigía secreto. Se le reembolsará —dijo Bosser—. Pero el tiempo de ese secreto ha terminado, por eso os invité a todos a Luna para conocer a vuestros guardianes. Os protegen a cualquier precio, aniquilan a cualquier enemigo, y no necesitan la aprobación de las Leyes Libres para hacerlo.

Guardianes. Era una palabra curiosa para ello. Viola miró esos rostros, esperando ver horror o, quizás, ira. Pero todo lo que vio fueron asentimientos, acuerdo. No solo estas personas, su padre entre ellas, estaban felices de subvertir las Leyes Libres que habían gobernado la expansión de la humanidad fuera de la Tierra durante un siglo, sino que estaban felices de pagar por ello.

—Diles lo que hiciste —gritó Viola, entrando en la sala con su arma en alto—. Diles lo que sus guardianes pueden hacer realmente.

Jadeos y un rápido parloteo resonaron desde la pantalla, Viola escuchó a su padre llamarla por su nombre, pero mantuvo su atención en el hombre del centro, su mirada tranquila mientras Bosser la observaba. Ella mantuvo el arma en alto, con el dedo en el gatillo. Hasta que algo golpeó a Viola con fuerza desde un lado, haciéndola caer al suelo, deslizándose lejos el arma. La fría malevolencia de ThreeTwelve la miraba.

—Querían ver una demostración de los guardianes, ahí la tienen —dijo Bosser—. La amenaza eliminada. Incapacitada, para que ahora pueda ocuparme de ella como mejor me parezca.

Bosser se acercó a Viola, extendió una mano. ThreeTwelve sacó un arma de su funda y la colocó en la palma de Bosser. Apuntó a Viola. Ella lo miró desafiante y esperó el final ardiente.

—Si la disparas, Bosser, estás acabado —Viola escuchó decir a su padre. Un destello de fastidio cruzó la cara de Bosser, poniendo los ojos en blanco y con la boca en una media mueca, luego la pequeña sonrisa del hombre volvió a aparecer. Se volvió hacia la pantalla.

—Su hija ha demostrado ser toda una molestia —dijo Bosser—. La Voz Roja la utilizó para llegar a la Tierra. Ella impidió la ejecución original de los Wild Nines. Y ahora está aquí, amenazando con matarme. ¿En qué momento se convierte en más problema de lo que vale?

—Nunca —dijo su padre. A pesar de la ira que hervía en ella, Viola sintió una oleada de amor por esas palabras. Podía ser un hombre defectuoso y peligroso, pero seguía siendo su padre.

Bosser asintió, y luego su sonrisa se ensanchó, y un frío temor recorrió los nervios de Viola.

CAPÍTULO 65
INESPERADO

Hay interrupciones buenas y hay interrupciones malas. La chica que entró, con el arma levantada y preparada, pasó de ser una mala a una buena en cuestión de segundos. Bosser decidió verlo como una oportunidad.

—Como veis, vuestros nuevos guardianes os mantendrán a salvo. Incluso pueden ayudaros a lidiar con vuestros hijos rebeldes —dijo Bosser, añadiendo una risita despectiva—. Pero no estamos aquí solo para hablar de protección. Como todos sabemos, mantener el clima actual favorable siempre ha sido el objetivo del proyecto androide.

Sí. Se había establecido un orden, y ese orden quería mantenerse intacto. Bosser no tenía que hacer mucho para conseguir lo que quería, un lugar en la cima de esa misma pirámide. Manejando los hilos. Un hogar en la Tierra, tejiendo intrigas por todo el sistema solar. ¿Era realmente mucho pedir?

—¿Y dice usted que estos guardianes pueden hacer eso? —preguntó Capricornio. La mujer dirigía una corporación de desarrollo de biomas, un negocio dedicado a crear esas burbujas que mantenían vivos a los humanos en los peores entornos. Una empresa que se estaba volviendo cada vez más susceptible a demandas, a la frustración de gobiernos y ciudadanos que simplemente no entendían que era arriesgado. Que algunos podían fallar. Que el accidente ocasional era un marcador necesario del progreso.

—Pueden hacerlo. Les enviaré los códigos que necesitan para controlar a sus guardianes. Y cuando necesiten algo especial, trabajarán a través de mí. Me quedaré en la Tierra, dirigiré la instalación, fabricaré guardianes a medida. Una vez que todos entiendan cómo funcionan las cosas, ¿quién se molestará en luchar contra nosotros? ¿Quién se molestará en luchar contra ustedes? —dijo Bosser.

El deseo de proteger lo suyo. Era tan fácil manipularlo, retorcer sus mentes alrededor de la idea de que lo que tenían era demasiado valioso para perderlo, sin importar el coste. ¿A quién le importaba si estaban cediendo un poco de poder a un hombre y sus robots, si lo que obtenían a cambio era estabilidad, la oportunidad de mantener su castillo? Bosser reprimió su sonrisa. Cuidado ahora. Un acuerdo unánime, seguido de inversión financiera, y entonces todo lo que Bosser necesitaba sería suyo. Y una vez que tuviera a sus guardianes en su lugar, listos para hacer lo que él quisiera con una simple frase, todos ellos no tendrían otra opción que mantenerlo en la cima.

—Así que creo que es hora de someterlo a votación —dijo Bosser—. Aquellos que les gusta lo que han visto, que quieren avanzar hacia un mundo nuevo y estable donde nuestros intereses estén protegidos y el riesgo de oposición sea anulado por una fuerza protectora invencible, digan sí. Los cobardes, los que quieren mantener la frágil estructura actual donde cualquier momento puede ser hecho añicos por un rebelde con una bomba y una agenda, digan no.

A su izquierda, ThreeTwelve mantenía a Viola inmovilizada. Frente a ellos, en sus pantallas, los diversos líderes se miraban con recelo. Todos estaban en el mismo hotel en Luna, todos juntos, con un conjunto de androides esperando fuera de sus habitaciones. Al alcance del audio de la transmisión. Bosser observó sus expresiones y llevó dos frases a sus labios. Sin importar cuál fuera el resultado de la votación, él sería el ganador. Entonces llegó el primer sí, de Cáncer. Luego el segundo de Capricornio. Y comenzó la cascada, la sonrisa de Bosser haciéndose más amplia, desquiciada por la adulación.

—Eh, imbécil, se acabó el tiempo —gritó una voz ronca desde el pasillo hacia el estudio. Bosser se volvió y vio al despojo de hombre que estaba allí. Davin Masters, con la ropa hecha jirones, sangrando por cientos de cortes y un ojo hinchado y cerrado. El hombre ni siquiera tenía un arma.

—Virgo, ¿qué me dices de este? —dijo Bosser—. ¿Algún reparo, o puedo mostrarte lo que has aceptado?

Virgo, intrépido protector de su hija, no dijo nada. Así que Bosser se volvió hacia el capitán destrozado y se encogió de hombros.

—Lo siento, Davin. Parece que no tienes amigos aquí. Lo que está hecho, hecho está.

Cuando Bosser pronunció la frase, ThreeTwelve soltó a Viola dejándola caer al suelo y se abalanzó sobre Davin. Sacó el largo cuchillo de la funda de su pierna y lo sostuvo en alto, yendo directamente a por la garganta del capitán. Un asesinato sucio, pero los ejemplos debían ser claros.

CAPÍTULO 66
PELEA

TresTrece tenía exactamente el mismo aspecto que CuatroNueve, allá en Europa. La máscara implacable se abalanzaba hacia él a una velocidad imposible de comprender. Pero Davin no tenía que reaccionar, solo tenía que decir las palabras.

—Las tornas han cambiado —dijo Davin mientras la hoja se alzaba hacia su garganta. Las palabras que Trina le había dicho que usara. La anulación que había introducido en el código de TresTrece.

TresTrece se detuvo. Literalmente se congeló, con la hoja a un centímetro de hacer pedazos a Davin. El capitán tomó aire, una inhalación que pareció encender todos sus cortes simultáneamente. Los ardientes pinchazos solo agudizaron su concentración. Ya estaba tan malherido, ¿qué importaba si Bosser hacía algo ahora? Aunque aquel hombre tenía la boca abierta y los ojos desorbitados al ver que su androide hacía precisamente *lo contrario* de lo que había ordenado.

—Ocúpate de tu amo —dijo Davin. TresTrece se dio la vuelta y cargó contra Bosser. Davin tendría que agradecérselo a Trina, enviarle un mensaje a la Tierra o aterrizar allí y darle un fuerte abrazo a la mecánica. La visión de Bosser mientras sus planes se derrumbaban a su alrededor, los gritos del consejo, todos esos rostros en la pantalla hundiéndose en el pánico mientras el androide se volvía contra su dueño, valía la pena.

—Este es por Lina —dijo Davin cuando TresTrece alcanzó a Bosser y lo agarró. Lo levantó y echó hacia atrás su hoja.

La mano de Bosser se movió rápidamente, presionó un botón en su comunicador. TresTrece se derritió, Davin no podía pensar en otra palabra para describirlo. Las piezas del androide simplemente se desplomaron sobre sí mismas, amontonándose en el suelo como una colección de circuitos dispersos, placas de piel y la hoja del cuchillo. La cabeza de TresTrece rodó un metro más allá, desconectada de su cuerpo. Bosser se sacudió, miró a Davin y negó con la cabeza.

—No tenía planeado mostrar eso hoy —dijo Bosser—. Marl mencionó que tenías muchos trucos, y no se equivocaba.

Davin no tenía arma. Melody y las armas que había llevado quedaron destrozadas por la explosión. No sabía si el extraño dispositivo de Bosser también lo derretiría a él. Pero había una salida, el cuchillo del androide. Estaba allí en el escenario, a solo unos metros por delante.

—Bosser —dijo un rostro en la pantalla—. ¿Qué ha sido eso?

La pregunta giró la cabeza de Bosser, y Davin echó a correr. Sus pies golpearon el escenario, el frío suelo enviando punzadas heladas a través de los agujeros derretidos en sus botas, y cuando Bosser se dio la vuelta, la mano de Davin se deslizó hacia abajo y agarró la empuñadura del cuchillo. Lo blandió hacia arriba, solo para que Bosser le agarrara el antebrazo y detuviera el movimiento.

—Es mi propia protección —dijo Bosser a la cara de Davin, en respuesta a la pregunta del interlocutor—. Cuando trabajas con androides, tomas precauciones.

Davin levantó la rodilla, buscando el golpe en la entrepierna, pero Bosser se apartó con un giro. Agarró la pierna de

Davin y la levantó con fuerza. Davin golpeó el suelo y rodó. Se encogió con el cuchillo y se dio algo de espacio. Se puso en cuclillas mientras Bosser se dirigía hacia él.

—¿Y cuándo conseguiremos nosotros esas precauciones? —preguntó la voz en la pantalla.

—Cuando yo decida dároslas —dijo Bosser. Mantenía los ojos fijos en el cuchillo de Davin. Eso era una oportunidad. Davin se puso de pie, luego fingió una estocada con su mano derecha. Bosser se apartó con un respingo e hizo ademán de agarrarle otra vez el antebrazo. Excepto que esta vez, Davin avanzó y lanzó un gancho de izquierda. El puñetazo alcanzó a Bosser en el lado de la cabeza, alejándolo de un golpe.

—Maldita sea, eso duele —dijo Davin, retirando su mano —. ¿Tu cabeza también es de metal? ¿Eres como los demás?

Davin no esperó a que Bosser respondiera, sino que corrió tras él y apuñaló hacia los riñones del hombre. Bosser giró con la estocada, recibió la hoja en el costado y conectó con la cara de Davin. El impacto del puñetazo robó fuerza a la puñalada de Davin y la hoja solo hizo un corte superficial antes de que Bosser la apartara de un golpe. Rebotó en el escenario y rodó bajo una de las sillas, dejando a los dos hombres jadeando y mirándose fijamente.

—Hacía mucho tiempo que no luchaba así —dijo Bosser —. Había olvidado lo refrescante que es sentir los huesos de un hombre romperse bajo tu puño.

—Como si alguna vez hubieras roto algo —dijo Davin—. Solo te escondes detrás de tus robots y dejas que ellos hagan el trabajo sucio.

Bosser le dedicó una sonrisa melosa y avanzó. El hombre tenía experiencia, se colocó en una postura que Davin no reconoció. Aunque no importaba. Esto no iba a ser una pelea bonita. Davin levantó los puños y dio un paso hacia una patada, alta y a la izquierda, dirigida directamente al ojo agachado de Bosser. Bosser avanzó hacia ella, recibiendo la patada en el hombro y lanzando tres rápidos golpes al estómago de Davin. El mundo se tambaleó con los impactos, oleadas de náuseas subieron mientras el estómago de Davin se convulsionaba. Retrocedió, vomitando sangre en su boca.

—No parece que estés preparado —dijo Bosser—. La razón por la que dejo que mi robot pelee primero es para poder guardar mi energía para cuando realmente importa. Como cuando tengo que mostrarle a un capitán de nave cuál es su lugar.

Bosser avanzó en un pequeño trote, lanzándose a una secuencia de tres puñetazos. Davin se tambaleó justo fuera de su alcance. Luego contraatacó; el capitán esquivó el último puñetazo de la secuencia de Bosser y, empujando contra el hombro del hombre mientras barría su pierna contra el tobillo de Bosser, lo hizo caer al suelo. Entonces Davin se abalanzó sobre él y recurrió a su movimiento favorito: la pelea sucia. Davin usó cada parte de su cuerpo: codazos, rodillazos, mordiendo la cara de Bosser con los dientes. La forma más fácil de contrarrestar una estrategia era no tener estrategia alguna.

Bosser luchó de vuelta, y Davin sintió al hombre intentando mover sus brazos y piernas bajo él. El capitán trató de impedirlo, dando codazos a Bosser en el riñón, arrancando un trozo de la mejilla de Bosser con los dientes. La mano derecha de Davin arrancó el comunicador de Bosser y lo lanzó al otro lado de la habitación. Entonces Davin sintió una mano en su garganta, y Bosser estaba girando con él, estrellando a Davin contra el suelo. La cabeza de Davin se estrelló contra el suelo, y el mundo dio vueltas. La cara ensangrentada de Bosser lo miró desde arriba.

—Si así es como te gusta —graznó Davin.

—Servirá —dijo Bosser, alzando el puño. Lo balanceó, golpeando a Davin en la sien. Un destello negro cruzó la visión de Davin. Sus brazos se debilitaron.

Lo siento, Lina. No puedo seguir luchando en esta.

CAPÍTULO 67

UN SOLO DISPARO

L a puntería era firme. Bosser justo en el centro. Lanzando otro puñetazo a Davin.

—No lo hagas, Viola —dijo su padre en la pantalla. Bosser levantó la mirada al oír las palabras, pausó su paliza y se quedó mirando a Viola y el arma. Davin giró la cabeza más lentamente, y Viola se estremeció al ver el rostro magullado y maltrecho del capitán.

—Escuche a su padre —dijo Bosser—. No tiene nada que ganar y todo que perder. Si dispara aquí, delante de una docena de testigos, será una asesina. Su futuro arruinado. El negocio de su padre manchado.

Los ojos de Viola se movieron hacia las pantallas, hacia aquellos famosos y fabulosamente ricos propietarios de los motores del comercio humano. Todos juzgándola, esperando y observando para ver qué haría a continuación. Para ver si dispararía.

La primera vez, la única vez que había matado fue para proteger a un amigo. Esta vez no era diferente.

Viola apretó el gatillo. El rayo naranja salió disparado del arma y se hundió en el pecho de Bosser. El rostro del hombre pasó de la sorpresa severa al puro shock. Viola disparó de nuevo. El segundo rayo impactó en el estómago de Bosser y lo derribó, alejándolo de Davin. Se acercó a Bosser y disparó una y otra vez hasta que Davin le apartó el brazo.

—Se acabó —dijo Davin—. Se acabó.

Viola tomó aire. Sus dedos soltaron el arma. Y se quedó mirando los ojos abiertos, vidriosos y sin vida de Bosser Oates.

CAPÍTULO 68
QUE MARTE NUNCA GUARDE SILENCIO

Alissa había blandido el remo, golpeando la cabeza del androide, y el robot soltó a Opal. Se tambaleó hacia el borde de la barca. Alissa volvió a blandir el remo, estrellándolo contra la cara del androide cuando este se giró para encararla. La fuerza del golpe hizo que el androide cayera por la borda al embravecido océano. Alissa dejó caer el arma de madera, cogió el cuchillo de haz de Opal, y cuando la mano metálica del androide volvió a aferrarse al borde de la barca, se deslizó por el banco para hacerle frente.

—Esto es por Castor —dijo Alissa, y entonces clavó el cuchillo de haz en el ojo amarillo del androide. La lluvia torrencial le empujaba el pelo hacia la cara, y para cuando Alissa se lo apartó, los relámpagos crepitantes no mostraban nada más que agua azul oscura al costado de la barca.

Durante la siguiente hora, Alissa luchó con los remos, encajándolos y guiando la barca de vuelta a la orilla. En la playa azotada por el viento, exhausta y agotada, Alissa cogió la muñeca inerte de Opal. La francotiradora seguía viva. Si merecía estarlo era otra cuestión, pero habían venido en el transbordador para salvarla, así que quizás no era el momento adecuado para la venganza. Además, Alissa no estaba segura de poder levantar el remo de nuevo para asestar un golpe. Sus brazos se sentían como plomo, y estaba empapada. El agua tropical era cálida, pero allí en la playa, con la brisa, empezaba a hacer frío.

—No sé quién está escuchando —dijo Alissa en el comunicador de Opal, en el canal predeterminado de la francotiradora—. Pero vuestra francotiradora y su amiga están aquí en la playa.

Alissa completó el mensaje con las coordenadas exactas, luego se levantó y se marchó. Lo había dejado todo en ese transbordador. Solo su comunicador y algunas monedas guardadas en cuentas registradas a otros nombres. Eso encajaba con sus moretones y cortes, que, Alissa estaba segura, la hacían parecer salida de una historia de terror. Esas impresiones se confirmaron con los primeros turistas que encontró, en un bar que aún permanecía abierto. Una banda tocaba, incluso a esas horas, bajo un toldo. Pero había calor, había un asiento y había licor. El camarero ni siquiera dudó, dejando un chupito frente a ella.

—Parece que lo necesita —murmuró el camarero. Alissa no discutió. Pero sorbió la pequeña bebida lentamente. Saboreó el ardor. Cogió algunas servilletas de bar y se secó la cara.

Su comunicador vibró. Un nuevo mensaje. Tal vez Bosser había encontrado su número. Llamaba para regodearse. O quizás otro banco informándole que habían congelado sus activos. Levantó el aparato y, en la pequeña pantalla, leyó el texto.

Alissa:

Espero que esto te encuentre bien. Según las instrucciones, los que quedamos nos hemos dirigido a Titán. El asentamiento aquí es pequeño, pero adecuado. Eden aún no ha puesto sus manos en él. Hemos conseguido un contrato de seguridad y nos estamos estableciendo. Una de las integrantes de Bakr, una mujer llamada Cass, llegó aquí hace poco. Traía una sola gema, de Neptuno, que nos ha proporcionado una cantidad inesperada de dinero.

Esperamos tu regreso, o tus órdenes.

Que Marte nunca guarde silencio.

- Ferro

Alissa levantó la vista del comunicador para ver al camarero observándola.

—¿Necesita otro? —preguntó.

—¿Cuándo sale la próxima nave? —respondió Alissa.

El camarero miró el reloj que colgaba junto a la barra.

—La última salta en una hora —dijo el camarero—. Si quiere ir al espacio, claro. El transbordador no volverá hasta mañana.

—Entonces estoy bien, gracias.

Alissa se deslizó del taburete, sus zapatos dejando charcos allí donde pisaba. Se alejó del bar y se dirigió hacia el resplandor del puerto espacial. La Voz Roja aún no había desaparecido.

Que Marte nunca guarde silencio.

CAPÍTULO 69
EL DOLOR DE CABEZA DEL FRANCOTIRADOR

Lo primero que oyó fue el murmullo ondulante del oleaje. Las olas acuosas abriéndose paso entre la arena y las rocas, silbando y estallando. Permaneció así un momento, con los ojos cerrados, escuchando el sonido. Las gaviotas graznaban en lo alto, y el rugido más suave y profundo de un barco que partía se filtraba con la brisa. No fue hasta que oyó la tos que Opal dejó que la luz volviera a su mundo. Con el deslumbrante sol llegaron dolores amortiguados, músculos tensos y la sensación de una banda presionando alrededor de su frente, empujando contra ella.

—Vas a sentirte fatal —dijo Erick.

Opal giró la cabeza cuando sonó otra tos. En la cama de al lado, construida sobre una pequeña estructura pensada para niños, yacía Merc. Sus tobillos colgaban por el extremo, pero alguien había puesto un escabel allí, cubierto con una almohada, para apoyar sus pies. Los ojos del piloto seguían cerrados.

—Él tardará más que tú en despertar —dijo Erick—. Su cabeza está bastante mal. Va a necesitar tiempo para recuperarse.

Opal se volvió hacia el médico e intentó encontrar el aire en sus pulmones para hablar.

—¿Y Alissa? —dijo Opal.

—Se marchó. Os remó a los dos de vuelta a la isla y luego nos encontró.

Se marchó. De vuelta donde los androides podían encontrarla. Opal intentó incorporarse, pero Erick la empujó de nuevo hacia las sábanas, hacia el dulce confort de la almohada.

—Si te incorporas ahora, lo más probable es que vomites por toda la cama —dijo Erick—. Preferiría no tener que limpiar eso.

—Tenemos que encontrarla. Estará en peligro —dijo Opal.

—No, no lo estará —Trina entró en la habitación. Tenía su comunicador levantado frente a su cara, proyectando un artículo de noticias—. Davin y los demás ganaron. Bosser está muerto.

—¿Muerto?

—Le dispararon. Dicen que fue uno de sus propios androides. Funcionó mal justo delante de él, lo hizo volar por los aires.

—¿ThreeTwelve? —preguntó Opal.

—Quizás —dijo Trina—. No he podido contactar con Davin por el comunicador, así que no lo sé con certeza. Pero han detenido el programa de androides hasta que pueda ser revisado. La instalación ya ha sido tomada y cerrada.

—Lo que significa que puedes descansar —dijo Erick.

Quizás, solo por un rato. Opal sintió que sus ojos se volvían pesados. Deslizó los párpados de nuevo para ocultarse del sol y se desvaneció en sus sueños.

CAPÍTULO 70
VER EL MUNDO

La mesa estaba cubierta de piezas, lo que atraía todo tipo de miradas de los pasajeros que llegaban al ferry. Viola los ignoró, concentrada en unir las finas piezas de metal. No tendría la misma calidad que tenía Puk antes, pero sería suficiente. Podría llevar el bot en su mochila.

—Vamos a volver a transportar carga —dijo Davin, acercándose por detrás—. Debería ser seguro. Como unas vacaciones, pero con algo de dinero al final.

—¿Quieres saber si me interesa? —respondió Viola.

—Solo te hago la oferta. Siempre es bueno tener una mecánica a bordo, especialmente con Trina quedándose aquí —La cara de Davin, su cuerpo, estaban cubiertos de vendajes. Llevaba gafas de sol gruesas y, incluso con el calor, un abrigo. Cualquier cosa para evitar las miradas.

—No lo creo —Viola se sorprendió de la facilidad con la que salieron las palabras. Pero eran verdad. Estaba demasiado cansada, demasiado agotada. Apartó la cara de las piezas de Puk y miró por encima del ferry hacia el mar abierto. Todo un océano, y un mundo entero lleno de cosas nuevas que nunca había visto antes—. No estoy lista para dejar la Tierra todavía.

—Diría lo mismo si estuviera en tu lugar.

—¿No es esta también tu primera vez aquí? ¿No quieres verlo todo?

Davin se pasó una mano por el pelo y siguió la mirada de Viola hacia el mar.

—He estado aquí antes. Una o dos veces. Quedarse sería agradable. El problema es, bueno, el problema es el mismo de siempre. Necesitamos dinero, y el *Jumper* es la forma más fácil de conseguirlo. Algún día, quizás lo vendamos. Volveremos aquí y daremos la vuelta al mundo —Davin esbozó una sonrisa—. Hasta entonces, aceptaremos cualquier trabajo que se presente.

El capitán se alejó un minuto después, dejando a Viola con las herramientas. Durante la siguiente hora, colocó las últimas piezas en su sitio. Sacó el arma de su funda, la misma que había usado para acabar con Bosser hace dos días en Loci. La miró por un momento, sintió su peso en la mano, luego extrajo la batería. La introdujo en la ranura del nuevo cuerpo de Puk y presionó el botón de su comunicador.

Puk, ahora un ladrillo gris con una sola luz que parpadeó cobrando vida en verde, despertó.

—Hola, Viola. ¿Dónde estamos? —dijo Puk, con el único altavoz emitiendo un audio metálico y granulado.

—En la Tierra, Puk.

—Genial. Además, siento como si hubiera tenido una especie de degradación.

—Te volaste a ti mismo por los aires. Lo que tienes ahora es todo lo que tengo a mano.

—Suena como algo que yo haría —dijo Puk—. Entonces, ¿adónde vamos ahora?

—A donde nos lleve este ferry.

—Déjame buscarlo, te lo contaré todo.

Viola se puso de pie, enganchó a Puk en su mochila y caminó hacia el ferry. El bot habló durante todo el camino, y Viola simplemente sonrió y escuchó.

CAPÍTULO 71
LUNA

La Tierra colgaba en el cielo como un gigantesco adorno. Las cúpulas de cristal de Luna acentuaban el resplandor, haciendo que el planeta pareciera aún más hermoso que desde el espacio. Un destello brillante atrajo la mirada de Mox de vuelta hacia el espaciopuerto. Debía de ser el *Jumper*, despegando hacia Miner Prime. Para otra ruta de carga.

Con un par de bolsas sobre sus hombros, las mismas dos que había traído a bordo hace años, Mox se giró con la multitud que salía del espaciopuerto y se dirigió hacia la ciudad. Echó un vistazo a su muñeca; al mensaje que tenía allí.

Bienvenido de vuelta, hombre de metal. Me alegro de que estés aquí. Tenemos trabajo que hacer.

-Sargento.

Mientras bajaba por la escalera mecánica, Mox vislumbró una capa roja ondeante. El distintivo de los Centuriones, la propia fuerza policial de Luna. Una vez había llevado una. Quizás le permitirían tenerla de nuevo.

CAPÍTULO 72
PROBLEMAS POR RESOLVER

Trina se sentó en la silla con torpeza. Era un poco demasiado alta para sus piernas, con reposabrazos un poco demasiado largos. Se sentía como una niña.

—¿Tú eres la que hackeó ThreeTwelve? —le habló la mujer, Abril. En la mesa había algunos otros ingenieros y un hombre con uniforme militar completo. Los representantes de los gobiernos de la Tierra.

—No fue tan difícil —dijo Trina.

—¿Y podrías hacerlo más difícil? —dijo Abril.

¿Hacerlo más difícil? Si le dieran suficiente tiempo, Trina podría hacer que estos androides fueran invencibles. No es que no hubieran sido letales antes, pero sin Bosser introduciendo debilidades para sus propios fines, Trina podría hacer que los robots fueran fuertes. Perfectos. Sería un problema, un desafío. Y podría quedarse aquí mismo, en la Tierra, fuera del alcance de más láseres.

—Pero controlados —dijo el militar—. Sin posibilidad de que se vuelvan rebeldes, sin posibilidad de que alguien pueda hacer lo que hizo Bosser.

—Señor —dijo Trina—. Lo único que quiero son problemas interesantes que resolver.

—¿Y qué podría ser más interesante que esto? —preguntó Abril.

El militar negó con la cabeza, mirando a Abril con escepticismo.

—Os estaremos vigilando de cerca —dijo el militar. Se volvió hacia Trina—. No importa lo que ella diga, recuerde que ahora trabaja para nosotros. Para la Tierra. Bosser hizo una promesa de guardianes que no cumplió. Espero que usted pueda hacerlo.

Trina no hizo más que asentir, su mente ya estaba avanzando hacia planes, ecuaciones y soluciones. Cuando los androides volvieran a vivir, no serían armas andantes para un hombre enloquecido, sino la espada definitiva de la justicia.

CAPÍTULO 73

EL SALTADOR DE WHISKEY

Davin levantó la mirada de la consola hacia el vasto conjunto de estrellas desplegado frente a él. La Luna se alejaba tras el *Jumper*, y ahora solo tenían que seguir la línea amarilla hasta Miner Prime. Hasta donde Mako, el chatarrero de Europa, quería que Davin recogiera algunos suministros especiales. Justo las cosas que Mako necesitaba para terminar su obra maestra en aquella luna de Júpiter. En qué consistía esa obra maestra, Davin no lo preguntó. La sorpresa sería suficientemente buena.

—¿Has visto las fotos que tomó Erick? —preguntó Phyla desde el asiento del piloto.

—Ese hombre siempre anda poniéndose sentimental —respondió Davin.

—Oh sí, como si tú nunca fueras así.

—Phyla, soy un tío que mira hacia adelante. El pasado solo tiene problemas.

—¿Problemas? Pensaba que fuiste tras Bosser precisamente por tu pasado.

—Y mira lo que me ha supuesto. —Davin miró su cuerpo envuelto en vendajes.

—Pero ¿te arrepientes?

—Para nada. Fue por Lina.

Se quedaron en silencio durante un minuto. La mano de Phyla encontró la de Davin. Sus dedos se entrelazaron, apretando.

—No creo que debas dejar atrás el pasado —dijo Phyla—. No querrás olvidar quién eres.

—Por eso estás aquí, para recordármelo.

Phyla se rió.

—¿Me pagarás extra por eso? Me parece que va a ser mucho trabajo.

—Ni lo sueñes —dijo Davin.

Fournine anunció que el *Jumper* estaba a punto de activar los motores a velocidad máxima de crucero, y Davin se levantó. Era su turno de vigilar los niveles de energía, asegurarse de que las cosas no explotaran a su alrededor. Mientras comenzaba a bajar por la escalera desde la cabina, Davin miró hacia atrás a Phyla. Captó su sonrisa. Los mismos ojos brillantes que había visto cuando abandonaron Miner Prime por primera vez hace años. Antes de que conocieran a Mox, a Cadge, y vagaran de un lado a otro del sistema solar en busca de aventuras.

Quizás ella tuviera razón, quizás algunas cosas sí merecían ser recordadas después de todo.

CAPÍTULO 74
UNA OFERTA ESPECIAL

L a cafetería dominaba la larga cicatriz del Gran Cañón. Viola dio un sorbo a la taza espumosa y observó una bandada de pájaros volar por encima. Entre las nubes podía distinguir formas grises, puntos en el cielo. Las estaciones espaciales de la Tierra rodeando el planeta. Estropeando el azul perfecto, pero debajo, las líneas de roca naranja y púrpura se extendían inmaculadas.

—Otro más para la lista —dijo Viola—. Ponlo en el número tres.

—Es bastante bueno —dijo Puk—, pero no puedo discutírtelo.

—El cañón es precioso —dijo una nueva voz. La silla frente a Viola se apartó y el Capitán Yuan tomó asiento. No parecía muy distinto de cuando se conocieron en Neptuno, excepto que aquí vestía de civil. Una chaqueta, camiseta gris lisa, vaqueros. No había hecho nada con sus ojos; esa misma intensidad tranquila—. Eres una mujer difícil de encontrar, Viola.

—No sabía que alguien me buscaba —dijo Viola. Intentó mantener firme la mano, envolviéndola alrededor de la taza. La última vez que vio a Yuan, habían destrozado dos naves espaciales y casi mueren en el vacío alrededor de Neptuno. No era el recuerdo más agradable.

—Eden tiene un trabajo para ti —dijo Yuan—. Les dije que te preguntaría.

—¿De qué tipo?

—Antes de continuar —Yuan suavizó su tono—. Puedes decir que no. Me iré, diré que no pude encontrarte. Pero si te lo cuento, entonces ya no podrás simplemente desaparecer. Estarás comprometida.

Viola hizo una pausa. Había recorrido la Tierra, pero aún quedaba mucho por ver. Todavía tenía mucho que quería hacer antes de volver a sentarse tras el escritorio. Pero algo en la voz de Yuan le decía que esto no era algo que quisiera perderse. Que esta no era una oportunidad que volvería a presentarse. Había habido aventura, y había visto más que su parte de violencia, pero algo tiraba de ella. Le impedía decir que no.

Quizás era hora de algo nuevo.

———

Resulta que salvar el sistema solar no te convierte en un héroe. Te convierte en un objetivo.

Continúa la aventura con *Rogue Bet:*

Rogue Bet Store Link

AGRADECIMIENTOS

Un solo disparo marcó el final original de los Wild Nines, pero no necesariamente la última historia con Viola, Davin, Mox y los demás. Siento que estos personajes tienen mucho más por hacer todavía, y no puedo esperar a ver en qué se meten ahora que ya no son perseguidos por Bosser.

Como con todos mis libros, la familia y los amigos son fundamentales para hacer esto posible. Nicole me mantiene en marcha día tras día con su apoyo; simplemente no podría hacer esto sin su ayuda. Mis padres por darme la inquietud artística. Mis hermanos por acosarme sobre qué escribiré a continuación, y así mantenerme en movimiento.

Por último, gracias a todos los lectores. Tanto si habéis encontrado estos libros a través de una oferta, un clic aleatorio en una web o por recomendación de un amigo, es extraordinario tener la oportunidad de compartir estas historias con vosotros.

Gracias.

SOBRE EL AUTOR

A.R. Knight teje historias en una casa helada en Madison, Wisconsin, principalmente controlada por un par de gatos. Después de verse absorbido por la rutina laboral durante la crisis económica de 2008, se encontró durante reuniones aburridas surcando el espacio y viviendo grandes aventuras.

Eventualmente, tras dedicar tiempo a podcasts, guiones, relatos cortos y otras novelas, encontró una historia en la que podía sumergirse y un elenco de personajes tanto entretenidos como llenos de corazón.

Los Wild Nines tienen más aventuras por venir, junto con nuevas tramas, escenarios e historias en el futuro. A partir de ahí, A.R. Knight planea saltar a otros mundos y encontrar nuevas historias que contar en los límites infinitos de nuestra imaginación.

¡Gracias, como siempre, por leer!

Para Nicole